湛 (zhàn) 庐 (lú)

铸剑大师欧冶子「十年磨一剑」，炼就了「天下第一剑」湛庐剑。

——《吴越春秋》记载

修拉格兰德（海拔 6356 米）

修拉齐科（海拔 6100 米）

4 号露营点
（6 月 7 日）

莎垭口

3 号露营点

2 号露营点

水崖

1 号露营点
（6 月 4 日）

爬行到达的第 1 个雪洞

修拉格兰德

乔从山壁爬行出来看到的景物

1. 1号雪洞
2. 2号雪洞
3. 3号雪洞
4. 4号雪洞
A 事故突发地
O 雪洞

X 西蒙割断绳索之处
C 冰崖和冰裂缝
a 乔爬行到达的第 1 个雪洞
b 乔在此独自度过第 2 个夜晚
B "炸弹小径"
- - - 上下山路线

下山路线

湖泊

Touching the Void

触及巅峰

[英] 乔·辛普森（Joe Simpson）著

李璐 译

中国人民大学出版社
China Renmin University Press

巅峰体验

本书的销量奇迹被用做畅销书《长尾理论》的开篇案例：1988 年，初版的《触及巅峰》虽然得到了不错的评价，但不算畅销，没过多久就被大多数人遗忘了。10 年后，另一本登山纪实《进入空气稀薄地带》引起轰动。突然之间，《触及巅峰》的销量也一路上涨。到 2004 年，它的销量已经是《进入空气稀薄地带》的两倍多。

让我们对这两本书的表层特点做个对比：地点（珠穆朗玛峰）的显著、人物（登山界明星阵容）的显赫使《进入空气稀薄地带》天然地拥有畅销元素；相比之下，本书记录的是两名在此事件前无甚知名度的登山家，攀登一座国内至今没有准确译名的 6000 米级山峰。

那么，为什么本书的英文版销量竟超越了势不可挡的《进入空气稀薄地带》？我在阅读本书之前对此深感不解。

让我们看看普通读者的评论："《进入空气稀薄地带》使我对登山作品产生了浓厚的兴趣，甚至对登山跃跃欲试；接着我读了《触及巅峰》：上帝啊！让我永远留在海平面吧！"

而登山爱好者的思索更严肃、更深刻："看了《触及巅峰》，我才真正开始思索我、乔以及所有登山者为何热爱登山。对于在富庶生活中长大的年轻人，那也许是逃离现实生活的完美方式，尽管逃离的方向可能不是天堂而是地狱。我不知道自己是否还会跑进山里，如果会，我将牢牢记住乔；无论遇到多糟的情况，永远记住我们拥有超越经验和常识的求生力量。"

更令人称奇的是，美国最负盛名的影评家、"最权威的大拇指"罗杰·伊伯特竟"丧失理智"地嚷嚷："《触及巅峰》是我看过的、能想像到的最可怕的登山电影！我一次又一次梦见绳子松了，我在不断坠落中声嘶力竭地叫喊：'蠢货！你这个蠢货！你一路攀爬只是为了一路坠落！'那不是电影，而是一场噩梦……"

在阅读过程中，读者始终无法从两人的角色中逃离，甚至无法将两个角色割离开来：大部分时间在乔的角色中，感受他的绝望、疼痛、干渴、挣扎和坚强；其余时间里则处于西蒙的位置，痛苦地抉择是否拿出小刀舍弃同伴，读到他割断绳子的时候捧着书的手也在颤抖。而且，乔的描写坦诚而细致，人类在极度的恐惧和痛苦之下的状态、超越想像的求生欲望和意志都赤裸裸地展现无遗。

如果你恨一个人，可以让他阅读本书，让他经受恐惧、痛苦的折磨。

如果你爱一个人，可以让他阅读本书，让他在海平面体验巅峰。

如果你有足够的勇气，请阅读本书，巅峰和冰窟的落差中，包含着人生的奇迹与秘密。

一切为了您的阅读价值

常常阅读我们图书的读者一定都记忆犹新，2008 年前出版的图书中，都放置了一篇题为"一切为了您的阅读体验"的文章，文中所谈，如今都得到了读者的广泛认同，也得到了出版业内同行的追随。

在我们 2008 版的新书以及重印书中，读者会看到这篇"一切为了您的阅读价值"；而对于我们图书的新读者，我们特别在整本书的最后几页，放置了"一切为了您的阅读体验"的精编版。今后，我们将在每年推出崭新的针对读者阅读生活的不同设计和思考。

- 您知道自己为阅读付出的最大成本是什么吗？
- 您是否常常在阅读过一本书籍后，才发现不是自己要看的那一本？
- 您是否常常发现书架上很多书籍都是一时冲动买下，直到现在一字未读？
- 您是否常常感慨书籍的价格太贵，两百多页的书，值三十多元钱吗？

★ 阅读的最大成本

读者在选购图书的时候，往往把成本支出的焦点放在书价上，其实不然。时间才是读者付出的最大阅读成本：

阅读的时间成本 = 选择图书所花费的时间 + 阅读图书所花费的时间 + 误读图书所浪费的时间

★ 选择合适的图书类别

目前市场上的图书来源可以分为两大类，五小类：

1. 引进图书：引进图书来源于国外的出版公司，多为从其他语种翻译成中文而出版，反映国际发展现状，但与中国的实际结合较弱，这其中包括三小类：

a）教科书：这类书理论性较强，体系完整，但多为学科的基础知识，适合初入门的、需要系统了解一门学问的读者。

b）**专业书**：这类书理论性、专业性均较强，需要读者拥有比较深厚的专业背景，阅读的目的是加深对一门学问的理解和认识。

c）**大众书**：这类书理论性、专业性均不强，但普及性较强，贴近现实，实用可操作，适合一门学问的普通爱好者或实际操作者。

2. **本土图书**：本土图书来源于中国的作者，反映中国的发展现状，与中国的实际结合较强，但国际视野和领先性与引进版相比较弱，这其中包括两小类，可通过封面的作者署名来辨别：

a）**"著"作**：这类图书大多为作者亲笔写就，请读者认真阅读"作者简介"，并上网查询、验证其真实程度，一旦发现优秀的适合自己的作者，可以在今后的阅读生活中，多加留意。系统的了解几位优秀作者的作品，是非常有益的。

b）**"编著"图书**：这类图书汇编了大量图书中的内容，拼凑的痕迹较明显，建议读者仔细分辨，谨慎购买。

★ **阅读的收益**

阅读图书最大的收益，来自于获取知识后，应用于自己的工作和生活，获得品质的改善和提升，由此，油然而生一种无限的满足感。

业绩的增长　　　　　　　　　　　　　　　　　一张电影票

职位的晋升　　　　　　　　　　收益　　花费　　一顿麦当劳

工资的晋级　　　　　　　　　　　一本书　　　　一次打车费　TAXI

更好的生活条件　　　　　　　　　　　　　　　两公斤猪肉

推荐序
生命的价值比攀登任何一座山都重要

登顶澳洲、非洲、欧洲及南美洲最高峰　管理实战专家　田同生

《触及巅峰》打动我心扉之处不仅在于故事的真实，更在于讲述者本人就是故事的主角——从足够让人死 N 次的山难中夺回一条生路的乔。我正是被幸运的亲历者力透纸背的文字所击倒。

1985 年 5 月，来自英国的两位年轻人——25 岁的乔和 21 岁的西蒙来到位于南美洲的秘鲁，尝试攀登还没有被人征服的修拉格兰德西壁——那是安第斯山脉的一座山峰。既没有高山向导，也没有协作，他们仅凭一种征服"未登峰"的欲望去攀登。然而，灾难悄然而至。先是乔摔断了腿，接着是西蒙在用绳子往下放乔时遇到一场大大的雪崩。在迫不得已的情况下，西蒙为了自救，用刀子割断了连接他与乔的身体的那条长绳。结果是乔落入一个无底深渊。在信念的支持下，乔克服了重重困难，最终死里逃生。

不过，掩卷沉思时我竟然产生一种幻觉，觉得这个真实的故事简直像一本无懈可击的虚构小说。假如，西蒙选择了提前一天收拾好帐篷离开营地回家，而不是呆在帐篷里没完没了地内疚——本来，西蒙以为乔早在几天前就葬身于冰裂缝，他接下来应该做的事情是尽快离开大山，找到一个有电话的地方，将乔的死讯告知他的父母。然而，就在西蒙离开之前的数个小时，奇迹发生了。曾经陷入无数次绝境的拖着一条断腿的乔，竟然沿着冰河爬行了数日，一直爬到看见帐篷灯光的地方。就在乔感觉再也坚持不下去的时候，西蒙出现在他面前。这不就是我们在无数大片中看到过的镜头吗？尽管这是一个真实的故事，经历了九死一生的乔重新回到现实世界中；但是，我要说的是，像乔这么幸运的人实在是少之又少。

为纪念人类成功登顶珠穆朗玛峰50周年，2003年5月，第一支由业余登山者组成的中国登山队攀登珠峰，最终成功登顶。我的朋友王石和刘建就是其中的成员。2006年5月和2007年5月，先后有多名来自民间的登山者经国家认可成功登顶，我的朋友金飞豹和他的哥哥金飞彪就是在2006年5月一起成功登顶珠峰的。来自民间的登山者一次次成功登顶珠峰的壮举极大地激发了国人的户外热情，登山热不断高涨。与此相伴的是，意外和山难频频发生。2007年3月29日，攀岩冠军刘喜男在攀登位于四川甘孜藏族自治州巴塘县党巴乡的党结真拉雪山时，从5 700多米处的岩石意外坠落至5 500米的冰川上，失去了生命。同样是意外和山难，刘喜男却没有《触及巅峰》中的乔那么幸运。

我没有在秘鲁登过山，用今天的眼光来看乔和西蒙的故事，你会发现1985年的修拉格兰德的登山管理处在严重的无政府状态，更没有良好的山难救援机制。让"乔"陷入绝境的正是这种严重缺失的管理和救援机制。《触及巅峰》的故事是感人的，那种临危不惧的意志品格是值得我们效仿的，但是，主人公的死里逃生的"幸运"是我们无法复制的。

"无论对于怎样的高峰和极限，生命始终是第一位的"。这是王石在完成了7 +2探险活动后的真诚告白，也是他历经一系列无限风光和艰难之后，有关生命的深刻感悟。就像每一次的出发都需要安全的到达，每一次的登山和探险，也应该是珍惜生命和善待亲情的过程。至少，不应让您的亲人和朋友付出太多的担忧与牵挂。

我是一位业余的登山爱好者。从2005年7月1日登顶四川的四姑娘山大峰开始，我迄今已经攀登过9座5 000米以上的雪山，2006年7月22日还成功登顶海拔7 546米的新疆慕士塔格峰。2007年12月，我与同伴金飞豹一起去阿根廷攀登南美最高峰——海拔6 962米的阿空加瓜。那是一座管理相当严格的山峰，不仅需要登山之前在门多萨市中心办理登山许可手续，而且进山之后还要接受血压、脉

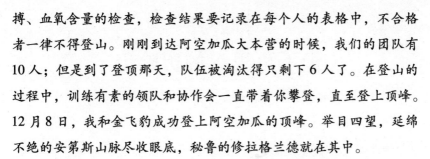

搏、血氧含量的检查，检查结果要记录在每个人的表格中，不合格者一律不得登山。刚刚到达阿空加瓜大本营的时候，我们的团队有10人；但是到了登顶那天，队伍被淘汰得只剩下6人了。在登山的过程中，训练有素的领队和协作会一直带着你攀登，直至登上顶峰。12月8日，我和金飞豹成功登上阿空加瓜的顶峰。举目四望，延绵不绝的安第斯山脉尽收眼底，秘鲁的修拉格兰德就在其中。

　　人的生命只有一次。和生命相比，无论怎样的高峰和极限都是次要的。

　　我热爱自己的生命，同时我也会在更高的雪山上安全攀登。

田同生

2008 年 5 月 14 日

推荐序
最不可思议的历险记

最出色的高山领队　克里斯·鲍宁顿

去年冬天，在查默尼克斯①，我与乔初次相遇。那时乔像很多登山者一样决心要学习滑雪，但他并未打算接受正式的训练课程，而是在自学。我听说过、读到过他登山生涯中数次绝境逃生的惊险故事，其中尤以最近一次在秘鲁的历险为甚。但这些都并未给我留下很深刻的印象。

在查默尼克斯的一家小酒吧里，坐在乔身旁，我简直无法把那些惊险故事、赫赫声望与他本人对上号。他皮肤黝黑，发型略带朋克风格，举止稍显生硬粗鲁。这么说吧，他给我的印象是一个生活在谢菲尔德大街小巷中的普通市民，很难把他和登山联系在一起。此次会面之后我也鲜有忆及乔，直到阅读《触及巅峰》的手稿。吸引我的不仅是故事本身的精彩（当然整个故事的确精彩绝伦，是我所读到过的最不可思议的逃生经历），更是他那出色的文字，这部作品行文跌宕起伏，富于戏剧性，生动地刻画了他和同伴西蒙·耶茨极度恐惧、痛苦的心理状态。从下山途中乔滑倒腿折，到他独自在冰裂缝中痛苦挣扎，再到他终于拖着伤腿爬回营地，我一直被深深吸引，手不释卷。

为求客观的分析，我回忆了自己1977年在魔鬼峰的经历，并与乔的逃生经历进行比较。道格·斯科特从峰顶绳降时撞断了双腿，这个阶段与乔的痛苦经历的初期相似。当时也只有我和道格两人在这座极其荒凉的高山的峰顶附近，但我们还有另外两名队员在峰顶

---

① 查默尼克斯（Chamonix），法国小镇，以登山和滑雪胜地闻名，查默尼克斯滑雪场坐落于勃朗峰（Mont Blanc）山脚下。——译者注

之下垭口的雪洞里。我们遭遇了暴风雪，花了六天时间下撤，其中五天没有食物。在下山途中我不慎滑倒并摔断了肋骨。这就是我的登山生涯中最糟糕的经历，如今将之与乔的历险记相比，显得微不足道。

1957年，在喀喇昆仑山的哈拉穆许峰（Haramosh）也发生过类似事件。那是牛津大学登山队首次尝试攀登这座7 490米①的高峰。在登山队已经决定返回的时候，其中两名队员——伯纳德·吉尔勒特和约翰·艾默瑞为了拍些照片，想沿着山脊再走远一点，却被突如其来的板状雪崩卷走。所幸他们在降落过程中保住性命，并为赶下去的队友所营救。但那只是那次漫长的山难过程的开始，最终只有两人生还。

那段经历也同样引人入胜、感人至深。然而撰写那个故事的是一位专业作家，正由于此，它缺乏由亲历者直接讲述的感性和力度。这恰是乔·辛普森胜出之处。《触及巅峰》不仅情节曲折离奇，是我听到过的最难以置信的逃生故事之一，而且叙事出色、鲜活，堪称此类作品当中的经典之作。

---

① 书中所有高度均以英尺（1英尺 = 0.304 8）为计量单位，为了便于理解，全书将英尺换算成米。——译者注

谨以此书

献给

西蒙·耶茨

他的恩情我永远无法报答

也献给那些勇攀高峰，却没能生还的山友们

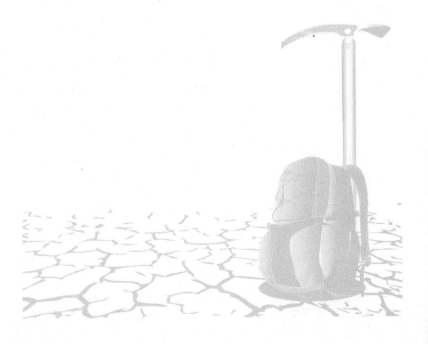

所有人都做梦，但是却不尽相同。

那些晚上在模糊的意识深处做梦的人，当他们白天醒来，会发现这些梦是虚无的。但是那些白天做梦的人却是非常危险的，因为他们可能会睁大眼睛付诸行动，使梦境变为现实。

——托马斯·劳伦斯，《七根智慧之柱》

目录

我在一阵雪粉中急速下落，

只来得及发出一声惊慌的尖叫，根本无法发出警告。

西蒙没看见我掉下来，也没听到任何声音。

第五章　灾难降临　57

这座山已经失去了刺激感和新鲜感，我想要尽快下去。

我摔断了腿，我死定了。

人人都这么说：如果只有两个人摔断了腿意味着被判死刑。

西蒙会离我而去。他别无选择。

第六章　最后的抉择　75

关于死亡的所有想法都让我无动于衷，不管是我自己的还是乔的，

都只是一种事实而已。

不需用任何力气。

紧绷的绳子一碰到刀刃就破裂开来。

松弛的绳子掉下去——乔不在了。是我杀了他吗？

第七章　冰中的阴影　99

我从未期盼过满载眩目的荣誉死去，但也不曾想过会这般慢慢地、

悲惨地化为乌有。我不想那样死去。

我从很高的地方看到自己下落。

我被雪吞没了，但下落并没有停止。

这是裂缝！啊——不要！

第八章　沉默的见证者　111

大面积的雪、冰和岩石缓缓地向上抬升，结冰，融化，碎裂，多少

个世纪过去，它永远这样交替变化。与它抗衡是多么愚蠢的行为啊！

为什么要告诉他们你割断了绳子？

目 录

不说的话，他们永远也不会知道。

他已经死了。至于怎么死的一点都不重要。

第九章　遥远的地方　125

我很难摆脱下降过程中吞噬我全身的恐惧感。我感觉自己都麻痹了，丧失思考的能力，要么出路就在这里，要么根本没有出路。

如果下面只是另一个深窟怎么办？

如果那样，我也没法再回到冰岩脊，

而只能停留在绳子上，疯狂地想坚持得越久越好。

第十章　意志游戏　139

疲惫掩盖了一切。事件都以慢动作发生，思维也变得迷乱，我丧失了所有对时间的感觉。

风雪将会掩埋西蒙留下的脚印。

我会迷路，永远无法穿越那些裂缝。

第十一章　没有遗憾的土地　149

我忘了自己为什么要这样做；也忘了自己很可能根本做不到。内在本能驱使我在冰碛的海洋上缓慢漂泊，整个人处于恍恍惚惚的狂乱状态。

上帝啊！难道事情会变成那样吗？

我爬行了这么远，最终无法继续下去，

仅仅就是因为缺水？

第十二章　没有时间了　165

时间似乎已经凝固，我认为自己再也动不了了。过分的恐惧钳制住了我，我无法行动。

营地还在吗？这个问题第一次跃入我的脑海，　3

西蒙回去两天了，他们没有理由还留在那里。

第十三章　夜晚的泪水　183

我想要结束。我感觉被摧毁了。最后一丝的力量终于丧失殆尽。阴暗的黑夜风暴正在摧毁我，我再也没有反抗的意愿。

没什么需要奋力争取的目标，

没有需要遵循的模式，也没有那个声音

我惊恐地想到，要是没了这些东西，我的生命

也许就到了尽头。

第一章
高山湖泊之下

秘鲁安第斯山脉的修拉格兰德西壁。

　　我躺在睡袋里，外界的光线透过红绿相间的帐篷洒了进来。我出神片刻，凝视着如许亮光。西蒙正鼾声如雷，身体时不时还在梦境中抽搐几下。我们也有可能是在其他什么地方吧？呆在帐篷里总令人产生一种奇异的不确定感。只要把拉链合上，外面的世界便被阻隔在视线之外，一切场所感就消失殆尽。不管是苏格兰，还是法国的阿尔卑斯山，或是喀喇昆仑山脉，帐篷中的你都感觉无异。萧瑟风声、淅沥雨声、风拍打帐篷发出的声响、隔着帐篷垫感觉到的地面的硬块以及袜子与汗水的酸腐气味——这些在地球任何一隅都无甚差别，它们让我感到安心自在，和温暖的羽绒睡袋一样。

　　帐篷外，发亮的天空下，巍巍山峰将要迎来清晨的第一缕阳光。也许还会有一只秃鹫被暖气流吸引而来，在我们的帐篷顶上稍作逗留。这类不速之客并不十分出人意料，因为就在昨天下午，我已经看到过一只秃鹫在营地上空盘旋。我们正位于秘鲁安第斯山脉科迪勒拉山系中段，距最近的村庄45公里①，而且路况崎岖异常。四周环绕着我所见过的最为壮观的冰山群。然而，对帐篷里的我们而言，对外界惟一的感知便是塞罗萨拉泊（Cerro Sarapo）雪崩发出的声声咆哮。

　　我对帐篷里温暖的安全感怀有由衷的依恋。我很不情愿地钻出睡袋，因为得去生火。夜里下了一点儿雪，我迈步走向那块被用做临时炉灶的岩石，结冰的草丛在脚下发出嘎吱嘎吱的声音。经过理查德的单人帐篷时，没听到他发出什么动静，他的帐篷已经处于半坍塌状态，上面结满了白色的冰霜。

　　一块突出的巨大漂砾成了我们的临时厨房，我蹲在它避风的一面，享受这段完全独处的时光。我往汽油炉里注入含铁锈的汽油，可由于温度太低，它在我的拨弄之下仍固执地不肯点燃。不久我的

---

　　① 书中所有以英里（1 英里 = 1.609 公里）为计量单位处，为便于理解，一般将英里换算成公里。——译者注

耐心宣告失败，转而采取强制措施，把它置于一个强力送风的丙烷气炉上，火苗这才剧烈地迸发出来，火焰窜得足有半米多高。尽管汽油并不纯净，它还是噼噼啪啪地恣意燃烧着。

炉子慢腾腾地加热着一锅水，我环顾四周，宽敞、干涸的河床上布满了岩石。除了不能代表这里极度恶劣的天气，我脚下的这块漂砾几乎就是这一大片地区的标志性特征。在我们营地的正对面，距离不超过两公里半的地方，一面近乎垂直的冰雪巨墙高耸于塞罗萨拉泊的峰顶之上。在我的左侧，从大片冰碛里拔地而起的是两座"冰晶城堡"：耶鲁帕哈（Yerupaja）和拉萨克（Rasac），它们俯瞰着我们的营地，是如此雄伟壮观。海拔6 356米、神圣的修拉格兰德（Siula Grande）就位于塞罗萨拉泊背后，不过从这个位置看不到它。1936年，两名勇敢的德国人首次从它的北侧山脊登顶，不过鲜有后来者。而真正的挑战是令人望而生畏的西壁，它高达1 370多米，迄今为止，所有的尝试者都铩羽而归。

我灭掉炉子，小心翼翼地把水倒进三个大杯子里。阳光还没有照射到对面的山脊，阴影之下寒气逼人。

"饮料已经准备好了，如果你们还活着的话！"我兴致勃勃地宣布。

我狠狠地往理查德的帐篷踹了一脚，把上面的冰霜都震了下来。他从里面爬出来，看起来好像肚子绞痛，而且冻得够呛。他二话没说，就先攥了一卷卫生纸直奔河床而去。

"还是不舒服吗？"他回来的时候我关切地问。

"唔，还不是很舒服，但我想已经过了最糟糕的时候。昨晚可真是太他妈的冷了！"

我猜测，令他身体不适的也许不是炖芸豆，而是这里的高海拔。我们在海拔近6 000米的高山上扎营，而理查德可不是登山运动员。

我和西蒙是在秘鲁利马市一间廉价的小旅馆里遇到理查德的，　**3**

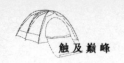

当时他为期六个月的南美洲探险旅程差不多进行到一半。在理查德的金属边框眼镜、干净整洁的户外装扮和敏捷轻快的举止风格背后，隐藏着一种冷幽默，还有一段在海边以乞讨为生的疯狂经历。他曾经划独木舟穿越扎伊尔①的热带雨林，与俾格米小矮人一起吃幼虫和浆果维生；还曾在内罗毕的市场里亲眼目睹一名商店扒手被活活踢死；而他的旅伴在乌干达被草菅人命的士兵乱枪打死，仅因为被怀疑参与录音带交易之类小事。

他总是先辛苦工作一阵子，然后用积攒下来的钱环游世界。他通常独自上路，边走边寻找机会到外国去。我和西蒙一致认为，如果营地里多了这样一位有趣的看守人是大有裨益的，我们外出登山的时候他可以帮忙照看装备。这么说或许对那些偏远地区的贫苦山地农民很不公平，但在利马市的后街小巷，我们开始变得对任何人都疑神疑鬼。总之，我们向理查德发出了邀请，告诉他如果想近距离观赏安第斯山脉，就加入我们几天。

我们乘坐一辆摇摇欲坠的公共汽车，经过 130 公里惊心动魄的车程才到达山谷，骨头几乎被晃得散架了。原本限载 22 人的车子里塞进了 46 个人。这辆汽车的引擎是用尼龙绳拴在一起的，瘪掉的轮胎居然用铁锹来更换。更让我们心惊胆战的是沿途看到的大量墓穴，埋葬的都是死于车祸的司机和乘客。

下车之后，我们又步行了两天。第二天快要过去的时候，理查德开始出现高原反应。当时我们正接近山谷顶部，黄昏慢慢降临。他催促我们赶着驴子先走，好赶在天黑之前扎营，他稍后会跟上来。他说，现在道路是笔直的，不可能迷路。

理查德沿着危险四伏的冰碛地蹒跚向一个湖泊走去，他误以为我们是在那里扎营的。后来才想起地图上还有另外一个湖泊。当时

---

① 扎伊尔（Zaire），现刚果民主共和国，简称刚果（金）或民主刚果，二十世纪曾一度改称"扎伊尔"。——译者注

已经开始下雨，气温也越来越低，他身上的薄衬衫和薄棉裤根本无法抵御安第斯山的寒夜。他感到筋疲力尽，就向山谷下走去，想找个遮风避雨的地方。上山时他曾留意到一些用石头和瓦垅钢皮搭建起来的棚屋，他以为里面是空的，躲在里面休息一晚上是足够的了，但他惊讶地发现一大群小孩，包括两个十几岁的女孩已经占据了这个地方。

经过漫长的谈判，他终于在隔壁的猪舍里得到一个睡觉的地方。棚屋里的孩子们给了他一些熟土豆和奶酪，又扔给他一捆被虫蛀了的羊皮保暖。那是一个寒冷的长夜，高原的白虱们从他身上享受到了久违的美餐。

※　　　※　　　※

西蒙来到煮饭的岩石旁，绘声绘色地讲述了他昨晚的梦境。他坚持认为，这些神秘幻觉的产生是由于他睡前服用了安眠药片。于是我决定晚上也试一试。

西蒙做早饭时，我咽下最后一口咖啡，开始写日记：

1985年5月19日。大本营。昨晚霜冻严重，今早晴空万里。我还在努力适应这个地方。这里地理位置偏远，环境险恶，但却能让人精神振奋，比阿尔卑斯山强多了——没有成群结队的登山者，没有直升机，也没有营救队——这里只有我们和群山……在这里生命显得格外单纯和真实。很容易就能把俗事和情绪抛诸脑后，而不用停下来看……

我在思考，对于我亲笔所书的内容，我的内心真正相信多少；还有，它与我们在安第斯所从事的活动有何关系。明天我们将从北罗萨里奥开始适应性攀登。如果十天后身体状况良好，我们将尝试尚未被征服的修拉格兰德西壁。

西蒙递给我麦片粥和咖啡，问：

"我们明天出发吗？"

"应该没问题。轻装上阵应该花费不了太长时间。下午早些时候

就能下山返回。"

"我惟一担心的是，不知道天气状况如何。"

自从我们驻扎这里，每天的天气状况都一样：早晨天气晴朗，一到中午浓密的云层就从东边聚拢过来，接着必定会下雨。在高山的斜坡上，云层带来强烈的降雪，雪崩可能会突然发生，撤退的路线也会被切断。如果在阿尔卑斯地区有这样的积云聚集，登山者会立即考虑撤退。但是这里的天气状况有些不同。

"我认为，事实并不一定像看起来那么糟糕，"西蒙细心地分析，"就说昨天吧，乌云密布，还下了雪，但气温并没有急剧下降，也没有出现电闪雷鸣，山顶似乎也没有刮起猛烈的疾风。我觉得这根本算不上暴风雪。"

也许他是对的，但我总感觉有些心神不安："你是建议我们冒雪登山吗？要是这样的话，万一我们把严重的暴风雪误认为是普通的天气，岂不是要冒很大的风险？"

"是啊，那的确是冒险。那么，我们要做的就是观察天气变化。要是一直坐在这里，绝对得不出任何结论。"

"你说得对。惟一值得担心的便是雪崩。"

西蒙朗声大笑："对极了，你的担心是有理由的。毕竟你上次经历过雪崩，好不容易死里逃生。我猜这里和冬季的阿尔卑斯相似，下的是粉末状雪，而不是大片、潮湿的雪，不会引发雪崩。我们且看吧。"

我很羡慕西蒙身上那种无忧无虑、随遇而安的态度。他有能力去获取属于他的东西，也拥有自由的灵魂去享受这些东西，从不抱怨、担心和怀疑。他常常开怀大笑，很少愁眉苦脸，面对降临到自己头上的不幸，就像得知他人的不幸一样平静，总是一笑置之。他身材高大，体格健壮，可以说拥有一个人生命中的大部分优越条件。他是个让人感到舒服的朋友：值得信赖、待人忠诚，总是把生活当成玩笑。他有一头浓密的金发，湛蓝色的眼睛蕴含笑意，性情中略带狂放不羁。就是这种特质让一小部分人显得分外地特立独行。我打心里庆幸当初我们选择结伴来到这里。换成其他任何人我都无法与之合作这么长时间。西蒙身上有我所缺乏而又一直希望拥有的一切特质。

第二天早晨，我和西蒙准备出发的时候，理查德在他的睡袋里迷迷糊糊地问："你们预计什么时候回来？"

"最晚三点。我们不打算花费太长时间，如果天气发生突变，一定赶紧返回。"

"好的，祝你们好运！"

清晨的霜冻把本来疏松的地面冻得很结实，去路比预期的要容易一些。没过多久，我们的步伐节奏开始平稳起来，两人默不作声，顺着布满小石块的山坡向上曲折行进。每次我回头望去，都能看到帐篷在视野中越来越小。我开始享受运动的乐趣，自我感觉身体状况比预期的更加适应。尽管海拔很高，我们的前进速度还是很快。西蒙保持着与我协调一致的稳健步伐。之前我曾担心我和他之间差异大。如果一名登山者发现同伴不得不放慢自然的步伐来迁就自己，可想而知他会产生挫败感和压力。

"感觉如何？"停下来短暂休息的时候我问西蒙。

"相当不错。我很高兴这次路上我们没有吸烟。"

我点头默许。尽管在此之前，西蒙提议不把香烟带到营地时我还提出抗议。我能感觉到自己的肺部在稀薄、寒冷的空气中努力地运作着。大量吸烟从未影响到我在阿尔卑斯的登山表现，但在这次探险中，我不得不认同戒烟是明智的行为。关于高原病和肺水肿的危险，我们已经听得足够多了，这促使我熬过了几天渴望香烟的艰难日子。

我们花了几个小时，把那些遍地石块的山坡甩在身后，然后向北进发，目标是一个位于一大片支离破碎的岩石拱壁上方的垭口。此时营地已经完全消失在视野中。我立刻意识到，我们所处的地方

7

是如此静谧和荒芜。这是我的人生中第一次认识到什么叫做与世隔绝。在这里，人的心灵能够奇迹般地获得宁静和安详。我开始体验到一种彻底的自由——在我想要的时间、以我想要的方式、做我想做的事情。忽然之间，这一整天发生了变化。一切了无生气都被这种令人振奋的独立自由一扫而空。眼下，我们只需对自己、而不是任何其他人负责任，不会有人入侵我们的世界，当然也不会有人来援救我们……

西蒙比我领先一段距离，默默攀登，稳步前进。虽然他的步伐比我更加有条不紊，可是我知道我们目前的配合相当平顺，因此也就不再在意自己的速度和身体适应度了。我不慌不忙，知道我们俩都能够不费力地登上山顶。遇到美妙的风景，我还很开心地驻足停留，欣赏片刻。

岩石的沟壑土质松散，易于碎裂。当我从一块露出地面的黄色岩层后面出来时，看到西蒙已经在前方百来米远的一个垭口安置下来，正着手准备热饮，我的内心洋溢着喜悦。

"这疏松的地面没有我当初想像的那么糟糕。"我有点气喘吁吁地说，"茶水交给我来冲泡吧。"

"你看到修拉格兰德了吗？就在那儿，在塞罗萨拉泊的左侧。"

"老天！太神奇了！"看着眼前的景象，敬畏之情在我心中油然而生，"她比在照片上看到的还要伟岸得多！"

我坐在自己的帆布背包上，西蒙递过来一杯热气腾腾的饮料。我注视着展现在我们面前的整座山脉。在我的左侧，可以看到拉萨克的南壁，那是一个巨大的冰斜坡，条条岩石带从它的山体上横穿而过，颇有条纹大理石的效果。在拉萨克的积雪峰顶右侧，能够看到海拔略低的诗里亚北峰，通过一道险峻的雪檐山脊与拉萨克相连。雪檐山脊从诗里亚北坡的峰顶开始向下倾斜至一处山鞍部，然后曲折向上，连绵不绝地穿越两座岩石山肩，最终直至耶鲁帕哈的锥形峰顶。耶鲁帕哈是迄今为止我们所见过的最高的山，它高耸在修拉冰川之上，山上的寒冰和新鲜的积雪闪闪发光，强烈震撼着我们的视线。它的南壁呈典型的三角形体态；西脊则雪檐陡峭、岩石密布，自诗里亚北坡下部的垭口向上拱起；东脊盘旋朝另一个坳口下倾。东脊下方的山壁表面布满了凹槽，那都是粉状积雪被蚀刻而成的。凹槽大规模地平行延伸，仿佛一条条蕾丝缎带，被笼罩在阳光投射的阴影里，令人叹为观止。

我还认出了山脊底部的圣罗莎垭口。我们在修拉格兰德的照片上看到过它，耶鲁帕哈的东南山脊和修拉格兰德北脊的起点在那儿交汇。在抬升的拐点处，修拉格兰德北脊的地势相对而言并不复杂，然而紧接着，它一路收窄并盘旋蜿蜒，形成白色雪檐和凹槽的削薄边缘，摇摇欲坠地悬在庞大的西壁边缘上，并在巨型雪蘑菇般的峰顶到达最高点。

西壁才是我们的梦想。甫一照面，我竟感觉有些迷惑，仿佛素未谋面。它的实际规模出乎预料，再加上观察的角度跟照片上不同，我竟有些认不出它。慢慢地，那些属于它的显著特征才展露出来。一大团积云开始越过修拉格兰德的北脊涌流而出，亚马逊盆地广袤的雨林被白天的阳光加热。饱含水分的云块不断被催生出来，并从东边向这里移动。

"你对天气的看法是对的，西蒙。"我说，"这绝对不是暴风雪天气。我敢打赌只是丛林产生的空气对流现象。"

"是的，那就照常安排我们的下午放松吧。"

"你估计我们现在位于什么高度？"我问。

"大约5 500米吧，说不定还更高点儿。怎么了？"

"哦，这可创造了咱俩的高度纪录啊，我们几乎都没留意到。"

"要是你就躺在跟勃朗峰一样高的海拔上，这个高度似乎也没什么了不起的，对吧？"西蒙一边说，一边恶作剧般地咧着嘴笑。

我们刚喝完饮料，湿润的雪片就开始飘落下来。此时罗萨里奥的峰顶依然清晰可见，然而再过一会儿就会消失了。它比我们所在

9

的垭口高出 100 多米，在晴朗的天气里花 1 个多小时就可以到达。我们俩都没有说要直接下山之类的话。我们之间有一种无需言明的默契，登顶不在这次行动的考虑范围之内。

西蒙背起背包动身向碎石斜坡的顶端走下去。他跑动起来，沿着我们刚刚爬上来的岩石沟壑滑行下去。然后我们一路大叫大笑着冲下四五百米的疏松斜坡，还试着做并拢双脚转弯的滑雪动作。回到营地的时候，我们都气喘吁吁但神清气爽。

理查德已经开始准备晚餐了，他把茶杯递给我们。刚才他看到我们的身影出现在斜坡上，就煮好了茶等我们。我们坐在轰轰作响的汽油炉旁边，断断续续地告诉他我们做了什么，看到了什么，心情十分兴奋。直到雨突然从山谷那边一阵阵地飘过来，我们才不得不躲进大帐篷里面。

六点半左右，夜幕开始降临。这时候如果有人走近我们的帐篷，就会看到里面有一盏温暖的烛光，透过帐篷的织物发出红色和绿色的光芒；会听到我们在里面低声交谈，时不时爆发出阵阵粗犷的笑声，那是理查德在给我们讲述一支新西兰橄榄球队的八名队员在中非丛林中迷路的闹剧。接着我们计划好随后的登山训练，然后靠打牌来打发入夜之前的漫长时间。

我们的下一个目标是河床另一边的塞罗扬托里（Cerro Yantauri）的南山脊，那还是未被攀登的处女地。它看上去近在咫尺，以至于我们感觉登顶过程中应该一直能看到自己的营地。南山脊的走向自右向左，最初是一段岩层，接着变成一条修长而优雅的雪檐山脊，通往一处看起来极不稳固的冰塔地带，再从那里迅速抬升直至峰顶。上下山途中，我们可以在山脊高处露营，以检验我们对天气的推测是否正确。

清晨阳光明媚，寒气逼人。当我们观察东方的天空时，发现了异乎寻常的危险迹象，于是决定第二天再去攀登塞罗扬托里的南山脊。西蒙到附近的冰融池洗澡、剃须，而我和理查德一起动身前往棚屋，看看能否从女孩子们那里买些牛奶和奶酪。

　　她们见到我们显得很高兴，也很乐意把自制的奶酪卖给我们。理查德用蹩脚的西班牙语和她们交谈，得知她们叫格洛丽亚和诺玛。女孩子们把父亲的牲口赶到高地放牧期间，就睡在棚屋里。她们外表粗野狂放，却会很细心地照顾那些看起来已经有自理能力的小孩子。我们在阳光下闲逛，看着他们工作的样子。三岁的艾里西亚（我给她起了个绰号叫帕丁顿①）负责守卫牲口围栏的出口，防止奶牛和小牛犊外逃。而她的哥哥姐姐们有的负责挤奶，有的阻止小牛吃奶，还有的用纱布袋子过滤乳清。所有的工作都在欢笑声中不紧不慢地进行着，气氛非常愉快。我们请格洛丽亚的弟弟斯宾诺沙在接下来的几天里帮我们从村庄里带些补给品，然后就一路啃着奶酪返回营地。我们边走边留心观察云层，觉得它们要比平常更早地释放出负载的水分。吃了两个星期单调乏味的意大利面和豆子，我们都十分期待新鲜的蔬菜、鸡蛋、面包和水果，以至于几乎无法静心思考了。

　　第二天一早，我们离开营地前往塞罗扬托里。开始就很不顺利。事实证明碎石斜坡非常危险，矗立于上方的西壁也不断有石块松脱并砸落下来。我们精神紧张，战战兢兢，想行进得迅速一些，但沉重的背包拖住了我们的步伐。在较低的斜坡上爬到一半的时候，西蒙发现他把照相机落在刚刚休息过的地方了，于是卸下背包往回跑。我继续向上朝右进发，到较低的石壁下躲避随时可能砸落的石块。

　　到了晚上六点，我们成功地站在高耸的山脊上。但此时天气状况急转直下，黑压压的乌云迅速聚集过来，而我们所在的位置毫无遮掩。天色暗下来时，我们靠着一小块掩蔽岩石支起小型帐篷安顿下来，准备好好睡上一觉。雪下了整夜未停，但我们担心的暴风雪

---

　　① 帕丁顿：英国作家迈克尔·邦德的《一头名叫帕丁顿的熊》的主角，是一只深受少年儿童喜爱的拟人化的熊。——译者注

并没有发生。我们的天气理论似乎被证实了。

第二天早晨，我们满怀希望地启程，顺着白雪覆盖的南山脊向上攀登。但在海拔5 500米的高度我们被迫放弃。齐腰深的粉末状雪令我们举步维艰，布满雪檐的山脊危机四伏。峰顶的冰塔下形成一个双层雪檐，一道裂口把雪檐一分为二。我进入那道裂口，穿越它清楚地俯视西壁。我们决定暂时到此为止。

从地质疏松、碎石密布的西壁石墙艰难地下山后，我们疲惫不堪地返回帐篷。至少我们对天气有了一些关键性的了解。当然这里也可能会出现暴风雪，但起码我们不必一看到云团积聚就撤退。

两天后我们又一次出发了。这次的目标是诗里亚北坡的南山脊。从营地这边望过去，它显得雄伟壮观。而且据我们所知，也无人攀登过它。当我们走近一些的时候，就开始明白其无人问津的原因了。登山家艾尔·劳斯回到谢菲尔德的家中后，曾告诉我们这是"一条有些难度的山脊"。近距离观察后，我们意识到别人说艾尔的评论作风谨慎保守是完全恰当的。经过寒夜露营的煎熬，又在向一个位于山脊脚下高耸的垭口进发时遭遇粉末状雪，我们累得筋疲力尽。一排排雪檐近乎垂直地悬挂于山脊上，并在我们上方600米的地方一跃而上直达峰顶，令人叹为观止。如果用冰镐碰触底部的雪檐，可能会使原本就摇摇欲坠的大冰块整个砸向我们头顶。尽管没成功，我们还是哈哈大笑，自嘲白费力气，猜测理查德得知我们第三次登顶依然失败后会作何感想。但是我们身体状况很好，也已经适应了环境，为我们的主要目标——从修拉格兰德西壁登顶做好了准备。

接下来的两天里，我们好好地犒劳了自己，充分享受食物和阳光，为攀登西壁作准备。我们要抓住下次出现好天气的时机攀登修拉格兰德。可我开始感到一阵阵的恐惧。万一发生不测怎么办？想要我们的命可一点儿也不费劲。我们竟然选择把自己置于如此孤独无援的境地，我感到自己如此渺小。当我提出我的担忧时，西蒙吃吃地笑。他了解我担忧的缘由，也许内心深处也涌动着同样的紧张。

适度的恐惧心理是健康的，能够感到自己的身体对恐惧产生反应也是好的。"我们能行，我们能行……"每当我觉得肠胃仿佛被掏空、缺乏底气的时候，就像念咒一样不停重复这句话。这并非虚张声势，而是让自己兴奋起来，准备好进行最后一搏。对我来说，这总是准备工作中很困难的一部分。有人说这是理性，其实坦白地说，是极度恐惧才对！

西蒙最后说："好吧，我们先在山壁脚下找个雪洞休息，第二天再前进一段。我预计花两天上山，两天下山。"

"如果天公作美的话……"

早晨，天气情况不妙。汹涌而来的云层遮挡住大半山峰，山体上部一片黑压压，只能看到半山腰以下。空气中有一种莫名奇妙的危险味道。我们都嗅到了。当时我们在收拾背包，打算如果天气好转就明天一早出发。这究竟会是一场呼之欲出的暴风雪，抑或是亚马逊雨林送给我们的礼物，只是这礼物比平时来的更早一些罢了？内心思忖着，我又在背包里多装了一罐瓦斯。

"我不介意赢得下一个目标。到现在为止，这是第三座还没有攀登者成功登顶的山峰。"

看到西蒙面露愁容，我冲他微笑。

"修拉格兰德可不一样。它从起点开始就非常陡峭，连雪粉都停留不住。"

"那么，你们估计要四天？"理查德漫不经心地重复。

"外出五天。"西蒙扫了我一眼，"如果我们一个星期以后还没回来，我们所有的装备都归你了！"

我看得出来，理查德的笑声不是发自内心的。我一点儿也不羡慕他能在这里等待，因为他永远也不会知道山上可能发生什么。五天可是一段漫长的时间，特别是当你独自一人，没有人可以与你交谈的时候。

"三天过后，你可能就会猜测各种结局，但请尽量不要担心。我

13

们知道自己在做什么，而且就算发生不测，你也无能为力。"

尽管已经想尽一切办法减轻负重，我们的帆布背包依然是个很重的负担。我们挑选硬件时比以前考虑得更加全面。小型帐篷太笨重了，我们决定把它丢在这里，转而依靠寻找适合的雪洞休息。可是即使减掉了帐篷，雪椿、冰锥、冰爪、冰镐、攀岩装备、炉子、瓦斯、食物和睡袋等还是让我们不堪重负。

理查德决定陪我们一直走到冰河那里。第二天早晨阳光热辣，我们步伐稳健地踏上旅程。一个小时后，我们到达了冰河的起点。冰河左岸是一面被冰包裹的大岩石，我们开始攀爬位于地势较低的冰河冰碛和这面岩石之间的陡峭隘谷。刚才的泥浆和碎石地面到这里变成了杂乱无章的漂砾地和岩屑堆。绕过或者翻越这些障碍物都非常费力，其中一些障碍物的体积比人大好多倍，何况我们还背着硕大的背包。经过两个星期的高原生活，理查德已经能够跟上我们的行进速度，但从我们停下休息的地方可以看到，前方有一片耸立的冰柱和混着泥浆的冰川晶冰，对于只穿了轻便户外休闲鞋的他来说，将是个难以逾越的障碍。为了通过那里到达冰河，我们必须翻越一个二三十米高的冰崖。这个冰崖虽然不高，但十分陡峭。向上攀登的线路上方还悬着巨大的石块，看起来相当不稳固。

"我认为你不应该再往前走了，"西蒙说，"我们虽然可以把你带过去，但不会原路回来。"

理查德沮丧地环顾四周，到处都是泥浆和坡栖砾石，一片荒芜。他一直希望能看到比这些更不同寻常的东西。可他还没见到修拉格兰德的西壁呢！

"你们走之前我要给你们拍照，"他宣称，"你们不知道，也许我把它们当死难者照片卖掉，还能大捞一笔呢！"

"比你想像中的更值钱，我敢肯定！"西蒙嘟哝着。

我们在漂砾群和他分道扬镳。我们站在高高的冰崖上往下望，

他显得那么凄凉，好像被遗弃了一样。他将要度过一段孤独的时光。

"要小心啊！"他把手握成喇叭状放在嘴边对我们喊。

"别担心。"西蒙喊道，"我们可没打算以身犯险，一定会按时回来的。回头见！"

我们继续向第一组冰裂缝攀爬，理查德那孤独的身影很快就消失不见了。在冰裂缝处我们装上了冰爪，用绳子结组。由于山体表面都被冰层所覆盖，在冰层反射的光的照耀下，冰河上的温度很高，而且一丝风也没有。冰河的边缘都破裂变形了，我们回头看着自己来时的路线，想把特征都记在脑子里。我们可不想在下山的时候忘记路线，到那时我们的脚印一定已经被新下的雪掩埋了。我们返回的时候，必须知道应该从冰裂缝的下方还是上方通过，这一点是很重要的。

清冷的夜晚降临到群山之间，我们把自己舒适地安置在西壁下的雪洞里。明天一早就启程，必定寒气逼人。

第二章

命运的挑战

乔走向冰河时，耶鲁帕哈耸立于他上方。

凌晨五点，海拔很高的安第斯山脉的冰川上，天寒地冻。我用力绑好绑腿，突然手指一阵剧痛，竟疼得无法动弹了，折磨得我不由自主地前后摇摆身体，因为灼热的疼痛而呻吟。我心想，以前可从来没有遇到过这么糟糕的情况。但是越把注意力放在那上面，疼痛的感觉越折磨人。该死的，真是太难受了！

西蒙看着我苦恼万分的样子，咧开嘴笑了起来。我知道只要暖和起来手指就不疼了。这对我起到了些许安慰作用。

"我走前面，好吗？"西蒙说道，他知道这时让我打前锋的话对我不利。我痛苦地点点头，他动身爬上雪洞上方的雪崩锥，朝着高高耸立的、在晨曦中闪烁着蓝色光芒的冰原进发。

对，就是这样！我看着西蒙靠在山壁底部的小裂缝上，把他的冰镐牢牢地钉进上方陡峭的冰墙。天气看起来不错，没有出现预示暴风雪的云团。如果天公作美，我们将顺利登上峰顶，并赶在下次坏天气来袭之前走完下山路程的一半。

我不停地跺脚，想使靴子里变暖和一点儿。西蒙双腿伸直向上跳跃，然后将冰镐敲进冰面。碎裂的冰片发出清脆的响声，掉落在我的肩上。我一边躲闪着，一边转过脸朝南边眺望，塞罗萨拉泊峰顶上方的天空微微透出鱼肚白。

我再次向上看西蒙的时候，他已经差不多在登山绳的末端了，比我高出近50米。我得伸长脖子才能看到他。冰面实在是太陡了。

听到他欢快的叫声，我取出冰镐，检查了自己的冰爪，开始向上攀登。到了那个冰裂缝的时候，我才意识到它是多么陡峭险峻。我感觉很不稳当，又被登山绳的角度封住，直到把自己拖出冰裂缝边缘并蹬上冰墙才感觉好些。起初我感觉僵硬吃力，动作也不协调，徒劳无功地挣扎了一阵。后来由于运动使身体暖和起来，节奏也变得平稳了。这时，一阵狂喜之情涌上我的胸口，我为自己到达这里感到欢欣，这种情绪让我向着远方的目标继续进发。

西蒙离我大概30厘米，他倚在固定于冰面的冰锥上，显得轻松随意：

"可够陡的，是吧？"

"几乎从底部开始就是垂直的！"我回答，"不过冰面可真光洁闪亮啊！我敢打赌这里比德罗伊特斯（Droites）还要陡。"

西蒙把剩下的冰锥给我，我在他上面继续攀登。汗水开始渗出来，早晨的寒冷一扫而空。头朝下，留意自己的双脚，摆动，摆动，跳；再看自己的脚，摆动，摆动……顺利攀升了近 50 米，不费力气，也没有头痛，感觉自己站在世界的最高点。我把冰锥敲进冰面，平滑的冰面出现裂纹，爆裂开来——敲进，压紧，用力击打，向后倾斜，放松。就是这样！我感觉到体内有东西在流动，那是热度、血液和力量在流动。这是对的。"呦——吼——"回声一遍遍围绕着冰川回响。冰川上的那个雪洞已经倒塌，在我们的视线中越来越小。从雪洞昏暗的阴影开始，可以看到浅浅的杂乱的鞋印，还有阴影的轮廓一道盘旋向上延伸。

西蒙继续往上攀登。他用力敲击，碎裂的冰块纷纷掉落下去。再用力敲击，踏着冰锥往上攀登，头朝下、敲击、跳跃，超越我继续向上。没有对话，只是用力敲击、均匀呼吸。他的身影越来越小。

我们攀登了更长的距离，300 米，600 米。我们开始疑惑到底什么时候才能走出这片冰原。行进节奏变得零乱而单调。我们顺着自己选择的路线不停地向上看，向右看。近距离看，这条路线就显得不一样了。我们身旁的岩石扶壁一直延伸到那些乱蓬蓬的隘谷里去。岩脊上覆盖着缎带般的雪，到处都是冰条和冰柱。可是我们想找的那个隘谷在哪里？

太阳已经当空照了，我们把夹克和上衣都脱下来放进背包里。我跟在西蒙后面，由于高温和干渴，速度渐渐慢了下来。随着绳子的角度缓和下来，我朝右看，发现西蒙跨坐在一块大石头上，卸下背包，正在给我拍照。我朝他微笑，翻过那片冰原的上缘，顺着一道比较平缓的斜坡朝他走去。

"吃午饭吧。"他一边说，一边把巧克力和李子干递给我。瓦斯炉的火焰偏向一侧，起劲地噬噬燃烧着。西蒙把背包放在旁边挡风。"饮料就快好了。"

我靠着身后的石头坐下，惬意地沐浴着阳光，边休息边环顾四周。这时已经过了正午，感觉十分温暖。碎裂的冰块从高耸于我们上方600多米的陡壁哗啦啦地往下掉落。但此刻我们是安全的。我们憩息的岩石顶部有个凸块，将冰原上方的空间分割开来，因此碎冰块都顺着它滚落到两旁，不会伤害到我们。我们居高临下地俯瞰，冰原的坡度极陡，就像一面垂直的墙，从我们所在的岩石之下直落。在一种令人头晕目眩的引力作用下，我不自觉地把身体朝这个落差前倾，感觉自己好像要被下面连绵不绝的雪冰拽下去一样。我又凑近了一些，使腹部贴紧地面，呼吸到一股强烈的危险气息，我既恐惧又沉迷于这种感觉。

我们的脚印和那个雪洞都已经消失在白色冰层和冰川折射出的耀眼光晕之中。今晚的风会将我们留下的所有痕迹都抹去的。

黄色巨岩的拱壁上层把山壁一分为二，挡住了我们前方的视线。当我们与之平行地向上攀登时，才意识到它的庞大——它足有300多米高，这样的高度在多洛米蒂山区已经使其自成一座山了。石块不断地从拱壁上呼啸而下，砸落到冰原右侧，然后一路弹跳、翻滚到冰川上。感谢上帝，幸好我们刚才没有选择更加靠近拱壁的路线进行攀登！远远看去那些石块很小，似乎不具备杀伤力，但是从上百米甚至几百米高的地方自由落体下来，即使是最小的石块也会像步枪子弹一样把我们击伤！

有一个陡峭的冰槽穿过这片拱壁的侧面并向上抬升，沿着它可以抵达我们从诗里亚北坡看到过的那个宽阔的、向外悬伸的隘谷，我们必须找到它。这个冰槽对登顶至关重要。我们必须在六个小时内找到隘谷，攀登上去并在高处挖好一个舒适的雪洞。隘谷的边缘伸出一座巨大的冰崖，上面冻结着一些6~9米长的冰柱，这些冰柱恣意悬挂在下方 60 米高的山体之上。我们想要进入冰崖，但穿过那圈冰柱直接沿着山体爬上去是不可能的。

"你估计还要爬多高才能到达冰槽?"我看到西蒙正在专注地观察岩石，问他。

他指着冰崖正左侧一排极其陡峭的冰柱说："还得再爬高一点儿吧。不可能是那个。"

"从那说不定也能到达，但的确不是我们看到的。你说得对，应该是在那片杂地上面。"

我们不再浪费时间。我把炉具收好，拿出冰锥和冰镐，起身穿过斜坡，首当其冲地顺着陡峭的冰面向上攀登。这里的冰面更加坚脆易碎。我从双腿中间向下看，发现他正在躲闪被我用冰镐凿碎掉落的大冰块。偶尔躲闪不及正好被砸中时，他疼得嘴里骂骂咧咧的。

西蒙在系绳处赶上了我，针对我刚才引发的一轮狂轰滥炸发表了感想。

"那么，现在轮到我了。"

他越过我向上，沿着一条斜线向右，翻越了一些隆起部分和几片薄冰区域，有些地方的岩石裸露到薄冰外面。我避开了一些大块的落冰，但紧接着又掉下来更多，还是有一块毫不留情地击中了我的脑袋。我警觉起来，又感到很疑惑，西蒙的确是在我上方，不过是在偏右一些的角度! 我抬头想看看这些冰是从哪里掉下来的，结果发现是来自我正上方很高的峰顶山脊的雪檐，有些雪檐竟伸出西壁足足有十多米，我正好就在冰块的坠落路线上。突然之间，这一天变得不那么随意轻松了。我注意到西蒙的前进速度也慢了下来。我躬身向上攀登，一想到雪檐随时可能会坍塌，就感觉毛骨悚然。我以最快的速度跟上他。他也意识到存在的危险。

"上帝啊! 我们得赶紧离开这儿。"他一边把冰锥递给我一边说。

我赶忙出发。一座冰瀑顺着其下陡峭的岩石表面垂挂下来，形成一个 15 米高、大约 80°的陡峭台阶。我到了它的底部，凿进一个 **21**

冰锥。我要一鼓作气攀上它，然后向右移动。

水在冰下流动。我用冰镐敲击的时候，有几处的岩石爆出了火花。我放慢速度，小心翼翼，以免贸然铸成大错。在接近冰瀑顶端的位置，我紧握住右侧的冰镐，踮着脚迈步。正当我挥动右手中的冰镐时，一个黑色物体突然朝我猛冲下来。

"有石块！"我一边呼喊，一边躲闪。石块呼啸而下，先是砰砰地击中我的肩膀，接着撞击我的背包，然后掉落下去。我发现西蒙听到我的警告后抬头向上看。直径约半米的大石块在我身下直接向他砸去。仿佛过了一个世纪他才开始作出反应，而且动作十分随意，真令人难以置信。当石块就要向他砸个正着的瞬间，他向左一偏，垂下头来。我闭上眼睛，更加用力地拱起身体，以抵御更多砸向我的石块。我睁开眼睛的时候，看见西蒙把背包放在头顶上，几乎整个人都躲在背包下面。

"你还好吗？"

"还可以！"他在背包下面喊。

"我以为你被砸中了呢！"

"只是一些小块的。快走吧，我可不想待在这儿了。"

我爬上冰瀑的最后一两米，迅速往右躲进了岩石的遮蔽之下。西蒙赶上我，露出他的招牌笑容问道："那一堆石头是从哪儿掉下来的？"

"不知道。我也是在最后一刻才发现的。该死的，离我们太近了！"

"继续上路吧。从这儿我都能看到那个隘谷了。"

在拱壁的一个角上已经能看到那个陡峭的冰槽。在肾上腺素的刺激下，西蒙快速向那里前进。这时已经四点半，距离天黑还有一个半小时。

我又前进了整整一个绳距，经过他的落脚点，可是那冰槽看上去一点也没变近。惨淡发白的光线让人很难目测其距离。西蒙向冰槽脚下发起了最后一轮短距离冲刺。

"我们应该在这里露营，"我说，"天很快就黑了。"

"但这里没有岩脊，也绝对挖不成雪洞。"

我知道他是对的。在这里过夜一定会很不舒服。但天已经黑得快要看不见东西了。

"我想试试，在天黑前翻过去。"

"太晚了……天已经黑下来了。"

"哦，我们再接着来一个绳距就可以了。我更倾向于这样。"我很不喜欢在陡峭的冰面上跌跌撞撞，摸黑寻找系绳处，但还是顺从了西蒙的意见。

我从冰槽底部的左边斜向攀登了一小段距离。"天哪！这里是向外悬伸的！冰面也非常恐怖！"

西蒙沉默不语。

五六米高、被腐蚀得像蜂窝一般的冰墙在我面前拔地而起。然而在那之上，地势稍微缓和了一些，坡度也向后倾斜，不再那么陡峭。我重重地把冰锥敲入冰墙脚下坚实的水冰里，将绳子穿过冰锥，打开头灯，深吸一口气，开始攀登。

起先我有点紧张，因为冰墙的角度迫使我的身体向后弯曲，而且蜂窝状的冰面在脚下发出嘎吱嘎吱的声响，不时裂成碎冰掉落下来。但是冰镐凿入坚硬的冰层，非常牢固，于是我开始全神贯注地攀登。经过短暂的努力，我气喘吁吁，冰墙已经在我脚下，西蒙也已经看不到了。我踮脚站在玻璃般明亮的坚冰上，冰面在头灯光线的照射下呈现一片湛蓝。灯光透迤向上，最终融入到阴影中去。

黑夜一片寂静，只能听到我的冰镐被风吹动的声音，只能看到头灯射出的摇曳的圆锥形光亮。我完全沉浸在自得其乐的攀登过程中，放佛西蒙并没有与我同在。

用力敲击，再次敲击——就是这样，现在该换冰锤了。低头看看双脚。看不到。使劲踢，再踢。我站在高处，向阴影里凝望，试

图辨认出路线。蓝色玻璃般的冰面随着头灯光线的摇晃仿佛乘着有舵雪橇在曲折向左跑动。右侧的冰柱地带下，冰面角度猛然变陡。冰柱后面会是另一条上山的路吗？我向上移动，到了冰柱边上。几根冰柱断裂了，重重地砸下来，如同枝形吊灯在黑暗中叮当作响。一阵微弱的喊声从下方远远传来——我还来不及回答。这条路线是错的。该死！该死的！再下去，倒退。不！再来个冰锥吧。

我在安全带里摸索，可是一个冰锥也没找到——只得作罢，还是返回到冰柱下面吧。

当我再次到达冰槽，我往下朝西蒙喊叫，但没有回答。被大风吹起的雪粉猝不及防地从上空一泄而下。我的心怦怦直跳。

我已经没有冰锥了。我忘了从西蒙手上拿过来，在底部已经用掉自己仅有的一个冰锥。我不知所措，这是近40米高的异常陡峭的冰墙。要再下去吗？我内心一阵战栗，想到身下的落差，而我毫无保护。没有岩石可利用，必须要用冰锥来固定绳子。我再次喊叫，可是仍然得不到回答。深吸几口气，继续努力吧！

我能看到冰槽的顶部就在我头顶大约5米的位置。最后的3米多几乎呈筒状垂直向上，而且由坚实的冰面过渡到柔软的粉雪。我横跨在上面，分开双腿抵御飘雪。落在下面的冰锥距离我70多米，这使我非常恐惧。我使劲挥动冰镐，反复检查周围，快速、剧烈地吸气，然后把自己拖到冰槽上方一个较缓的雪坡上。

等呼吸恢复正常，我爬上一座石壁，在疏松的裂缝和石块之间把登山绳系好。

西蒙终于和我会合。他大口喘着粗气，他不耐烦地嚷嚷："你可真是不紧不慢啊。"

我被激怒了："太他妈的费劲了，我简直是在唱独角戏，我身上没有冰锥了。"

"算了，我们得找个地方露营。"

已经是晚上十点，风开始加大力度刮起来，气温降到零下15℃。

但我们感觉到的还要寒冷得多。经过一天十五个小时的艰难攀登，我们都筋疲力尽而且心烦意乱，挖掘一个雪洞需要花费大约一小时，这让我们感到焦躁厌烦。

"这里不行，"我瞄了一眼西蒙相中的斜坡说，"不够深，挖不了雪洞。"

"我到那上面试试看。"

西蒙指向一个直径足有15米的高尔夫球状大雪堆，它倔强地依附着我们头顶将近10米处的垂直石壁。他爬上去，小心翼翼地用冰镐挖凿。我站在摇摇晃晃的系绳处，心里很赞赏他的谨慎小心。如果不慎使雪堆突然脱离石壁，我就会被一起卷走。

"乔！"西蒙喊我，"哇哦！你肯定不会相信！"我听到钢锥敲击岩石的声音，西蒙欢快地尖叫几声，连连呼喊我上去。

我将信将疑地把脑袋探进他刚挖好的小洞里。

"我的老天！"雪堆是空心的，内部空间很宽敞，高度差不多够一个人站立，旁边还有个小点的洞穴。这里简直就是现成的宫殿！

"我就说你不会相信嘛。"西蒙舒服地靠在他的背包上，把保护绳系在一个结实的木桩上，在这块新领地上得意地挥舞双手。"这里还有浴室呢！"他高兴地说，所有的疲惫和坏心情都一扫而空。

然而，收拾妥当、钻进睡袋的时候，我对露营的厌恶心理像往常一般禁不住在头脑里翻来覆去。我一直尝试着去确定安全的边界，我有足够的理由对这个雪洞的不稳定性保持警惕。西蒙也知道为什么，但对此喋喋不休也毫无意义。这里没有更好的选择。

我仍然清楚地记得，两年前攀登贝提德鲁西南侧的博那提峰的时候，我们同样是别无选择。当时我和登山者伊恩·惠塔克结伴。我们一起爬上600多米高的金红色花岗岩尖顶，俯瞰查默尼克斯山谷的风景；我还为进展之迅速洋洋得意。太阳光芒为山谷镀上的耀眼轮廓线在整个阿尔卑斯山系柔和背景的衬托下，显得灿烂辉煌、巧夺天工。我们觉得这真是阿尔卑斯山最令人愉悦、最具美感的登

25

山线路之一。那天的攀登很顺利，夜幕降临之前我们已经到达峰顶下方百来米的位置。不过当时的地势仍然非常陡峭复杂，当天晚上登顶是不可能的，也没有必要仓促地找个岩脊来露营，因为天气晴朗稳定，我们肯定能在第二天登顶。那是个温暖的夜晚，从海拔3 600多米的高度望上去，天空繁星闪烁。

我待在一个狭窄的落脚点，脚下是大片高耸而险峻的山壁，伊恩则在我上方。他沿着一个转角攀登，那里极其陡峭，而且缺乏光线，他不得不放慢速度。我在寒冷的晚风中瑟瑟发抖地等着，两脚交换着跳来跳去，试着在狭小的空间里让血液重新循环起来。经过漫长的一天，我十分疲倦，渴望能躺下来舒舒服服地休息一下。

终于，一声微弱的呼喊告诉我他找到了。我一边骂骂咧咧，一边奋力向他刚刚经过的那个转角爬上去。天色越发昏暗了。在天黑之前，我就发现我们有点偏离了预设路线。我们笔直地沿着一条把垂直岩壁一分为二的陡峭裂缝攀登上来，而没有向右斜攀。这样我们就处在一块巨大的岩石隆起之下四五十米处。毫无疑问，明早我们必须采取比较麻烦的斜角绕绳下降法，再去翻越它。不过对于当下来讲，这条路线也有其优势：至少晚上我们可以躲避落石的袭击。

我看到伊恩坐在一块大约一米多宽的岩脊上，它的长度能容纳我们两个人以头对脚的姿势躺下。这样睡一晚上是相当足够的了。我向他攀登过去的时候，借着头灯的光线发现，转角之上是一面垂直的山壁，这块岩脊实际上就是固定于这面山壁的一个庞大基座的顶端。岩脊非常坚固，我们没有理由怀疑它的安全性。

一个小时后，我们把安全绳固定在一个旧环形木栓和一块又长又尖的岩石之间，紧紧抓住绳子进去，准备睡觉。

接下来的几秒钟令我终身难忘。

我躺在防水睡袋里，半梦半醒，伊恩正在对他的安全索作最后的调校。突然间，毫无征兆地，我感觉自己整个人在急速下降。与此同时，响起了震耳欲聋的轰鸣声和碎裂声。当时我的头在睡袋里，双臂在胸部的开口外胡乱挥动。当我将要垂直落入下面 600 多米的深渊时，只感到令人眩晕的恐惧。在巨大的轰鸣声中，我听到一声因恐惧而发出的尖锐叫喊，接着感觉到一股反弹力量。安全绳拽住了我。在下落时我无意中抓到了安全绳，我的重量全部挂在腋窝处。我在绳子上轻轻摇晃，一边试图记起我是否给自己系上了安全绳，一边为了以防万一牢牢抱紧自己的双臂。

大量花岗岩落下发出的雷鸣般的巨响在山间回绕，然后一切归于死寂。

我完全失去了方向感。周围的死寂让人感到恐惧和不祥。伊恩在哪儿？我想起刚才听到的那声短促的叫喊，想到他也许根本没有系上安全绳，这个念头令我惊恐万分。

"真见鬼！"我听到附近有人带着兰开夏①口音恶狠狠地说。

我用力把头从紧压着的睡袋里伸出来。伊恩被 V 字形的安全绳悬在我旁边。他的头垂在胸口，头灯在周围的岩石上投射出黄色的光。我看到他的脖子上有血。

我在睡袋里摸索出自己的头灯，然后小心翼翼把他的头灯的皮筋带拉开，检查他的伤口。刚开始他几乎说不出话来，因为在下落过程中他的头被重重撞击了。幸好伤口很小。但在正要进入梦乡之际毫无征兆地跌落下来，使我们着实受到惊吓，彻底懵了。过了一段时间，我们才意识到是整个基座从山峰上脱落下来，直接掉下了山壁。渐渐地，我们开始意识到自己处境的危险性，因而不断发出神经质般的诅咒和歇斯底里的傻笑。

面对这个始料未及的事故，我们最初的反应是宣泄。然而最终我们都沉默下来，极度的恐惧和不安占据了我们的心头。用电筒往上照，我们看到两根安全绳吊在岩脊下的部分已经被掉落的岩石割得支离破碎。转过去检查安全索的时候，我们骇然发现，我们赖以

---

① 兰开夏（Lancashire），英格兰西北部的一个郡，邻近爱尔兰。　　　　**27**

悬挂的那个环形木桩正在移动位置，系着绳子另一头的那块又长又尖的岩石也已经严重损毁。看上去，似乎两个支撑点当中的任何一个都有可能随时垮掉。我们清楚，一旦任何一个支撑点失灵，我们就会一起掉入无底深渊。我们迅速搜寻身上的装备，看看怎么样可以把支撑点加固。结果发现几乎所有装备，包括我们的靴子在内，都跟岩脊一起掉了下去。我们原先太过轻信这座岩脊的安全度了，以至于都没想到要把装备拴在安全绳上。现在我们什么也做不了。

试图往上或者往下爬都是自寻死路。看着我们头顶那块巨大的岩石隆起的阴影，我们放弃了一切攀爬的念头，而且我们没有绳子，仅剩下脚上的袜子。下面就是垂直的山壁，隐藏在黑暗当中，要越过这种障碍物，我们只能通过登山绳下降。而最近的岩脊在下方60米处，在接近它们之前，我们肯定早就一命呜呼了。

我们在那根脆弱的绳子上悬挂了难熬的12个小时。最终，有人听到了我们的呼救，一架营救直升机成功地把我们从石壁上拉了上去。那个夜晚的经历令我终身难忘。在漫长得像几个世纪的时间里，我们随时都有可能坠落，前一分钟还在歇斯底里地大笑，接着马上就陷入沉默，腹部一直紧绷、僵硬，等待着我们不愿意去想的事情发生。

伊恩在第二年夏季又回到了阿尔卑斯山，但他登山的意愿已经被摧毁。于是他回到家中，发誓再也不踏进高山。我比较幸运，或者说是鲁钝，克服了自己的恐惧心理，可是露营的时候除外。

※　　※　　※

"想吃点什么？"西蒙准备夜宵的时候问，"茄合还是火鸡三明治？"

"谁稀罕啊！两个都够让人讨厌的！"

"选得好。那就火鸡三明治吧。"

喝了两杯西番莲汁，吃了一些李子干后，我们就安置下来睡觉了。

第三章

峰顶的暴风雪

乔在一次前期勘查中穿越冰碛。

早晨，整理行装的工作比以前轻松得多。因为这里的优势便是有足够站立的空间，可供我们卷起防潮垫、打包睡袋和整理昨晚扔得乱七八糟的登山装备。

这次该我打前锋了。西蒙留在雪洞里，把保护绳系在一根岩钉上。我小心翼翼地从那个小入口出来，走到我们昨晚摸黑登上的隘谷的倾斜冰面上。我不熟悉这地面。脚下是坚实的冰面，它先是呈漏斗状下降到一个收窄的曲面锥形山体，然后消失在昨晚我奋力逃脱的那个峡谷的筒状顶部。我们昨天攀登过的巨大冰原已经看不到了。我向右上方看过去。在我上面一小段距离，隘谷的顶端覆盖着垂直的冰瀑，高高耸立。但在它较远的那一侧，可以看到角度比较缓和，有一条通道向上越过冰瀑直达另一个更高处的隘谷。

我踮着脚尖向右走，接着停下来凿入一个冰锥，开始在冰瀑侧面攀登。这里的水冰质地堪称完美，我很享受眼下的热身运动，干劲十足。我往后看了一眼雪洞的入口，看见西蒙正在向外探头，给我传送绳子。这个天然雪洞的结构比昨晚看起来更加得天独厚，我禁不住惊叹，我们竟然会有如此的好运找到它。要知道，在隘谷顶部露天度过一夜，最起码也是很不舒服的。

我沿着积雪的隘谷而行，到冰瀑上方的时候绳子拉到了尽头。西蒙很快赶上了我。

"跟我们想的一样，"我说，"下一段我们应该能到那个向外悬伸的斜坡。"

我站在隘谷处休息，他动身向右，进入我们很早之前在诗里亚北坡看到的那条关键的斜坡线路，很快就不见了踪影。我估计我们已经度过了最困难的时刻，到达那个斜坡的顶部，再攀登通往峰顶的斜坡只剩下时间问题了。

在斜坡那里赶上西蒙的时候，我才意识到我们的困难还没有结束。斜坡的顶端一排牙齿状的冰塔，看上去它们之间没有通路，这可是难以逾越的障碍。而要想从斜坡两侧垂直的石壁向上攀登也是很困难的，那些冰塔不留缝隙地从一面石壁延伸至另一面。

"该死！"

"嗯，情况不妙。我没想到这些。"

"也许会有出口，"我说，"要是没有，我们就被困住了。"

"希望不会！要返回的话可是很长一段路。"

我看了看邻近的山峰，试着目测我们所在的高度。

"昨晚我们露营的海拔大约是5 800米。那么……对，也就是说我们还有差不多500米要爬。"我说。

"我觉得应该是大约600米。"

"好，就算是600米吧。但我们昨天在坚冰上行进了七八百米，所以今天应该可以登顶。"

"我可不敢确定。这要看那出口难度多大了，而且要知道最后一段路可是布满了凹槽。"

我从55°的斜坡开始向上攀登，行动迅速。我们交替在前，很少交谈，集中精力推进步伐。昨天我们用冰锥来保护每一个绳距，陡峭的冰面使我们放慢了速度。今天，我们感觉到空气稀薄带来的不利影响，不过路况较为简单，我们基本能够以双倍的绳距连贯地攀登，前进45米赶上先锋，接着再超过他45米。

我呼吸得很沉重。先把松软的表层雪挖开，露出下面结实的冰层，凿进两个冰锥，再把两个冰镐都固定在落脚点上方，然后把自己拴在冰镐上，呼唤西蒙上来。我们沿着斜坡向上攀爬了约300米的高度，此刻已经接近冰塔屏障。我看了下手表：下午1点。早上我们睡过头了，动身较晚。不过，我们在4个半小时内完成了10个绳距，已经把进度补回来了。我感觉自信和轻松。我们已经很适应这条路线，确信能完成它。想到自己将在如此高难度的山壁上实现首次成功登顶，我难以平抑内心的激动。

西蒙气喘吁吁地上来时，太阳爬到斜坡顶端的冰塔上，在我们身下的连绵积雪上洒下灿烂的白光。西蒙兴奋地朗声笑了。我能理

解他的好心情。现在已经是万事俱备的时刻了，不存在挣扎或者犹疑，也无需再做什么，只要享受这种感觉就好了。

"我们不如翻过了这些冰塔之后再休息。"

"当然，"西蒙研究着上面的障碍物，接受了我的建议，"看到那些冰柱了吗？那就是我们通过的道路。"

我望着大片冰瀑，第一反应就是要越过它太困难了。它的基部明显地悬伸在外，一面倾斜、光滑的冰墙的顶部悬垂着一圈巨大的冰柱。冰塔的其他部分都是粉末状质地，只有这里表层坚硬。然而，这片冰瀑是我们能找到的惟一突破口。如果要尝试从这里翻越，就必须在那面冰墙上攀登七八米，接着从冰柱中打开一条通道，继续沿着上方角度比较缓和的冰瀑向上攀登。

"看起来很困难啊！"

"是啊，我宁可先试试这块岩石。"

"可这块岩石的质地太疏松了。"

"我知道，但说不定能行。不管怎样我得试试。"

他把岩钉、金属索和一对岩石塞转移到安全带前，然后向左缓慢移动到石壁的起点。我把自己牢牢地固定在冰瀑的右下方。黄色岩石的结构非常疏松，它旁边就是竖直夹在冰瀑和斜坡的岩石侧壁之间的粉末状雪。

我小心地盯着西蒙，因为我知道，如果他掉下来，一定是突然而剧烈地脱离，无法减弱力量。他尽可能把凸轮装置放进石壁高处的一个裂缝。凸轮装置在裂缝里均匀扩张，四只凸轮都紧紧压着岩石。我猜想，如果西蒙跌下来，那一定是由于岩石破裂，而不会是岩石塞的问题。

他小心翼翼地迈步，先轻踢一下检查立足点的牢固程度，并敲击头顶上的支撑点来测试它们的疏松程度。他犹豫了一会儿，紧贴墙面伸展四肢，尽可能抓住最高处的岩石，然后开始慢慢拉升自己。

我紧张了起来，握住扣在盘状保护器里的绳子，这样万一他掉下来我可以立即控制。

突然，支撑点从墙面松脱了，那一瞬间西蒙保持着原来的姿势，手仍然向外伸展，但抓住的是两块松掉的岩石。然后他掉了下来，向后朝着下面的隘谷跌落。我撑住自己，以为岩石塞也会脱落，但它牢牢地撑在那里，这样我就轻松地阻止了西蒙短暂的下落。

"太棒了！"我嘲笑着西蒙脸上惊慌的表情。

"妈的！我肯定那两块石头是结实的啊！"

他回到我身旁，再次看着那片冰瀑。

"我不幻想能正向翻越它了，但如果我能翻过右侧，应该就能攻克它。"

"这冰看起来有点绵软呢。"

"我们试试。"

他沿着冰瀑的右侧开始攀登，尝试略微斜向右绕过那面陡峭的墙，到冰柱上方再往左面回攀。不幸的是，那里的冰面变成了蜂窝状的雪和白糖状的冰晶。他成功地登上与冰柱顶端平行的位置，然后就无法再向上攀登了。他就在我上方六米多，过了一会儿他被困住了，但是如果沿着刚刚攀爬的路线倒退回来，就很可能会摔下去。最终，他成功地把背带绳环绕一根粗大的冰柱固定住。这根冰柱和冰瀑聚合在一起，形成了一个环状回路。然后他沿绳滑下，回到我的落脚点。

"累死我了。该你去了。"

"好吧！不过如果我是你，我会再往侧面一点。现在我得把大部分冰柱敲掉。"

大部分冰柱都比成人的臂膀还粗，长度差不多一米半。有些甚至更大。我沿着冰墙向上爬，冰墙把我向后推得失去平衡，我立刻感到双臂上的拉力。我背上的背包将我拉离冰面。我的靴上装着冰爪，我双脚快速地沿着墙面向上跳，并把冰镐用力敲进上方易碎的冰面，把自己拉上去；再跳，我一直在试图通过快速爬升来节省力

33

气。接近冰柱的时候，我发现自己坚持不了多久，我已经太累了，无法一边借助冰镐抓牢冰面，一边敲碎冰柱。我拼命挥动冰镐，直到把它深深地凿入冰面，使它足够结实来承受我的重量。然后我把安全带穿进冰镐，疲倦地悬在上面。我保持警觉地注意嵌入冰面的冰镐尖部，直到确信它能够安全地承受我的全部重量才拔出冰锤，再伸手向上往墙面锤进一个冰锥。

我把绳子穿过冰锥固定好，放松地吁了一口气。至少不会再有跌落3米以上的危险了。我已经能很轻松地够到那些冰柱了。我不假思索地抡动锤子穿透那一圈冰柱，更愚蠢的是，我还抬头去观看自己的成果。结果接近50公斤的冰柱绝大部分砸到了我的头上、肩膀上，然后哗啦哗啦地砸中西蒙。我们俩同时开始诅咒。我诅咒自己，诅咒嘴唇破裂和牙齿断裂的剧烈疼痛，西蒙则在诅咒我。

"对不起，我没想到会这样。"

"我知道了。"

当我再次往上看去，发现虽然经历了痛苦，不过锤子已经完成任务，一条清晰的通往上方坡度较缓和的冰面的路线显露出来。我没费多少时间就登上了冰墙的最高处，上面的隘谷宽阔但底部不深，我把绳子的剩余部分固定在隘谷里的一个系绳处。

西蒙上来了，身上沾满了冰粒，从冰瀑处吹落的粉末状雪像白霜一样覆盖了他全身。他超过我继续前进，到达一个小山脊，它是这个斜坡的尽头，也是通往峰顶的斜坡的起点。我赶到他身边的时候，他已经点着瓦斯炉，腾出一块地方舒服地坐下了。

"你的嘴巴在流血。"他有气无力地说。

"没关系。谁让我自己犯的错。"

此刻感觉冷了很多，因为我们已经没有冰隘谷作掩护，而是暴露在不断来袭的风中。我们第一次看到了峰顶，它由一个巨型的悬伸在外的雪檐构成，这个雪檐凌驾于我们头顶上约250米处的斜坡之上。那道向左侧绵延的山脊将是我们下山的路线，但由于被从东边不断涌过来的漩涡状云层遮挡住，我们无法把它看清楚。似乎坏天气就要来临了。

西蒙递给我一杯热饮，然后深深地蜷缩进外套里，背对着凛冽的寒风。他在观察峰顶的斜坡，寻找最佳的登顶路线。现在最让我们担心的并不是坡度或者技术上的难度，而是最后这段路的积雪的物理性状。整个斜坡呈波纹样，上面布满了凹槽，这些凹槽由于粉末状雪被风刻蚀而成，新雪不断从山壁上脱落下来，使它们逐渐升高。我们已经听到太多关于秘鲁山地凹槽的故事，它们一点也不讨人喜欢，所以最好不要从这里尝试。欧洲的天气模式绝对不会制造出这样的恐怖地带。南美洲的山区以这些壮观的冰雪奇迹闻名于世，在这里，粉末状的雪似乎能对抗重力作用，形成70°甚至80°的陡坡。山脊逐渐形成扭曲的、不稳固的巨大雪檐，一个压过一个地向上抬升。而在其他任何地区的山脉上，粉末状雪都会被吹落，只能堆积在坡度缓和得多的坡道上。

在我们上方，一条岩石带横贯整个斜坡。它并不是很陡，但上面覆盖了一层粉末状积雪，看上去危险四伏。在30多米的高度以上，它与积雪的斜坡重新汇合。斜坡在升高的过程中越来越陡。凹槽从起点开始与岩石带紧密衔接，绵延不断直到峰顶。一旦处于两个凹槽之间的隘谷里，我们就不得不强行登顶，因为翻越一个凹槽再进入相邻的隘谷是不可能的。因此选择合适的隘谷至关重要。我们看到，很多隘谷最终都由于两个凹槽交汇而被封死。如果仔细观察的话，我们应该能找到几个没有被封死的隘谷。可是我开始观察整个斜坡，就发现沿着山壁连续分布的隘谷和凹槽好像迷宫一样，根本找不到那几个合适的隘谷。

"上帝啊！看上去一点希望也没有！"西蒙喊道，"我根本连一条路也找不到。"

"看来我们今天是不能登顶了。"

"如果云团带来降雪的话，肯定登不了顶。几点了？"

"四点。离天黑只剩两个小时。最好快点行动。"

我试图穿越岩石带，却白白浪费了宝贵的时间。这里不像我们刚刚经过的那个斜坡，此处的黑色岩石质地紧实。整个路段像一个陡峭的屋檐般翘起，除了几处小的地方可供抓握，绝大部分都隐藏在雪中。我知道翻越它并不困难，但此刻站在一座完全开敞的山壁上，脚下的落差有大约1 200米，我由于没有保护而感到异常紧张。我和西蒙之间还有一段长长的绳距，绳子上也没有任何保护措施，他就在我们刚刚休息的地方充当我的系绳处，惟一的支撑点是埋在雪中的冰镐。我很清楚，如果我的动作稍有失误，这个支撑点是起不到任何作用的。

我的左脚打滑了，冰爪的着力点在岩石上滑动。我憎恨这种必须小心翼翼维持平衡的攀登方式，但我已经回不了头，必须坚持这样。我在岩石的两个狭小边缘上试图平衡，前着力点摇摇晃晃，几乎就是在打滑。我的腿开始发抖，呼喊着对西蒙发出警告。我听出自己的声音在颤抖，把恐惧心理泄露给西蒙，这让我狠狠责骂自己。我又一次试着向上移动，但被紧张情绪拖了后腿，我无法做到。我知道只需几步就可以到达难度较低的地面。我尝试安慰自己，如果不是因为毫无遮挡带来的心理障碍，同样的路况我把手插在裤袋里轻轻松松就搞定了。但还是摆脱不掉恐惧，它控制住了我。

我渐渐冷静下来，仔细考虑了一下我将要迈出的几步。当我再次尝试的时候，我惊讶地发现这好像挺容易的。我在自己意识到之前就跨越了刚才的困难，沿着易于攀登的山壁迅速地向上。这里的系绳处比西蒙的稍好些，我提醒西蒙注意这一点，然后他跟着我动身了。受到刚才的害怕情绪的影响，我的呼吸仍然十分艰难。看到西蒙很轻松地越过困难地带，我知道自己其实是受制于恐惧心理，这让我感到郁闷不已。

"天哪！我刚被吓傻了！"我说。

"我注意到了。"

"我们要走哪个隘谷?"我想找出一个有希望把我们带出去的,但在接近它们的时候,我们实在是看不出它们是不是被封死的。

"我不知道。那一个看起来最宽。我要过去看看。"

西蒙进入了那个隘谷,开始在厚厚的雪中挣扎起来。在他两旁,凹槽的侧边各抬高七八米,他根本不可能再变更路线。西蒙奋力挣扎,阵阵雪沫像雪崩似的向他劈头盖脸泼洒去,所以他不时会从我的视线中消失。光线迅速地暗淡下去。开始下雪了,雪沫飞溅得更加肆虐。我就在西蒙的正下方,坐等了长达两个小时以后,已经被冻得彻骨了。西蒙不断挖出的雪落在我身上,我无法躲避。

我打开自己的头灯,意外地发现已经 8 点了。花了 4 个小时才攀登了不到 100 米,我严重怀疑我们是否能翻过这些凹槽。终于听到从充满雪的云层中传来一声遥远、模糊的叫喊,我知道自己可以跟上去了。尽管穿上了极地防寒外套和冲锋衣,我还是冷得要死。我们必须在这些可怕的雪坡上找个地方露营,因为像这样系着保护绳长时间端坐是不可能的。我简直不敢相信西蒙为了沿着隘谷攀登这一个绳距所做的一切。他挖了一条从头至尾约 1.2 米深、1.2 米宽的雪沟。他用尽全力想寻找更加坚实的雪层,结果只挖出一层脆弱的冰壳,仅能承受他的体重。大部分冰壳都在他攀登的过程中碎裂了,因此我遵循他带领的路攀登起来也十分困难。他花了 3 个小时攀登,我赶上他的时候,看得出他已经筋疲力尽。我也十分疲惫,而且冻得不行。必须尽快露营。

"我都不敢相信这雪!"

"太他妈的恐怖了。一路上我都觉得自己会摔下去。"

"我们必须露营。我在下面都冻僵了。"

"是啊,但这儿不行。凹槽变得太小了。"

"好吧。你还是在前面带路吧。"

我知道这样做比较容易,还能防止绳子纠结,可随即又很后悔,因为这样我自己就不能继续运动。经过漫长而寒冷的 2 个小时,我 **37**

又在往上30米的地方和西蒙会合了。他在隘谷底部挖了一个大洞，把保护绳固定在洞里。

"我找到了一些冰。"

"结实吗？能承受冰锥吗？"

"呵呵，比什么都没有强。要是你进来，我们可以朝侧面拓宽一下。"

我挤进去到他身旁，十分担心雪洞的底部随时会坍塌到隘谷里去。我们开始往凹槽的各个方向挖掘，慢慢把雪洞扩大成一个横跨在隘谷上的长方体，入口的一部分被我们用挖出来的雪填住。

11点的时候，我们钻进自己的睡袋，咽下最后一口被冻得干硬的晚饭，品尝着今天最后一杯热饮。

"还有接近100米要爬。希望情况不会比我们刚才碰到的更糟糕。"

"至少暴风雪停了。不过可真他妈的冷。我觉得自己的小指被冻伤了，从指头一直到手掌都发白了。"

我们在隘谷里遭遇飞雪侵袭的时候一定有差不多零下20℃，现在寒风又使温度降到了几乎零下40℃。我们很幸运，找到了一个地方挖雪洞。我希望明天等待我们的是晴朗明媚的好天气。

※　　※　　※

瓦斯罐的底部结着一层厚厚的冰。我把它往头盔上磕，磕掉了大部分冰，然后把它塞进睡袋深处，大腿感觉到金属的凉意。五分钟后，我又舒服地蜷缩起来，只剩下鼻子以上的一半脸露在睡袋外面，睁开一只眼睛迷迷糊糊地盯着炉子。炉火燃烧得很旺盛，不过距离我的睡袋很近，颇为危险。蓝色的光透过雪洞的墙壁照进来。在这个海拔6 000多米的地方，我们度过了一个漫长又凄冷的夜晚。

水在炉子上沸腾。我坐起来，急急忙忙穿上了防寒服和冲锋衣，戴上手套，在雪洞的墙壁上摸索装果汁和巧克力的袋子。

"饮料好了。"

"老天爷！我都冻死了！"

西蒙舒展开原本如婴儿般蜷缩的姿势，伸手拿过热气腾腾的茶杯后，又躲回他的睡袋。我慢慢地呷着，把热杯子抱在胸口上，看着第二块雪在锅里面慢慢融化。瓦斯的火焰不那么旺了。

"我们还有多少瓦斯？"我问。

"一罐吧。那一罐空了吗？"

"还没有。我们最好用这罐烧尽可能多的饮用水，把另一罐省下来，下山的时候用。"

"对。我们的果汁也没剩多少了。只有一包。"

"那么说明我们之前的判断是正确的。够再露营一晚就可以了，我们就需要这么多。"

准备工作花费了很长时间，而且天气十分寒冷，但我担心的远远不止这些。那些凹槽就横亘在面前，而这次轮到我领先了。更困难的是，我不得不从雪洞中出去，想办法爬到与隘谷同宽的洞顶。我做到了，但同是也捣毁了雪洞的大部分，把在里面系绳保护我的西蒙埋住了。登上隘谷的斜坡后，我回头往下看我们前一晚攀登过的地方。西蒙挖的沟渠已经消失得毫无踪影，昨夜的暴风雪把无穷无尽的飞雪倾泻在隘谷里，将那道沟渠重新填满了。看到隘谷就在我头顶30米处终结，我感到有些失望。两边的凹槽交汇在一起，形成了一条边缘锋利的粉末雪带。我还是得想办法横跨进入另一个凹槽。

天空非常晴朗，一丝风也没有。这次轮到西蒙坐在那里，坚强地承受我不得不踢下去的如洪水般涌向他的雪。现在是白天，光线充足的好处是有利于攀登，我也能看清是否会打滑；不过从另一方面来说，良好的可见度使我能够从两腿之间瞥见下面近1 500米的一片空阔，我不由得胆战心惊。我心知我们的系绳处一点儿也不牢靠，任何闪失都会招致灭顶之灾，于是全神贯注于前方的道路。当我接近隘谷的闭塞终点时，坡度不断地变陡。显然，我很快就必须从两

侧的凹槽横穿出去。但是，该从哪一侧出去呢？我无法从那些凹槽
的两侧看出去，因此不知道该从哪边横穿。我向下看，发现西蒙正
专心地看着我，只有头和胸口探出雪洞的顶部。他身后就是巨大的
落差，彰显出我们所处位置的极度危险性。在靠近雪洞的地方凹槽
侧边没有那么高，我想对于前方的道路，也许西蒙能够比我看得更
加清楚。

"我该走哪边？你能看见什么吗？"

"别走左边。"

"为什么？"

"看起来地势陡降，好像非常危险！"

"那右边有什么？"

"看不见，可是凹槽没那么陡，无论如何比左边强多了。"

我犹豫了。一旦我开始，也许就无法回头了。我可不想把自己
置于更糟糕的情况之下。然而我怎么伸展自己，都看不到右边隘谷
里的情形。我甚至都不确定那里到底有没有隘谷，我又观察上方视
线范围内的积雪，也看不出会有什么在等着我。

"好吧！注意绳子。"我一边开始往隘谷右侧挖掘一边喊。不过
我又马上因为自己刚刚说的话而发笑。如果系绳处突然彻底开裂，
注意它也不起丝毫作用。

令我意外的是，用两支冰镐左右开弓挖掘凹槽并不比攀登隘谷
困难。稍后，我气喘吁吁地登上了另外一边。这里是深度相同的另
一个隘谷，在它上方可以看到离我们只有一个绳距的峰顶雪檐。西
蒙向我蹒跚走来，看到我身后的峰顶，他冲我大声叫喊：

"攻克它！"

"我也想啊，不过最后这一段看上去尤其陡峭。"

"会过去的。"他动身沿着斜坡向上攀，大量积雪被他翻搅下来，
落在我毫无遮拦的系绳处。我转过身去，凝望着我下方遥远的冰河。

40 突然，我们暴露在外的落脚点令我惊骇不已。松散的雪坡十分陡峭，

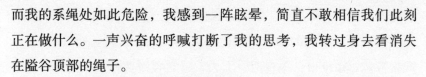

而我的系绳处如此危险，我感到一阵眩晕，简直不敢相信我们此刻正在做什么。一声兴奋的呼喊打断了我的思考，我转过身去看消失在隘谷顶部的绳子。

"行了。没有别的凹槽。上来吧。"

我疲惫地把自己拉出了隘谷，看到西蒙分开双腿跨坐在凹槽上咧着嘴笑。在他身后不到15米的地方，一块突出的雪冰惊险地伸到西壁之外，而峰顶雪檐就在雪冰当中高耸着。我很快超过了西蒙，踩着冰爪在坚实的雪面上攀登，然后左转，那边的雪檐是最小的。10分钟后，我站在那条把西壁和东壁分割开来的雪脊下面。

"拍张照片吧。"

我等着西蒙准备好相机，才越过山脊把冰镐插到东侧，把自己拉上峰顶之下的垭口，这个垭口有着宽阔的后背。四天以来，我头一次获得了全新的视野，大饱眼福。雪沐浴着阳光，一直绵延到东边的冰河。在西壁上度过漫长、寒冷和阴霾的几天，此刻坐在这里被温暖的阳光包裹着，是一件奢侈的事。我忘记了，我们现在是在南半球登山。一切都是颠倒的：这里的南面山壁就相当于阿尔卑斯山脉那些冰冷的北壁，而东壁则相当于西壁。难怪早晨总是如此阴冷，使得我们必须等到稍晚一些动身，这样才能享受到几小时的阳光。

西蒙追上我，我们很开心地大笑着，把背包放下来坐在上面，随意地把冰镐和露指手套扔进雪地里。我们往四周打量着，心满意足地享受片刻闲适。

"把背包放在这里，直接上峰顶吧。"西蒙说，打断了我自我沉醉的畅想。峰顶！我都忘了我们只是到了山脊呢！能从西壁脱逃似乎本身就是一种结束。我抬头望着西蒙背后高高耸立的冰激凌状圆锥尖峰。大概只有30米远了。

"你打头。你登顶的时候我给你拍照。"我对西蒙说。

他抓了一些巧克力和糖果，然后站了起来，慢慢地踏着松软的 **41**

雪地向上走。高海拔正在发挥它的影响力。他的身影出现在天幕下，他把冰镐插入壮观的峰顶雪檐之巅的那一刻，我疯狂地按动快门。我把背包留在垭口，跟着西蒙上去，感觉呼吸费力，双腿如同灌了铅般沉重。

我们按照惯例拍了一些登顶的照片，还吃了一些巧克力。跟以往一样，我感觉有些意兴阑珊。接下来怎么办？这是个怪圈。如果你成功实现了一个梦想，了结它之后，很快就会幻想另外一个。下一个必须更困难一点，更具挑战性——更加危险一些。我不喜欢那种"任它指引我向何处"的想法。就好像这个游戏的本质以某种奇怪的方式在控制我，把我引向一个合理但可怕的结论，这总是让我不安。这种登顶时刻以及暴风雪过后突然的凝滞和安静，给我时间去思考我正在做的事情，面对一种吹毛求疵的疑惑。我在这里是纯粹为了心情的愉悦，抑或是为了内心的自我膨胀？我真的愿意再度回来吗？但即使如此，在这些时刻我也是愉快的，因为我知道那些感觉终究会过去，然后我可以把它们解释为毫无缘由的、病态的悲观和恐惧。

"好像又要起暴风雪了。"西蒙说。

他一直默默地审视北侧山脊，那将是我们下降的路线。从东壁袅袅上升的大片云团不断朝着西边汹涌而来，很快就要把那座山脊遮挡住了。即使是现在，我也只能看到山脊的很小一部分，我们上山途经的冰河也会在一小时内被彻底遮蔽。北侧山脊的起点就在我们放下背包的地方，它向上直达一座次峰，然后自行蜿蜒折回，盘旋入云层。透过云层缝隙，我看到一小段陡峭得令人望而生畏的尖锐山脊，还有一些危险的雪檐区域。东壁往右陡降，山腰布满连绵不断的扭曲的凹槽。我们不可能以安全的距离在雪檐山脊之下横穿过去。那些凹槽看上去根本无法通过。

"上帝啊！看上去真可怕！"

"是啊。最好绑上冰爪。如果我们速度够快，可以从那座次峰下面横穿，然后在较低的位置重回山脊。实际上，我觉得我们只剩下不到一个小时了。"

西蒙伸出手去，第一片雪花懒洋洋地飘落在他的手套上。

我们返回背包所在的位置，然后动身围绕次峰攀爬。西蒙领先。我们用绳子结组同时攀登，把绳子盘绕在手上以防跌落。这是最快捷的路线，在被厚厚的粉末积雪牵制了速度的情况下，这也是我们在合理的能见度下通过次峰的惟一机会。如果西蒙摔下去，我希望能有足够的时间把冰镐凿进去，虽然我怀疑冰镐是否能在松散的雪中获得支撑。

半小时后，当我们到达次峰的东翼，云层已经接近头顶。十分钟后，我们被大暴雪吞没了。没有风，大而厚的雪片静静地落下。当时是两点半，我们知道这雪会一直下到晚上。我们默默地站着，向四周张望，希望能认清楚自己的位置。

"我觉得应该向下。"

"我不知道……不，不是向下。我们必须跟山脊保持接触。你没看见这边的凹槽吗？要是向下，我们就再也上不去了。"

"我们过了那座次峰了吗？"

"我觉得过了。"

"我看不到上面的任何东西。"

雪和云均匀地交融在一起，形成了一大片白茫茫。在距离我超过一米半的地方，我都分不清哪是雪，哪是天。

"真希望我们有个指南针。"

我正说着话，注意到我们头顶的云层里有一道光。那是太阳，它透过黑暗闪耀着淡淡的光，在我们上方 30 米的山脊上投射出极为微弱的阴影。但我还没来得及告诉西蒙，它就消失不见了。

"我刚刚看到那座山脊了。"

"在哪儿？"

"就在我们正上方。现在是一点儿也看不见，但我肯定刚才看　**43**

到了。"

"好的，我要爬上去找到它。你留在这里，要是我没能及时发现山脊的边缘，你也可以做好保护。"

他动身向上爬。不一会儿工夫，我就只能通过手里移动的绳子来判断他还在那里。雪越下越大了。我开始忧心忡忡。北侧山脊比我们预计的要困难得多，而我们的注意力原先一直集中在由西壁登顶的路线上。我正准备呼唤西蒙，问他能否看到什么，话到了嘴边却僵住了，因为这时绳子在我的手套间突然抽离出来。与此同时，云端传来一声沉重而剧烈的爆炸声。绳子从我又湿又滑的手套中失去控制地移动了一米多，接着猛力拖着我的安全带，拽得我胸部撞进雪坡。咆哮声消失了。

我立刻意识到发生了什么事。西蒙一定从雪檐山脊中摔了下来，不过那声响的大小听起来更像是冰塔发生了雪崩。我等待着，绳子由于承受了他的体重而紧绷着。

"西蒙！"我呼喊，"你还好吗？"

没有回答。在尝试向山脊上攀登之前，我决定再等一会儿。如果他悬吊在西侧，可能还需要一些时间来调整、恢复，然后设法重回山脊。过了大约15分钟，我听到西蒙的叫喊，但是没听清他说什么。他的重量撤离了绳子，我向他那边攀过去，这才听明白他说的话。

"我找到山脊了。"

我神经质地大笑了起来。这下他对北脊的了解确实比原先指望的要多得多了。我来到他身边的时候，止住了笑容。他就站在顶峰下面，浑身发抖。

"我以为我要完蛋了。"他突然重重地跌坐到雪里，好像双腿已经支撑不住。嘴里咕哝着："真该死……就这样！整个该死的东西掉了下来。天哪！"

他摇着头，似乎想把刚才看到的从头脑中驱逐出去。过了一会，

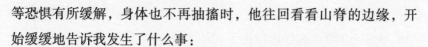

等恐惧有所缓解，身体也不再抽搐时，他往回看看山脊的边缘，开始缓缓地告诉我发生了什么事：

"我开始根本没看到那山脊。只是瞥见左侧很远处的一个边缘。没有任何预警。前一分钟我还在攀登，后一分钟我就摔下来了。我觉得就是从我身后，或者就从我脚下断裂的。一定是距离边缘十多米的地方。不管怎样，我立刻被带了下来。太突然了！我完全没有时间思考。除了我在往下掉以外，我都不知道究竟该死的发生了什么。"

"我绝对相信！"我看了看他身后山壁的落差。西蒙低下头，艰难地喘息着，一只手按在大腿上，努力想要制止他内心恐惧的泄露。

"我在那里来回翻腾，好像一切都是慢动作。我忘了自己是绑在绳子上的。噪声和下落阻碍了我的理解力。我只看见这些巨大的雪块跟我一起落下，刚开始它们跟我速度一样，我心想'完了'。它们个头都很大，都是直径一米多的大块。"

此刻西蒙平静了些。但是一想到如果我跟他一起爬上去的话会发生什么，我却开始发抖。要是那样的话，我们俩都完蛋了。

"然后我感觉到了腰上的绳子，但我以为绳子只是跟我一起掉下来的。我没停下来，还有大量的雪块向我砸来，把我砸得不停旋转。"

他又停顿了一下，然后接着说："我下方的光线明亮多了。那些雪块从我身边翻滚着坠入万丈深渊，打着转儿，然后碎裂。雪一直拍打着我，让我不停旋转……可能那个时候我已经不再下落了，不过重击和旋转让我觉得自己好像还在下落。好像会一直一直坠落……那时候我没觉得害怕，只感到迷惑和麻木。时间好像已经停滞，再也没有时间去害怕了。"

他最终停下来的时候被悬在空中，往左侧可以看到山脊仍在剥落。东边的云层有点遮挡视线，巨大的雪片持续从云中落下，坠落到下面的山壁上，就好像山脊是从他身上断裂的一样。

"刚开始我真的不知所措，不敢肯定自己是不是安全了。我使劲想了半天，才意识到是你阻止了我的下落。我身下的落差接近1 500米。我能直接看到西壁下面去，将近1 500米啊！整段距离都空荡荡的，一直到冰河那里。有一阵子我很恐慌。巨大的落差突然在我下面出现，而我在山脊线下10米处悬着，碰触不到斜坡。西壁的正壁就在我正下方。我都能看到我们沿着冰原向上攀登的路线！"

"如果那个雪檐掉下来，我们都会消失得无影无踪。"我大胆地猜测，"你是怎么回去的呢？"

"嗯，我试图回到山脊上，那实在太困难了。雪檐留下的断裂线是垂直的雪层，差不多10米高。我也不知道经历坍塌后残余部分是否坚固。当我最终上来的时候，我听到从下方的东壁传来的你的叫喊，但是我累得回答不出话来。我还是看不到山脊上新的断裂线的尽头，大约有60多米长。好笑的是，我摔到那儿，能见度就提高了。如果多给我5分钟，我就能发现危险。"

※　　　※　　　※

我们现在面对的是一条非常危险的山脊。虽然它坍塌了，却丝毫没有因此变得安全一点儿。我们能看到雪中的间接断裂线，它就在边缘后面。还有一道断裂向顶峰延伸，就我们视线所及，它距离顶峰只有一米多远。

第四章
山脊的边缘

第一天，乔在冰河上攀登。

选择先在东壁往下斜攀是毋庸置疑的。这里是一系列连绵不断隐入云层的巨型凹槽，而在我们下方百来米的地方，空落落的万丈深渊再次被云层遮蔽起来。雪已经停了。翻越这些凹槽将会难以想像地耗时，并且充满危险；下降到更低的位置也会让我们迷失在云层之下的一片白茫茫中。不过我们没有其他选择。西蒙站起来，顺着从我们身边向远方延伸的断裂线，开始小心地移动。我又沿着东壁下降一些，等着他把松弛的绳子拉紧。以这样的方式移动的好处是，如果山脊再次断裂，至少我能够阻止他下落。但最终我还是要跟上他，然后一起沿着山脊移动。

在我向上攀登回到西蒙的路线时，忽然想到，就在他下坠的前几分钟，我心中涌起过片刻的焦虑。过去我也曾注意到这一点，并且一直心存疑惑。对于这种突如其来的强烈担忧，其实并没有什么确凿的理由。我们在这座山上已经度过了50多个小时，也许越来越接近可能出现的危险了。因此我非常强烈地预感到某些事情将要发生，却不能明了到底是什么。我不喜欢这样非理性的猜测，焦虑感却又如洪水般袭来。我看得出西蒙也紧张起来。下降远比我们预计的要困难得多。

我小心翼翼地挪动着，一边注意观察断裂线，一边检查自己是否把脚步准确落在西蒙留下的脚印上，精神紧张地跟着他行进了将近50米。他背对着我，如果他掉下去的时候我能及时看见，也许还有机会补救，因为我可以把自己抛向山脊的另一侧，这样绳子在山脊两侧来回拉锯的过程中我们可以尝试停止下落。但如果是我掉下去，他却很难，或者说根本得不到任何预警。也许他能听到我尖叫，或听到山脊断裂的声音，但他必须先转身看我是从哪一侧落下去，才能做出判断跳向安全的一侧。而在我看来，最有可能发生的事故是整个山脊坍塌，一块脱落下来的巨大雪块就能将我们两人都卷下去。

那裂缝离我越来越近，越过它以后，我才舒出一口气。山脊终于稍微安全点儿了。然而不幸的是，它从这个位置开始陡然下降并扭曲回旋，每个转弯都有庞大的雪檐伸出来越过西壁。我知道在再远一些的地方难度将会降低，因此西蒙开始从东壁下降的时候我并不觉得奇怪。他是打算下降足够的高度，以便能够直接斜穿到难度较低的区域，避免在扭曲的山脊上下降。那片难度较低的区域位于我们目前位置的下方一百多米处。跟着西蒙下去之前，我估测了一下需要下降多长的距离。

还没下降多少，光线就已经变得很暗了。我看了看手表，惊讶地发现已经五点多了。我们是在将近三个半小时前离开峰顶的，却只在这座山脊上前进了这么一点儿。一个小时之内天就会黑下来，更糟糕的是，载着暴风雪的云层又开始在我们上空涌动，雪片从东面飞来，直扑我们的面颊。气温已经急剧下降，随着风速增大，我们一停下来就感到冰冷彻骨。

西蒙从夹在两个凹槽之间的一个隘谷下降。我慢慢地跟着，尽量保持我们之间的距离，绳子移动的时候我才跟着动。我下降到一片白茫茫之中，雪和云交织成一体。过了一会儿，我认定我们已经到达一个能够水平穿越到那片低难度区域的位置，可是西蒙仍在继续向下。我叫他停下来，但只听到一声模糊的回答。我更大声地呼喊，绳子在我的手套之间停止不动了。我们都听不清对方的叫喊，所以我向下移动，想听得明白一些。隘谷突然变得非常陡峭，我止不住打滑，这让我惊恐万分。我转过身面向斜坡，但还是很难控制脚步。

此刻我距离西蒙比较近，听到他再次叫喊，能听出他在质问为什么停了下来。就在此刻，我脚下的雪突然嗖地一声移位，我立刻掉了下去。虽然我的两个冰镐都深深地插入隘谷，但也没能阻止我的下坠。我尖叫着发出警报，突然重重地撞上西蒙，压在他身上，这才停下来。

"上帝！我——哦，他妈的！我以为我们玩儿完了！太他妈的愚 **49**

蠢了!"

西蒙什么也没说。我把脸埋进隘谷里,想要镇定下来。我的心脏仿佛要从胸口跳出来,双腿虚弱地抖动着。很幸运,我掉下来的时候距离西蒙很近,速度还没来得及加快到会把他一起撞下去的程度。

"你没事吧?"西蒙问。

"是的。吓到了……而已。"

"哦。"

"我们下降得太低了。"

"是吗?我还以为也许能一路下降到东边的冰河呢。"

"你在开什么玩笑!真该死!我刚刚差点儿在这里把咱俩的命都送了。我们根本不知道下面会是什么样。"

"但是那山脊太可怕了。我们今晚绝对没办法从它上面下去。"

"无论如何,我们今晚是下不去了。看在上帝的份上,现在都快天黑了。能离开这个鬼地方就算幸运的了,还想匆匆忙忙赶着直接到冰河呢。"

"好吧,好吧,镇定一点。这只是个想法而已。"

"对不起。我刚才失去理智了。我们能不能从这儿向侧面横穿,再回到山脊下降的位置?"

"好的,你在前。"

我从刚才的下坠中收拾情绪,调整好状态,开始往凹槽的右侧挖掘。一个半小时过去了,我成功翻越了无数的凹槽和隘谷,西蒙跟在我后面,距离我一个绳距。我们才前进了不到 60 米,雪下得更大了,寒风彻骨。天也黑了,我们必须启用头灯。

在穿越一道糖霜质地的雪墙进入另一个隘谷的时候,我踢到了雪下面的一块岩石。

"西蒙!"我喊道,"先待着别动。这里有块小岩石,翻越它有点麻烦。"

我决定往雪墙里钉入一枚岩石钉，然后试着保持平衡绕过那块障碍物。我钉好了岩石钉，不知怎么回事，竟然没有借助绳子就完成了下落，并翻越了雪墙。西蒙采用了类似的方法，利用重力和身体的重量，从雪墙上往下跳，虽然他看不到将要落脚的位置，但正确估计了下落的力度，这个力度能够把他牢牢固定在松软的雪中。从他的策略中，我能发现的惟一瑕疵就是，他不知道落脚点会是疏松的雪面还是坚硬的岩石。但那时候我们已经太疲倦太寒冷了，没办法顾及这些。

越过那块岩石之后，我们又穿过一片开阔的斜坡。斜坡表面是粉末状雪，幸运的是这里没有凹槽。我们掉转向上，朝着印象里那座山脊的位置前进。攀登几个绳距以后，发现一个巨大的圆锥形雪堆紧靠着一面岩壁，我们决定就在雪堆中挖一个雪洞。

西蒙的头灯不知是由于接触不良还是电路故障，不停地忽明忽暗闪动。我开始挖掘，很快就敲到了岩石。我试着顺着岩石的走向挖，想挖成一个狭长的洞，但半小时后我就放弃了。这个洞里面有太多孔，很难抵御寒风的袭击。温度降到了大约零下20℃，西蒙一直专注于修理他的头灯，使手指暴露在寒冷的空气中，他的两根手指被冻坏了；而挖掘运动使我全身暖和起来。因此当我开始挖另一个洞的时候，他对我表示愤怒。我认为他在乱发脾气，没有理他；当然这种想法是不公平的。另一个雪洞的位置勉强好一点，虽然也敲到了岩石，不过我还是把它挖到足够容纳两个人的大小。这时候西蒙已经修好头灯，但他的手指却没法暖和回来。他仍旧火冒三丈，指责我缺乏合作精神。

我准备晚餐。剩下的食物已经捉襟见肘了。我们吃了些巧克力和干果，喝了很多果汁。这时我们都忘却了因疲劳而引发的愤怒，恢复了理智。毕竟之前我和西蒙一样又冷又累，只是想赶紧挖一个雪洞好让我们钻进睡袋，喝一些热饮料。今天又是漫长的一天。开头还是很顺利的，从西壁下来的时候心情也很愉快，但是下降的难度越来越高，

51

让人伤脑筋。从雪檐上摔落给我们俩都造成了打击，后来又疲劳过度。今天我们都冲着对方发了很多次火，再发火也没什么用了。

西蒙给我看他的手指，它们已经慢慢地恢复了，但两手的食指直到第一个关节还是发白而且僵硬的。这样看来，他被冻伤了。我希望明天他的手不要再受什么损伤。然而，我肯定我们已经快要度过山脊上的困难部分了，明天下午就能回到营地。剩下的燃气只够在明早加热两杯饮料了，不过那也差不多了。我安顿下来睡觉，但横越山脊时的那种恐惧感觉在脑海中挥之不去。我们俩被绳子连在一起无助地坠下东壁，这种情景差点就成了现实。想到可能会这样结束生命，我不寒而栗。我知道西蒙也有同样的感受。一年前，在法国阿尔卑斯勃朗峰的克罗支线（Croz Spur），他曾经亲眼目睹这样的恐怖事故发生。就在离他很近的地方，两名日本登山者摔死了，距离登顶几乎只有一步之遥。

当时，暴风雪天气持续了三天，登山条件十分险恶。岩石表面由于冻雨而变得很滑；坚硬的冰层薄薄地覆盖着上面的支撑点，并填满了裂缝。进展艰难而缓慢，因为每一个支撑点都必须用工具开凿出来，原本低难度的区域也变得非常艰难。西蒙和他的同伴约翰·西尔维斯特已经在山壁上露营了两晚。第三天下午稍晚的时候，另一场暴风雪又要来临了——温度急剧下降，厚重的云层笼罩过来，将他们与外界隔绝，第一批粉末状的雪片在风力作用下开始铺天盖地席卷而来。

那两名日本登山者紧跟在他们后面。他们是分别露营的，两队之间没有交流，没有竞争气氛，也没人提议大家合并起来。面对困难的境况，两方都表现得一样出色。时不时会有人掉落，往往都是在同样的位置。他们互相观察着对方攀登、掉落的情形，然后在山壁上重新尝试。

当他们到达峰顶的正壁，西蒙看到领头的日本登山者向外后侧跌落，手臂惊慌失措地张开着。透过云层的空隙可以看到，他身后是可怕的七八百米的落差。更让西蒙恐惧的是，那个领队急速旋转着下落，没来得及发出任何声音，就把同伴一起拉进了万丈深渊。他们用来系绳的钢锥脱开了。两个人转瞬之间无助地摔了下去，登山绳把他们连在一起。

西蒙从较低处看不到约翰，他奋力爬到约翰的落脚点，告诉他发生了什么事。恐怖的事故刚刚在如此近的距离内发生，他们俩默默地站在一块小小的岩脊上，在暴风雪即将即将笼罩的高山上，想要把情绪平复下来。他们帮不了那两名日本登山者，那样摔下去是几乎没有存活机会的；而给救援服务队传递消息的最快捷途径是翻过峰顶再下山到意大利。

他们正要重新开始攀登，听到从下面非常遥远的地方传来可怕的尖叫，那是一种因极度痛苦、绝望、孤独和恐惧而发出的声音，让人心惊胆寒。往下望去，他们看到那两个登山者在下方约200米的地方以不断加快的速度从高山冰原上滑落下去。登山绳依然连接着他们俩，各种零碎的装备和他们的登山包在他们身边一起翻滚着。西蒙惟一能做的只是无助地看着那两个小小的身影从冰上滑下去。然后他们就不见了：从冰原的边际消失了，落入冰川之上的巨大落差之中。

至少其中一个人摔到冰原上的时候是活着的，这也算是最后一线生机吧。不知何故，他们停顿了一下，也许是他们的登山绳勾住了隆起的岩石——但他们没有得救。不管是对受难者还是在遥远的上方的目击者来说，那种旋转扭曲都非常可怕。滑落的过程只暂停了一小会儿，大约五分钟。其中一个人努力想找到支撑点，使自己脱离险境。但他受了很重的伤，无法做到。也许他打滑了，也许绳子脱钩了——不管是什么原因，最终的结果非常残酷。

西蒙和约翰的信心被粉碎了，大脑一片空白，他们转身奋力登上了峰顶。事故发生得太突然了。他们没有跟那两个日本人交谈过，但他们之间已经产生了一种相互的理解和尊重。如果他们都能安全下山的话，将会在去山谷的长路上展开交谈、共享食物；也会在城

里的酒吧碰面，说不定还会成为朋友。

　　他们的营地位于查默尼克斯郊外。我还记得西蒙回来的时候慢慢走进营地的样子。他看上去垂头丧气，憔悴而疲倦。他麻木地坐在那里，重复问着一个问题：为什么同样的钢锥之前能阻止他摔倒，随后那个日本人掉下去的时候却会立刻裂开？一天以后他又恢复了正常：从这件事中吸取经验，然后把它搁置在记忆深处，理解并接受了这个事实，就让它过去吧。

　　睡意很快袭来，我试着忘掉这个念头：我们差一点就跟那两个日本人一样，遭遇同样的恐怖结局。这次可没有人看着我们，我心想：好像这样会有什么差别一样。

※　　※　　※

　　我把身旁的炉火点得很旺，视线越过火焰，透过雪洞里的一个孔往外看。通过我无意间在雪洞上挖的通风窗，刚好可以看到耶鲁帕哈的东壁。清晨的阳光为山脊的轮廓镶嵌上阴影，蓝色的光影沿着山壁上凹槽的边缘摇曳闪动。四天以来，我身上那种专心致志的紧张感头一次松弛了下来。昨夜里充满不安的艰难挣扎已经被抛到了脑后，险些就摔死的记忆也慢慢消退了。我不慌不忙，尽情享受当下，还庆幸了一下自己的好运。很想抽一支香烟。

　　雪洞里的空间很狭窄，但绝对比上一个要暖和得多。西蒙还在熟睡，侧身躺在我旁边，脸朝另一边。他的臀部和肩膀紧挨着我的一侧，透过睡袋我能感觉到他的体温。尽管我们曾一起在山上度过同生共死的时光，但如此亲密接触还是有点古怪。我小心地挪动身体，不想吵醒他。透过圆形的孔窗望着东壁，我突然发觉自己在微笑。我想今天会很顺利的。

　　煮早餐的时候已经把瓦斯用光了。也就是说，我们到达冰碛下面的湖泊之前是没有水喝的。我先穿好衣服、带好装备，然后爬出雪洞，向我试着挖掘的第一个雪洞那里走去。西蒙的准备工作做得很慢，直到他也来到那个坍塌雪洞的巨大平台上，我才想起他的手被冻伤了。他把手指给我看的时候，我的好心情不翼而飞，心中满是担忧。其中的一个指尖都变黑了，另外三个则发白，看起来像木头一样僵硬。奇怪的是，与其说是关心他的伤势，我似乎更担心他能否继续攀登。

西蒙留在下面看守绳子，而我朝着沐浴在阳光中的山脊顶部前进，那里比我高出半个绳距。我们都很担心雪檐再次坍塌。当我到达山脊的时候，一股沮丧和惊慌的情绪涌上心头，因为我看到一个很长的由扭曲的雪檐和刀刃般的尖锐雪面构成的地带，而我们必须从那儿翻越过去。本来我一直希望能绕过它，但是落空了。我喊叫着警告西蒙，他答应只要登山绳放到极限，他就开始跟着我一起前进。

虽然我们一直格外小心，但仍然无法避免在高难度的区域打滑和跌落，不能完全稳住脚步。我尽量始终靠近山脊的顶部。在这里，山脊一处接一处地自行扭转，突然下降，形成一系列矮小但陡峭的山壁。攀登的过程中，我逐渐忘记了雪檐坍塌的可能性，开始慢慢接受目前无助的境况。几乎可以肯定的是，东壁上较低位置的凹槽会是更加糟糕的选择。跌落的风险与雪檐坍塌的危险性相当。任何一次依靠绳子才能阻止的跌落都可能是致命的，我们都没有把握。然而每一次我靠近陡峭的地段，被迫脸朝雪面回攀，都会出现滑落的情况。粉末状的细雪实在太不坚固了，不管我怎么用力把冰爪踢进去，只要一把身体重量从双臂转移开，立即就会"嗖"地下滑一两米。不知为什么，每次这样突发性的、令人心惊肉跳的滑落好像都是自动停止的。问题是停下来的位置并不比滑落时的牢固。这对人的勇气可真是一种残酷的折磨。

我再次滑落，不过这次惊恐地叫了出来。我在一个矮小的陡坡上往下滑，它的底部刚好在山脊自行回转的边缘上。我把脸转向斜坡，看到一个巨大的粉末雪檐在这个转弯的下方向外悬伸，倾斜在雪檐下面的就是一路陡降到冰河上的西壁；其间的落差达几百米。西蒙在我后面整整一个绳距，不在我的视线范围内，他无法得到任

何警示，也不会知道我掉到了哪一边。我在一阵雪粉中急速下落，速度之快以至于我只来得及发出一声惊慌的尖叫，根本无法叫喊着发出警告。西蒙没看见我掉下来，也没听到任何声音。

接着，突然间我停住了，整个身体都砸进雪中，头埋在里面，四肢像螃蟹一样四仰八叉。我一动也不敢动。似乎只是因为运气好，我才能停留在这个斜坡上。我感觉到雪不断地在我肚子和大腿下面移动并滑下去，于是蜷缩地更紧了。

我抬起头，侧着脸往右肩上方扫了一眼。我就停在山脊的边缘，恰好是转弯的位置。我的身体向右倾斜，因此看起来像是挂在西壁上面。此刻我的一切意念都集中于"不要动"。我急促地呼气，不敢用力吸气。可是我没有移动。当我再仔细观察的时候，发现自己其实并没有失去平衡，只是刚才的匆匆一瞥给我留下了这种感觉。这就好像透过光学幻象的背后发现了其中的把戏，突然看清你一直盯着却看不清的东西。退向我左侧的山脊转弯处以及拱形下面突出的雪檐迷惑了我，让我以为自己就趴在下落线上。事实是，我的右腿已经穿过雪檐；左腿虽然使我停了下来，但也把我斜推出去。这就是我感觉失去平衡、右侧下沉的原因。于是我朝左侧的雪地里乱抓，试着把自己的重量拉到那一侧，同时把右腿拉回到山脊上。最后我成功地从山脊边缘移开，又回到转弯处。

西蒙出现在我上方，他缓慢地移动着，一直不停地看自己的脚下。我已经移到了一个安全点上，冲他喊叫着，提醒他再朝左边一点下坡。我发现自己在喊叫的时候浑身剧烈颤抖。我的腿也突然不听使唤地抖动着，过了好久这种反应才消失。在这期间，我看着西蒙面朝斜坡，分两步下来，并且止不住地迅速滑行。他转过来踩着我的脚印前进，我看到他紧张的神情。这一天既不享受也不有趣。他来到我身边的时候，恐惧在我们之间互相传染。我们喋喋不休地用颤抖的声音诉说心中的恐慌，夹杂着语速很快、断断续续的诅咒，还骂了一大堆脏话，然后才逐渐平静下来。

乔在攀登。修拉格兰德如此险峻，前
路漫漫不可测。

　　我们离开雪洞的时候是七点半。两个半小时过去了，我们的进展非常缓慢。自从前一天下午离开峰顶，我们下降了还不到300米。而按照我们原先的估计，下到冰河只需6个小时。我开始感到不耐烦。要始终保持全神贯注，这种折磨人的感觉让我十分厌倦。这座山已经失去刺激感和新鲜感，我想尽快下去。空气刺骨般寒冷，天空也没有一丝云；太阳炙烤着一望无垠的冰雪，冰面反射出炫目的光芒。只要能在下午的暴风雪来临之前回到冰河那里，我才不在乎天气要变成怎样。

　　终于，上层山脊的曲折程度变得缓和了，我可以直起身体翻越这宽阔平坦的地带。山脊上有很多鲸背般的土丘，连绵起伏，通向北边的陡坡。我坐在背包上休息的时候西蒙赶上了我。我们没有说话。早上已经说得够多了，再也无话可说。向上望去，我们的脚印形成一条歪歪扭扭的路线，一直延续到我们现在的位置。我在心里默默发誓，今后勘查下山路线的时候一定要更加小心谨慎。

　　我背上背包再次出发，此时一点也没有担心前方会是什么情况。最后一段路我本想让西蒙领头，但我没办法说出自己心中的忧虑，我害怕面对他的反应，甚于害怕再次跌落。宽阔平坦的山鞍堆积了厚厚的雪，我每前进一步，充斥内心的并不是忧虑，而是在雪地里蹒跚而行带来的挫败感。

　　我进入第一个冰裂缝的时候，登山绳已经拉到了尽头，西蒙起身跟了上来。

　　突然间我整个人陷了下去，虽然直立着身体，视线却跟雪面平行。浅浅的裂缝里填满了雪，因此无论我怎么努力来回折腾，好像都没办法往上挪动一点儿。最后我终于把自己拉回到平地上。西蒙站在安全距离以外，笑嘻嘻地打量着我挣扎的样子。我沿着山脊继续向前，结果再次陷入齐颈深的雪中。我一边叫喊着诅咒着，一边费劲地重新爬回到山脊上。在山脊上方的高地刚刚行进到一半的路程，我又先后四次掉进类似的小型冰裂缝中。不管我怎么努力去辨认，都看不出有任何标记能显示这些冰裂缝的存在。西蒙在我身后整整一个绳距。沮丧的心情和攀爬的疲倦已经让我彻底抓狂，如果他离我够近的话，我一定会拿他当出气筒。

我蹲在自己刚刚挖好的洞旁边，一边调整呼吸，一边回头望去，这时我的视线经由山脊清楚地看见下方裂开豁口的深渊，不由十分震惊。透过我身边的洞，可以看到宽阔的西壁闪耀着蓝白色的光，还有西壁下方的上现蜃景①。我恍然大悟，终于明白为什么我会多次陷进去。这就是一整条冰裂缝，是一条长长的贯穿巨大拱形雪檐群的断裂线，而高地就是由这些雪檐构成的。我迅速离开这里向旁边转移，同时大声呼唤西蒙提醒他注意。这起伏的山脊如此宽阔平坦，我从没想到过我们可能是站在一个悬伸的雪檐上。这个雪檐和峰顶的雪檐一样庞大，都延伸了上百米。如果它刚刚坍塌的话，我们俩都完蛋了。

之后，我尽量远离边缘，始终保持与之15米的安全距离。西蒙在距离边缘约12米的情况下曾经与小型雪檐一起掉下去过。既然东面的凹槽地形已经缓和成始终平坦的斜坡，我们就没必要冒这个险。在深雪中艰难跋涉，走向高地尽头的时候，我的双腿如灌铅般沉重。我爬上山脊的最后一个隆起，回头望去。在距离我一个绳距，也就是大约45米的地方，西蒙正在一路低垂着头、筋疲力尽地把自己拖往前方，跟我刚才的动作一样。我知道一旦我从前方角度缓和的长斜坡开始下降，就看不到他了。

我本来期望斜坡一路向下通到那个垭口，结果很失望，只见它略微抬升，通向雪檐的一个隆起，之后再次陡然下降。即便如此，我也能清楚看到耶鲁帕哈的南侧山脊，因此我断定垭口紧挨着接下去的落差的下方，那儿是连接耶鲁帕哈与修拉格兰德的山脊的最低点。再过半小时，我们就能到达垭口，从那里再到冰河就很容易了。

---

①　上现蜃景：光通过低层大气发生异常折射形成的一种海市蜃楼。——译者注

我强打起精神来。

一开始下降，我就感觉到坡度变缓了。这比在山鞍举步维艰要容易多了。要不是登山绳拽着我的腰，我一定会从这个缓坡上快乐地撒腿奔跑下去。我简直忘记了西蒙还在山鞍精疲力尽地循着我的足迹奋力拼搏。

我本来以为可以沿直线不经任何障碍地到达那个小小的隆起，可是很惊讶地发现斜坡突然中断，变成一座把山脊一分为二的冰崖，垂直切断了我的道路。我小心翼翼地靠近悬崖边，越过一个七八米的落差仔细看过去。斜坡的基部突然向右蜿蜒，形成一座表层平滑、角度陡峭的山壁，在它的另一边就是山脊的最后一处隆起，与我相距大约 60 米。冰崖在切断山脊的位置迅速升高。我所站的位置几乎就是这座穿过山脊的楔形冰崖的中点，冰崖的狭窄边沿紧邻山脊轮廓线。我小心地以 Z 字形攀登远离山脊，不时察看 10 米多高的悬崖壁上是否有缺口。我已经排除用绳降法通过悬崖的可能性，因为悬崖顶部的雪十分松散，根本不能支撑雪桩。

我有两个选择：要么留在山脊顶部；要么继续远离，希望能通过宽 Z 字形下降攀登的方法绕开这个陡峭的部分。我就站在悬崖的末端，能看出第二种办法会非常耗费精力，并且十分冒险。我们必须以一个巨大的弧线绕路下来，横过去，然后再回到上面，这样才能绕过悬崖。起点处向下的斜坡看上去非常陡峭和不稳。之前围绕着这座山脊不停地跌落、打滑，我已经受够了；而且从这里到斜坡下面东部的冰河之间绵延上千米，空空荡荡。于是我排除了第二个选项。我们当中任何一个如果摔下来，都会落在开阔的斜坡上，根本不会停下来。至少在山脊上，我们能自欺欺人地想，万一发生摔落的情况，老天眷顾的话另外一个人也许可以跃到山脊顶端的另一边。

我折返回去，打算从胜算最大的位置攀下悬崖。我知道，靠近山脊的最高处的地方下降是不可行的，因为那儿有一座近乎垂直的粉末状雪墙。看上去非常坚硬的冰墙一直延伸到距山脊边沿短短几米的地方，我需要在悬崖上找到突破口——比如一条坡道或悬崖上一个向下延伸的冰裂缝——作为我在冰墙上的支撑点。最后我找到了，那是冰墙角上一处非常细微的断裂。这部分的悬崖依然陡峭，近乎垂直，但还算过得去。断裂处大约六米高，我确信在这个位置，几个回合的倒攀就可以解决问题。

我屈膝蹲下，背对着悬崖边缘，把冰镐深深地凿进去。我缓缓把双腿放下悬崖，使腹部紧贴着悬崖边，直到能够把冰爪踢入下方的冰墙为止。我感觉冰爪已经咬紧冰墙并固定住了，于是拔起一个冰镐，凿入距离边沿很近的地方，这次它咬合得很紧，也很牢固。我拔出冰锤，把胸部和肩膀降低到边沿以下，直到能看到冰墙，然后握着冰锤挥舞过去。这时我悬吊在冰镐上，要用左把冰锤牢牢地砸进一侧的冰墙里。经过几次的努力我做到了，但还不是很满意，于是拔出来再次尝试。我希望它能绝对牢靠，这样我才能拔出嵌入边沿的冰镐，安全下降到冰锤上。拔出冰锤的时候，只听得一声尖锐的碎裂声，我握着冰镐的右手猛地沉了下来。突如其来的推力使我向外翻倒，立刻掉落下去。

我还没反应过来，就撞上了冰崖基部的斜坡。我撞上去的时候是面朝斜坡，两个膝盖都被卡住了。我感觉到膝盖里粉碎般的疼痛，好像骨头断裂了一样，忍不住尖叫起来。碰撞的冲击力猛地把我向后推，我掉下了东壁的斜坡。我一路滑行，头朝下，仰面朝天。迅疾的速度使我不知所措，我想起了下方的落差，但没什么感觉。西蒙一定会被我拽下山，他无法控制。我猛地停了下来，再次尖叫起来。

一切仿佛都静止了，没有一丝声响。我的大脑疯狂地运转着。然后剧烈的火辣辣的疼痛顺着我的大腿如潮水般奔涌，直达大腿内侧，在腹股沟处肆无忌惮地跳跃。疼痛越来越厉害，我终于忍不住叫了出来，并粗声地喘息。我的腿！上帝啊！我的腿！

我的背部吊在绳子上，头朝下，左腿被上方的绳子缠住，右腿软弱无力地垂向一边。我从雪中把头抬高到胸部以上，怔怔地望着右膝上怪异的扭曲，我的右腿折成了奇怪的 Z 字形。我没有把它和腹股沟的灼痛联系在一起，两者似乎没什么关系。我踢动左腿摆脱绳子的缠绕，身体来回摆动，直到胸部挨着雪地，脚落下来。疼痛减轻了。我用左脚顶着斜坡，然后站了起来。

我突然感到一阵反胃，连忙把脸压进雪中，刺骨的冰冷似乎让我镇定了一些。脑子里浮现出一种可怕的、阴暗的念头，我正在想着，突然感到一阵恐慌："我摔断了腿，是的。我死定了。人人都这么说……如果只有两个人，其中一个摔断了腿就相当于被宣判死刑……如果断了……如果……不过好像没那么疼，也许只是摔破了。"

我用右脚踢了几下斜坡，在心里告诉自己右腿没断。可是膝盖爆发出剧烈的疼痛，骨头发出吱吱嘎嘎的磨擦声，灼痛如同火球一般从腹股沟一直蔓延到膝盖。我尖叫起来，低头看去，可以看出膝盖断了，然而这时我还不愿相信亲眼目睹的事实。膝盖不仅仅是断了，而且破裂、扭曲、骨头粉碎，我能看到关节处的筋肉纠结，心里很清楚发生了什么。下落时的冲撞使我的胫骨穿过膝关节撅了上来。

奇怪的是，看着伤腿似乎对我的情绪有所帮助。我竟产生了一种置身事外的感觉，就像在给其他什么人做临床医学观察一样。我小心翼翼地挪动膝盖进行自我检查，试着弯曲它，疼痛使我倒吸一口冷气，立刻停了下来。膝盖移动的时候，感觉有什么东西在嘎吱嘎吱地摩擦，除了骨头在移动，还连带了很多别的东西。至少不是开放性骨折，我尝试挪动的时候就知道了。没有湿漉漉的感觉，也没有血。我向下够着用右手轻抚膝盖，试图忽略掉一阵阵火烧般的剧痛，这样我就可以有足够的力量确信我没有流血。膝盖还是完整一体的，不过我感觉它硕大无比而且旋转扭曲，不像是自己的膝盖。

疼痛围绕着这个部位不断地翻滚涌动,掩盖了火烧的感觉。

我呻吟了一声,紧紧闭上眼睛。泪水充盈着眼眶,我的隐形眼镜被泪水浸泡得热乎乎的。我再次紧闭双眼,滚烫的泪水在我的面颊上流淌。不是因为疼痛,我是为自己感到遗憾,怎么那么幼稚,关于死亡的字眼一跃入脑中,泪水就控制不住了。本来死亡是那么遥远,然而现在一切都带上了死亡的色彩。我摇着头止住眼泪,可是泪痕未干。

我用冰镐挖雪,用没受伤的腿重重敲击松软的斜坡并深陷进去,确定它不会滑动。这番动作又引起了一阵恶心,我觉得自己头晕目眩,简直快要昏过去了。我挪动了一下,一阵灼热的疼痛立刻赶走了眩晕的感觉。我看到西面远处的诗里亚北坡的峰顶,我所在的海拔不比它低多少。看到这些,于是我更加体会到情况是多么让人绝望。我们在海拔5 800米以上的地方,而且是在山脊上,除了我和西蒙之外,此处空无一人。看着南面那座小小的高地,本来我希望能快速过去的,可是现在我越盯着它看越觉得它在不断升高。我再也翻不过它了。西蒙也不可能带着我攀登。他会离我而去。他别无选择。我屏住呼吸,思考着。离开这儿?自己一个人?想到这个,我就感觉到阵阵寒意。我想起登山家、我的朋友罗布,他就是一个人被丢下来等死的,但他当时已经奄奄一息,应该已经没有意识了。我只是伤了一条腿啊。没有致命的重伤。有好一阵子,即将被抛弃的念头把我压垮了。我想大叫,我想诅咒,但一直保持安静。一旦开口,我一定会惊慌失措。我能感觉自己已经处于惊慌失措的边缘。

这时,一直紧紧绑在我的安全带上的绳子松弛了下来。是西蒙来了!他一定知道发生了事故,不过我要怎么告诉他呢?如果我告诉他,我只是伤了腿,但没摔断,他会来帮我吗?我的头脑里充斥着告诉他我受伤后的情景。我把脸再次埋进雪里,试着冷静思考。我必须冷静。如果他发现我恐惧万分、歇斯底里,他也许会立刻放弃救我。我努力控制自己的恐慌情绪。理智点,我想。我觉得自己

冷静了下来，呼吸也变得平稳，甚至连疼痛都好像可以忍耐了。

"发生了什么事？你还好吗？"

我惊讶地抬起头。我没听到他已经走近了。他站在悬崖顶端，望着下面的我，满脸疑惑。我努力让自己正常地讲话，就像什么事也没发生那样：

"我摔下来了。悬崖边塌了下来。"我停顿了一下，然后尽量不动声色地说，"我摔断了腿。"

他的表情立刻发生了变化。我可以看到他脸上的整个反应过程。我始终直视着他。我不想错过任何东西。

"你确定是摔断了？"

"是的。"

他盯着我看。似乎觉得自己盯着我的神情过于专注、持续时间过长，于是他迅速转过脸去。但还是不够迅速。我已经大致看到了他脸上浮现出的表情，就在那一瞬间我知道了他的想法。他露出一种冷漠的古怪神色。我觉得自己紧张起来，与他之间突然产生了相当的距离，很疏远。他的眼睛里包含了很多想法。有遗憾，遗憾之外还有其他什么东西。他试图隐藏，但我已经看出来了。我转过脸去，心中充满恐惧和忧虑。

"我绳降到你那。"

他背对着我，俯在一根雪椿上，把它往松软的雪里插。他的声音听起来很平静，我在想自己是不是过分多疑了。我等着他再说点什么，可他一直保持缄默；我又猜测他在想些什么。绳降的距离虽短，但相当危险，因为雪椿的固定点很不结实。不过他还是很快就到了我身边。

他离我很近，一言不发。他扫视了一眼我的腿，但没说什么。他翻找了一会儿，拿出一包扑热息痛片，递给我两颗。我吞下药，看着他试图把下降时用的绳子拽下来。但绳子纹丝不动。他在雪椿周围挖了一些雪墩，绳子一定是缠在了这些雪墩上。西蒙一边骂骂咧咧，一边开始朝着悬崖壁上最狭小的位置攀登，那里刚好就是山脊的顶部。我知道那里都是粉末状雪，很不牢固；他也知道，但他别无选择。我转过脸去，心里几乎确信这样做将会使他摔下西壁而丧命，我不愿意看着这一切发生。当然，这也会间接让我没命，不过也只是时间稍早一点罢了。

西蒙没说他有什么打算，我觉得很不安，但也不敢提醒他。一刹那间，我们之间产生了一道不可逾越的裂痕，我们不再是一起合作的队友了。

※　　※　　※

（西蒙的叙述）乔消失在山脊上的一个高地后面，开始以我赶不上的速度移动。我为我们终于走出最陡峭的地段而欢欣鼓舞，觉得马上就要离开那段山脊了。不断地滑倒，始终滞留在西壁的最边缘，我已经疲惫不堪，不过我对自己能够紧跟乔留下的足迹而没有掉队感到满意。

看到乔停下来，我也休息了一会儿。很明显，他遇到了障碍。我一直等到他再次开始前进为止。绳子又开始移动了，我跟着它迈开沉重的脚步缓慢前行。

突然之间，绳子绷紧了，急速甩动着越过斜坡，产生强大的拉力。我被绳子拽着往前冲了数米，急忙把冰镐插进雪中，拖住自己不再继续向前猛冲。什么也没发生。我知道乔已经摔下去了，但我看不到他，所以我没动。我等了大约十分钟，紧绷的绳子才在雪地上松弛下来，我确信他已经把身体重量移开了。我开始沿着他的脚步小心翼翼地往前挪动，以为还会发生什么别的事情。我保持高度警惕，随时准备一旦发现问题就立刻把冰镐插入雪中。

我登上高地，在斜坡下面看到一处落差的边缘，绳子就消失在那里。我慢慢靠近，心里猜测发生了什么事。到达落差的顶部，我看到乔就在下面。他的一只脚在雪中插着，脸埋在雪里面，靠在斜坡上。我问他出了什么事，他惊讶地看着我。我知道他受伤了，但还没意识到问题的严重性。

他非常镇定地告诉我他摔断了腿。他看上去很可怜。而我随之而来的第一个想法却不带一丝情感：你这家伙，他妈的，你会死的……没有第二种可能！我想他心里也清楚，因为我能从他的脸上看到，他的神情绝对理智。我知道我们在什么地方，立刻权衡了周围的一切因素，知道他一定会死的。我倒没想过自己也可能会死。我十分肯定自己可以独自下山，一点问题也没有。

我知道乔摔下去之前在试图做什么，意识到除非我可以绳降，否则也会采取同样的办法。悬崖顶端的雪是糖晶状的，这种情况对登山者来说非常可怕。我尽可能把表层的雪挖走，接着在我刚刚挖出的碎冰里埋入雪椿。我很清楚这样根本无法承受我的体重，因此又动手在雪椿周围挖一个宽宽的雪墩。挖好后，我背对悬崖边用力拉绳子，发现它固定得很牢，不过我还是不敢确信。我也想过尝试从山脊最高点，也就是悬崖最狭小的位置回攀，但最终还是认为后者更加危险。我以半绳降半攀登的方式下了悬崖，一直努力使自己的重量离开绳子。我感觉到绳子穿过雪墩，非常牢固。

到了悬崖脚下，我看到乔的腿伤得很严重，他受了不少罪。他的外表看上去很冷静，但眼神中闪烁着一种刺探和恐惧的神情。他跟我一样清楚结果会是什么。我给了他一些止痛药，不过我也知道这些药起不了多大作用。他的腿蜷曲着，膝关节变得畸形，我想，如果能透过他厚厚的保暖长裤看到伤势，一定会发现情况非常糟糕。

我不知道该说些什么。命运的改变实在是太突然了。我发现绳子纠结住了，知道我必须再上去解开，独自一个人。在某种程度上，这可以让我的脑子暂时不用考虑一些事情，给我时间去适应新的情况。我必须独自爬回悬崖上，山脊的顶部是必经之路。我畏惧尝试。乔在我旁边试着移动，险些摔下去，我抓住他，让他恢复平衡。他一直保持沉默。他已经解下了身上的绳子，所以我刚才能绳降下来。我猜他之所以一言不发，是因为他知道如果不是我抓住他，他已经掉到东壁下了。接着我离开了他，暂时把他抛到脑后。

　　爬上悬崖边沿是我最艰难最危险的一次经历。有好几次我的腿把雪蹬穿而踩空。上到一半的时候我意识到自己没办法再退下去了，但是也根本爬不上去。我好像在攀登一个虚无的东西，我碰到什么，什么就碎掉。每一步的结果不是沿着西壁下沉，就是造成坍塌或者碎裂。但令人难以置信的是我居然在不断升高。不知道花了多长时间，感觉像是过了好几个小时，我终于把自己拉到了斜坡上面。这时我浑身发抖，极度紧张，不得不停下来安静一会儿，让自己冷静下来。

　　我往回看，惊讶地发现乔已经开始以斜线攀登的方式离开悬崖附近。他正努力地顺着前方小高地的地势前进。他的动作很慢。他把冰镐深深地敲入雪中，直到胳膊都埋进去才肯罢休，然后朝侧面单脚跳，幅度很小，但看上去令人心惊肉跳。他拖着受伤的腿穿越斜坡，低着头，完全沉浸在自己的努力中。他的下方是上千米的开阔山壁，一直延伸到东部的冰河。我不动声色地观察着他的一举一动。我帮不了他。我突然想到他十有八九会自己掉下去摔死。但这个想法也没能使我的内心不安。在某种程度上我希望他会掉下去。因为只要他还在努力，我就不能抛下他。但我也不知道该如何帮他。我可以自己下山，可是如果带他一起下山，也许会和他一起死。我倒不是害怕，只是觉得没有必要，毫无意义。我一直盯着他，以为他会摔下去……

　　过了很久，我转过身到雪椿那里。我重新安置了雪椿，然后再次返回悬崖边，我祈祷雪椿能支撑住我。下去踩到斜坡的时候我又祈祷它别再缠住。我可不想再次爬上去。这次绳子很容易就滑了下来。我拿着绳子转身，还以为应该看不见乔了。事实上他仍在那边攀登。在我爬上去又下来的这段时间里，他仅仅挪动了30米。我动身追赶他。

※　　　※　　　※

　　西蒙突然出现在我身旁。我无法正视他攀登到山脊顶部的过程。我本来确信他会掉下来的。我想，与其看着他，我还不如自己先向

67

前移动。我知道自己翻不过高地，因此开始沿着地势迂回前进。我没想过后果。我看到西蒙在雪面上奋力挣扎。进展很慢，我也很疲惫。不过我全神贯注于小心移动，居然能忽略掉大部分的疼痛。此刻，疼痛和其他所有问题——保持平衡、雪地路况和单靠一条腿下山结合在一起，只是其中一个需要应对的困难罢了。

起初我摇摇摆摆地用单脚跳，后来逐渐形成一种前进的模式，我小心翼翼地重复这种模式。每次重复它，就是迈出穿越斜坡的一小步。慢慢地，我感觉周围的一切都在远离我。除了前进的模式，我什么都不去想。我只停下了一次，回头看了看西蒙。他似乎正濒临跌落的边缘，我赶紧把头转开。

我能看到自己脚下东壁无边无际的落差。虽然掉下去还能活命的幻想很迷人，但是我知道：尽管雪坡的角度一路下去都很缓和，不过掉落的加速度会使我在我触底之前就被撕成碎片。我想自己无论如何都会掉下去的，但对我而言那算不了什么。我一点也感觉不到害怕。那似乎是一个明白无误、不可避免的事实。实际上纯粹是空谈。我知道自己要完蛋了，最终并无差别。

西蒙超过我，踏进一条横跨斜坡的沟渠，然后就消失在斜坡的转弯处。他说要到前面去看看转弯以后是什么。我们两人都没有提及接下来要怎么做。我想我们都觉得没什么可做的。于是我重新回归自己的前进模式。沟渠这段比较好走，但仍需集中全部注意力。我想我们都在回避问题。在事故发生后的两个多小时里，我们都表现得好像什么事也没发生过一样。我们有一种默契。就让时间来解决吧。我们都知道真相。真相很简单，我受伤了，不可能活着出去。西蒙可以自己一个人下山。在我期盼他回应的时候，心情就像握着某种非常宝贵但极易粉碎的东西一样。如果我开口请求西蒙帮助，可能会失去这宝贵的东西。他也许会弃我而去。我保持着沉默，但这次不再是因为害怕失控。我感觉自己现在理智而冷静。

前进的模式变成机械的重复。听到西蒙问我情况怎么样的时候我竟有些惊讶。我已经把他忘了，不知道自己重复这种模式行进了多长时间，也几乎忘了我为什么要这样做。我抬起头看见西蒙坐在雪地里望着我。我冲他微笑，他也歪着嘴对我笑了笑，不过笑容没能掩饰他的忧虑之情。他坐在那里，俯视着从我们绕行的高地一侧向下绵延的斜坡。他背后是山脊顶部。

"我能看到那个垭口了。"他说。听到这话，立刻萌生出的希望像一股寒风穿透我的全身。

"畅通吗？我是说，那是个笔直下去的斜坡吗？"我问，尽量不让自己的声音表现出丝毫兴奋。

"差不多吧……"

我加快自己的步伐，同时也尽量注意不向前猛冲。突然之间我被下方的落差吓了一跳。我能感觉到自己在颤抖，同时也意识到，如果我刚刚出发时就有这种感觉，绝不可能走到现在这一步。我赶上西蒙，疲累地趴在雪地上。

西蒙把手搭在我的肩上问："你怎么了？"

"好些了。还是疼，不过……"我觉得告诉他这些显得自己很窝囊，而且也毫无裨益。他的关心让我害怕，我不确定这关心的背后隐藏的是什么。也许他是想把噩耗委婉地通知我。

"我完了，西蒙……以这种速度，我想我是下不去了。"如果说我在期盼一个答案的话，那我什么也没得到。说这些话让人滋生一种戏剧化的伤感，但他没理睬我暗含的问题。他动手把绳子从安全带上解下来。

我往下看那个垭口，在我们下方不到 200 米，略偏向右侧。不假思索地，我开始设计到达那儿的可行性路线。直线下降到垭口是很困难的，因为那意味着必须斜向下降，翻越斜坡的突角。可行的路线应该是先笔直向下到达与垭口的位置水平。之后需要横越的距离看起来比我刚刚翻过的斜坡要短。

"你觉得你能在这雪面上承托住我的重量吗？"我问。

我们没有雪橇了。如果西蒙承托我在绳子上的重量，他就只能在没有固定点的情况下站在雪质疏松的开阔斜坡上。

"我们挖一个大型的坐式踏点，那样我就能承受你的重量。如果踏点有坍塌的迹象，我就大声喊，你就马上把重量移开。"

"好。要是你将两根绳子绑在一起把我放下去，应该会快一些。"

他点头同意，随即动手挖出一个用来固定自己的踏点。我抓住两根绳子，把它们结在一起，把自己绑在绳子的一端。另一端已经绑在了西蒙的安全带上。这样，我们事实上是被一根近百米长的绳索拴在一起，就可以使花费在挖踏点上的时间减半，使单次下降的距离加倍。西蒙使用控绳器能够控制我下降的速度，因此也能减弱突然的重量冲击，这样万一他结冰的手套没有握紧绳子，绳子也不会从他身上脱离。两根绳子中的结是一个问题。让绳结穿过控绳器的惟一办法就是先把绳子从控绳器上解开，把绳结换到另一侧，再把绳子重新穿过控绳器。这样的话，只有我站立起来使体重离开绳子才有可能办到。感谢上帝没让我把两条腿都摔断。

"好了。你准备好了吗？"

西蒙坐进他刚刚在斜坡上挖好的深深的雪洞里，双腿踩进雪中撑稳，手持锁紧的控绳器，绳子在我们之间绷得紧紧的。

"好了。现在注意平稳度，万一有滑动的迹象就大声喊。"

"别担心，我会的。如果绳结上来的时候你听不到我的声音，我就用力拉三下绳子。"

"好。"

我俯卧在西蒙正下方，缓缓向下移动，直到身体的重量全部落在绳子上。刚开始我不敢使脚脱离雪面悬在空中。万一西蒙的踏点坍塌下来，我们立刻就会摔下去。西蒙笑嘻嘻地冲我点头。受到他的鼓舞，我才敢把脚抬起，开始下滑。这办法挺有效！

他匀速往下放绳子。我紧贴雪面，双手各握一个冰镐，一旦感觉有坠落的迹象，可以立刻把它们插入雪中。右靴的冰爪时不时被雪钩绊住，连带着震到我的伤腿。我努力想不让自己叫出声来，可还是没忍住。我不希望西蒙停下来。

还没一会儿工夫他就停止动作了。我抬起头，看到他身体向后退去，只有头和肩膀从雪中的踏点里探出来。他在叫喊着什么，可我听不清，紧接着他用力拉了三下绳子，我就明白了。之前翻越那座高地花费了我那么长时间，相比之下，现在我已经下降了四五十米，这速度让我不敢相信。我又惊又喜，简直想开怀大笑。在如此短的时间内，我的情绪完全摆脱了沮丧和绝望，变得狂热而乐观，死亡的阴影已经褪去。对我来说，现在死亡只是一种十分模糊的可能性，而非不可避免的事实。我单脚往上跳，使重量落在没受伤的那条腿上，绳子松弛了下来。我敏锐地意识到，西蒙在对调绳结位置的过程是我们最容易出意外的时候。如果我摔下去的话，降落整整一个绳距之后他才能发现绳子绷紧，而到那时绳子的冲击力也把他拽下来了。我把冰镐凿入雪中，一动不动地等着。我能看到右下方的垭口，距离已经近多了。这时绳子又被拉动了几下，我很小心地把身体靠在斜坡上，第二阶段的下降开始了。

由于距离太远，西蒙已经变成一个红蓝相间的小点，我朝他挥手，看到他从踏点里站起来。他转过身，面向斜坡，使劲把脚往雪里踩。绳子打着转从我身边过去。西蒙正在下降的途中。于是我转身，动手开凿另一个踏点。我一直往斜坡里面深挖，直到挖好一个可以容纳他整个人坐进去的雪洞。我把雪洞的后壁和底面弄成弧形，使其与洞口衔接。我对自己的成果感到满意了。再次抬起头的时候，我看到西蒙正快速向我这里回攀过来。

下一段下降要快得多了。因为我们已经选取了一种高效的方法。虽然我们越来越乐观，但还是有一个阴影笼罩着我们，那就是天气。天气状况迅速恶化，云团掠过垭口，还有大规模的云层在东边的天际翻滚。风也在不断加剧，把雪沫吹过斜坡。可以看到一阵阵雪雨从西壁上空涌出来。随着风力加强，气温也降低了。我感觉寒风刺

伤了脸颊，我的下巴和鼻子被冻麻了，手指也开始僵硬。

第二阶段下降结束时，西蒙赶上我。这时我们的高度几乎与垭口水平，但要到达垭口的边缘，还需进行一次水平的横越。

"我走前面，去挖一个沟渠。"西蒙说。

没等我回答他就动身了。看着他离我渐行渐远，我感觉有些孤独无援。看起来这里距离垭口还有很长一段路。我在想要不要把绳子解开。我不想这么做，虽然我心里很清楚，绳子现在也救不了我；而且万一我掉下去，西蒙也会被拽下去。但我还是无法放弃绳子带来的心理上安慰。我向西蒙那边张望了一下。太令人难以置信了！他已经到了垭口，可看起来他离我只有二三十米远。原来是傍晚的光线给我造成了假象。

"过来吧！"他的喊声从风中传过来，"我握住绳子了。"

我从腰部感觉到一下轻轻的拉动。他已经收起了剩下的松弛绳段，打算用自己充当我的固定点。我想，他是打算万一我摔落，他就跳往西侧。也没有别的方式可以阻止我摔落了。我向侧面跛行，脚被绊住，几乎失去平衡。我的膝盖里有些软骨类的东西在搅动，那种剧烈的痛苦让我控制不住地哭了出来。症状缓解了以后，我责骂自己没有集中注意力。我再次采取前面尝试过的像螃蟹一般斜着前进的模式。无法把腿摆动过去的时候，我就俯身沿着西蒙打造的沟渠把它举起来，然后再重回我的模式。那条腿一点生气也没有，就像一个沉重而无用的累赘。要是它挡路了，或者让我疼痛，我就咒骂着把腿抬到一边，好像它只是一把绊倒我的椅子。

垭口地势开阔，风力强劲，在这里我们才第一次看清楚西侧山腰。五天前我们走过的冰河就在山腰正下方，冰河向前蜿蜒着通往那片冰碛和冰裂缝，过了那两个地方就是我们的营地了，现在我们在营地上方将近900米。这一路还需要多次长距离绳降，不过都是下路。在冰崖那里把我们吞噬的绝望情绪已经被抛到脑后。到达这个垭口是至关重要的一步。如果在冰崖和垭口之间有任何陡峭的地形，我们都绝对无法通过。

"几点了?"西蒙问我。

"刚过四点。我们时间不多了，对吧?"

我看得出他在权衡继续前进的可能性。垭口下面的山壁已经有飞雪飘动，云团也几乎完全聚集过来了。很难判断是否已经开始下雪，因为冷风一直卷着雪粉朝我们袭来。还没在垭口上坐多久，我就已经被冻得失去知觉了。我想继续下降，不过要看西蒙的决定。我等着他下定决心。

"我认为应该继续前进，"他最后说，"你能行吗?"

"没问题。走吧。我都快被冻死了。"

"我也是。我的手又没知觉了。"

"如果你愿意，我们可以挖雪洞休息。"

"不。天黑前我们到不了冰河，但下面是一个空旷的斜坡。我们最好降低高度。"

"好。我可不喜欢这天气，看起来不妙。"

"我也正担心这个。好吧，我把你从这里放下去。我们本来应该再向右降低一些，不过我觉得你没办法斜向攀登。我们就试试垂直向下吧。"

我滑下山脊的顶部，顺着西壁下降。西蒙从边沿往后靠，支撑自己来托住我的重量。大量崩塌的雪粉开始朝我头顶扑过来，产生的强大力量将我推了下去。我下滑得更快了，大声呼喊西蒙想叫他慢一点，但他听不到。

乔在冰瀑上，几秒之后岩石崩塌。

第六章

最后的抉择

我发疯似地挖坐式踏点，神经紧绷，动作迅速。从垭口下降的第一段长度有90来米，把我折腾得够呛。斜线向右下降基本是不可能的。重力作用好像把我变成了一副千斤重担，无论我怎么用冰镐往雪面上乱插，都无法阻止自己近乎垂直地下落。

山壁比垭口之上的斜坡陡峭得多，因此西蒙把我放下去的速度比我预计的要快得多。由于惊慌和疼痛，我不停地大声叫喊，可是仍旧保持同样的下降速度。风力持续增强，雪片铺天盖地而来，把一切声音都吞没了。大约过了15米后，我停止叫喊，集中注意力，尽量使腿离开雪面。不过这几乎是不可能的。尽管我以没受伤的腿支撑着，但随着整个身体沉重地急速下降，右脚的冰爪老是钩住雪面。每次突然的冲击都导致膝盖里产生灼痛。我的眼泪淌了出来，倒吸着冷气，咒骂这可恶的风雪和严寒，不过大部分时间还是在诅咒西蒙。调换绳结的时候，我感觉到绳子被拉动，单腿跳将体重转移到左腿，把冰镐柄锤入雪中，趴在它上面，努力地暗示自己疼痛过去了。它逐渐消退了，只剩下抽搐的隐痛，我十分疲倦。

绳子很快又被拉动三下，这可比我想像的要快得多。我没留神，随着绳子突然落下去。下降一直持续，到后来实在是无法承受，可是我什么也做不了，无力中止这种痛苦。我怒号着，尖叫着，想让西蒙住手，可丝毫不起作用。总要有地方发泄我的怨气，于是我诅咒西蒙，把他骂得像个恶魔一样。我不断地想，绳子一定到了尽头，我应该随时可以停下来，然而这次绳子的长度似乎增加了一倍。

这儿的山壁比垭口上面的要陡峭得多，我心惊胆战，担心西蒙无法控制。我无法忽略他的踏点坍塌的可能性，不由得紧张起来。如果我突然间加速下落，那就说明西蒙被拽了下来，那么我们俩都死定了。我等待着，不过并没有发生什么不幸的状况。

可怕的滑落停止了，我默默地靠着斜坡悬吊着。绷紧的绳子被拉动了三下而微微地颤动，我单脚跳起，用好腿支撑自己。一阵剧烈的反胃和疼痛。冰冷的雪刺痛了我的脸，我反而觉得很高兴。我在等着膝盖的灼痛慢慢缓解，头脑逐渐清醒了起来。有好几次冰爪钩住雪面的时候，我都觉得膝盖向侧面扭曲，每次的动作都十分勉强。膝盖扭结时会迸发剧烈的痛苦，关节里面的部件好像都互相交叉在一起，软骨还发出令人作呕的嘎吱声。我才刚刚止住泪水，冰爪又再次被钩住。到最后我的腿失控地颤抖起来。我想让它停止抖动，但我越用力，它抖得越厉害。我把脸埋进雪里，咬紧牙关等待着。最后颤抖终于缓解下来。

西蒙已经动身往下攀登，随着他的下降，松弛的绳子盘绕着从我身边过去。我抬头看，但没能看到他在哪儿。一股雪流翻滚而下，笼罩住斜坡，也遮挡了我的视线。透过它我什么也看不见。如果说我发现了什么区别的话，就是雪片比原先更大，这只能说明开始下大雪了。我同样看不清楚下方的状况。

我开始给西蒙挖坐式踏点。这是个让人暖和起来的工作，还能分散我对膝盖的注意力。我再次抬头的时候，看到西蒙正快速地下降。

"以这个速度我们应该能在九点钟前下去。"西蒙高兴地说。

"希望如此。"我没再说什么。唠唠叨叨诉说我的感受也无济于事。

"好，我们再来一次。"他已经在雪洞里坐好，准备好绳子，要开始下一阶段的下降。

"你可真是抓紧时间啊，是吧？"

"没什么好等的了。来吧！"

他还是笑嘻嘻的，那份自信很富有感染力。我心想，谁说一个人拯救不了另一个。我们已经从登山变成了救援，合作行动也很有效地发挥着作用。我们没有因为发生了事故而踌躇不前。刚开始是有些不确定的因素，不过一旦我们以积极的态度开始行动，一切就都顺利了起来。

"好吧，你准备好了就来吧。"我再次侧身躺下，说道，"这次

稍微放慢一点。要不然我的腿就要被你弄掉了。"

他好像压根没有听到我说的话，因为我下落的速度比刚才还快。连续不断的折磨又一次复仇般地袭来。我的乐观情绪不翼而飞。我没办法思考任何事情，只能忍受，直到对调绳结为止。我感觉过了很久才到那一刻，然而短暂的喘息实在过得太快了，我的痛苦还没缓解就又滑落下去了。

我把双手按在雪面上，想把腿抬高一些，但是无济于事。冰镐在我腰间的固定环上晃来晃去，我的手也冻僵了。腿还是被钩住了。我什么也做不了。肌肉都不听使唤了。我一次次试着让腿远离雪面，但它始终同步于我沉重的身体。我抓住大腿的肌肉试图把它抬高，还是没有用。那已经不是我身体的一部分了。它不听指挥，没有生气、无精打采地摇摆着，一次又一次碰到雪面，扭曲、纠结，引发剧烈疼痛，我终于放弃了努力，软弱无力地靠在移动的雪面上。下降仍在继续。我忘记了想要停下来的想法，整个人完全被痛苦吞噬了。疼痛吞没了膝盖四周，又延伸到大腿，灼热感侵占了我所有清醒的思想。每摇晃一次，痛苦的程度都会提高，不断牵动着我的注意力，伤腿好像被赋予了自己的个性，以至于我能清晰地听到它发出的讯息——"我受伤了，我受损了，我要休息，让我停下来！"

这时下降突然停止。三次拉动顺着绳子传下来。我站起来，浑身颤抖。我想抓住冰镐开凿下一个坐式踏点，但是居然握不住手柄。当我最终能使冰镐停留在手中，它却从一边向另一边倒过去。我试着拿起冰锤，结果也一样。我用力去拉右手的露指手套，但无法抓紧它，最后我用牙齿把它剥了下来。蓝色的保暖手套留在手上，毛线都结上了冰。即使隔着手套，我也能看到自己的手指变得多么僵硬，它们活动得很艰难，并且仿佛粘连在一起，我已经无法握拳。

雪片从斜坡的表面倾盆落下。我把手伸进外套里，塞到腋窝下取暖的时候，挂在手腕固定环上的露指手套都被雪填满了。我的脑子全部被血液回流产生的灼痛感占据。跟手指内部这种极度的灼热相比，小腿粉碎般的剧烈疼痛都不值一提了。灼痛减轻后，我把露指手套里的雪倒干净，重新套回手上，然后用另一只手重复相同的过程。

我挖的坐式踏点还没完成一半，西蒙就下来了。他静静地等着，低着头。我看了看他，发现他也把双手都插进了腋窝。

"我的手也很糟糕。我想已经冻坏了。"我说。

"主要是下降的时候把手指冻结了。中指怎么也暖和不过来。它们完全不听使唤了。"

他紧闭双眼，咬着牙忍受着灼烧的疼痛。一阵更大的雪片溅落到他身上，他都无动于衷。落雪把我正在挖的踏点填住了一半，我用手肘把它们拨走。

"来吧。天气越来越坏了，我们得快点。"

我躺在他的脚下，当绳子拉紧，我把重心从脚上移开，紧张地准备迎接下一段降落。他猛地把我放了下去，我的冰爪钩到了雪面，我大声叫了出来。我叫喊的时候目光正好对着他。他面无表情，继续放我下去。他没有时间同情我。

第四段降落结束的时候，我的情况恶化了。腿部的颤抖一直持续，停不下来。疼痛已经达到了无以复加的地步。即使冰爪没有钩住雪面，疼痛也一直存在。奇怪的是，这时疼痛似乎变得比较容易忍受了，我不再因为可能撞到腿而退缩和紧张。稳定的疼痛更容易适应。不过，双手的状况变得糟糕多了。下降结束时，回暖措施几乎已经不起作用。西蒙的手比我的还要糟糕。

暴风雪逐渐加剧，雪片从斜坡上不断落下来，随时有把正在挖踏点的我推下去的危险。雪被越过山壁的狂风吹到我裸露在外的肌肤上，还从衣服上哪怕最细微的开口处往里面钻。我快要筋疲力尽了。

随着下降的继续，我逐渐坚定了听天由命的想法，变得更有忍耐力。下降的目的早就被我抛到脑后。我不愿意再往前想，而只是 **79**

忍受现状。会合的时候西蒙一言不发，表情凝固而僵硬。我们已经把自己锁定在一场严酷的斗争中。我的任务是克服伤痛，西蒙的任务则是作体力上的搏斗，他要不停歇地把我下放将近900米。我在想，不知道他隔多久会突然意识到他的踏点随时可能坍塌。以我的情况，根本无暇担心这些事情。但西蒙始终很清楚他可以很安全地独自下山，如果他选择这样做的话。我开始对他所做的一切心怀感激，但很快打住自己的想法。这样想只能增强我对他的依赖。

西蒙朝我这里下来的时候我正在挖第五个踏点，不过很快就遇到了麻烦。清除完表层的雪，我敲到了水冰层。我靠左脚支撑自己站立，可是左脚并没有深深固定在雪里。我把重心都放在冰爪的前齿上，这个姿势很难受，我小腿的肌肉因过度绷紧而非常吃力。与此同时，对打滑的担忧也一直在折磨我。那样的后果是我们两个都会被拽下山去。更糟糕的是，我必须要努力保持不动，这会让我感觉恶心和眩晕。我不停地摇头，把头埋进雪里，害怕自己会昏过去。我们已经经历这么多的煎熬和考验，要是就这么死去可太不值了。

看看我过多久才能想起往斜坡上敲入一个冰镐，就能了解我有多冷。冷风和持续不断的雪崩在冻僵我的身体之后，又模糊了我的意识。即使我想到了，也需要过一阵子才能摆脱吞噬着我的那种昏昏欲睡、无知无觉，而想去转化成行动似乎本身就是个奇迹。我对自己的表现很惶恐。我听说过有人毫无意识地变得反应迟缓、思想停滞，然后被冻死。于是我把自己绑在冰锥上，背靠着它开始做激烈运动来暖身和提神。我最大限度地活动自己的身体，拍打手臂，快速地摩擦全身，外加摇头晃脑。渐渐地我浑身暖和过来，刚才的呆滞状态被一扫而光。

西蒙注意到我的冰锥。这里是至今为止我们在山壁上发现的惟一一块冰面。他疑惑地看着我。

"下方一定有什么东西，应该是陡坡之类。"我说。

"是的。我看不到下面的情况。"他从冰锥那里探身出去，目不转睛地凝视着下面，"的确变陡了，可我看不出是什么原因。"

我向下望去，只看见漩涡状的云团卷着雪花急速下行。天空全部被雪笼罩，有的雪往下落，有的被风吹得飘飘荡荡。最终的结果都是一样的：暴风雪造成了"乳白天空"[1] 现象。

"不清楚下面的情况就把我放下去，这可不是什么好主意。"我说，"什么都有可能……岩石拱壁，冰瀑，都有可能。"

"我知道，但我不记得在诗里亚北坡上看到这个位置有什么庞大的东西，你呢？"

"我也不记得。也许有几层岩石，但没别的了。我说，你为什么不绳降下去看看，要是可以继续，就拉几下绳子告诉我。我估计自己可以绳降。"

"我们没有其他选择。好吧，我再钉一个冰锥进去。"

他把冰锥凿进坚硬的水冰层，结好双绳。我解开绳子，把自己扣在那个冰锥上，安全地站好。西蒙到达绳子末端的时候会设置一个系绳处，然后给我信号让我跟着下去。他开始绳降的时候，我冲他大声喊道：

"绳子的末端要打一个结！万一我晕倒了，可不想从绳尾掉下去。"

他挥挥手表示知道了，然后就下滑到夹着雪花的云团里。很快他就不见了，只剩下我独自一人。我努力控制自己不去想他会发生什么意外。我静静地单脚站立，凝视着在我周围疯狂打转的雪。雪擦过我的外套时发出嘶嘶声，强风不时晃动我的身体。这真是个无比荒凉的地方。我想起透过雪洞小孔看到的耶鲁帕哈上的阳光——

---

[1] "乳白天空"是极地的一种天气现象，因极地的低温与冷空气相互作用而形成。当阳光照射到镜面似的冰层上，会立即被反射到低空的云层，而低空云层中无数细小的雪粒又将光线散射开来，再反射到地面的冰层上。如此来回反射会产生一种令人眼花缭乱的乳白色光线，形成白蒙蒙的乳白天空，使一切景物都看不见，方向难以判别。这种情况下，人的视力会产生错觉，严重时还使人头昏目眩，甚至失去知觉。——译者注

就在今天早晨而已！天哪！那好像是很久以前的事了。其实不过就是今天早上而已……我们从山脊上下来，翻过那些冰裂缝，接着是冰崖。仿佛用了一生的时间……情况发生了如此剧烈的变化。寒冷又一次蔓延我的全身，沉重的迟钝感正在一点点地侵蚀我。

我又开始做暖身运动，拍打、摩擦，努力把头脑的入侵者驱逐出去。这时我看到绳子断断续续地急速扭动，我一把抓住绳子，感受再次顺着绳子传来的拉动。我把控绳器固定在绳子上，把冰锥从我悬吊的位置移开。我小心翼翼把自己的重心移到下降的绳子上，一边观察冰镐有没有松动的迹象。绳子通过控绳器松了下来，我跟着西蒙滑了下去。

过了六米左右，斜坡垂直下落。我停止动作，往下望去。下方四五米处角度变得缓和了，再下面就只能看见飞溅的雪花。绳降经过山壁的时候可以看到，山壁是一块陡峭的岩石，表面覆盖着片片冰层。整个山壁呈现一层层低矮的阶梯，层与层之间都夹着陡峭的冰瀑，缓缓经过我的身边。有一两次我撞到岩石上，疼痛异常，不过总的来说，绳降比被放下来难度要低一些，也比较不容易受伤。我可以控制下降的速度，这点好处很棒。陡峭的山壁完全不会造成疼痛，因为我可以旋转身体远离它，让我的伤腿悬在空中，即使在经过冰瀑时冰爪也没有被钩住。

我正集中精神小心绳降，把全部心神都沉浸于自己正在做的事情，这时西蒙的声音打断我的思想。我往下看，看到他背靠着一个冰锥，冲我咧着嘴笑：

"还有一个陡峭的地方。我看到雪坡在它下面，应该不远了。"

他一边说着，一边伸手抓住我的腰部，轻轻地把我往他那边拉过去。他很小心，几乎是温柔地把我旋转过来，这样我在他身边停下的时候就是背对斜坡脸朝外的。他已经在他悬吊的冰锥旁边安置了另一个冰锥。他把我固定在冰锥上，又把我的伤腿摆到他在冰面上劈出的立足点。我想他已经充分认识到刚刚让我经受的痛苦，那么这种关心就是无声的致歉。没关系。我可不是不讲理的家伙。他是不得不那么做的。

"不太远了。也许这次下降之后，再来个四次就行了。"

我知道他只是猜测，或者是想让我高兴起来，我心里涌上一股深深的感激之情。在这个暴风雪肆虐的系绳处，在这短短的瞬间，我们感受到友谊带来的温暖。这种感觉好像某部三流战争电影里的老套场景——伙计，让我们共同面对，我们都会活着回去。这种感觉也很真实可靠。我把胳膊放在他的肩膀上，对他微笑。在他的笑容背后，我看清了目前的真实境况。他已经消耗了大量精力，看上去十分憔悴。他的脸因为酷寒而皱缩着，完全泄露了他刚才承受的压力。他的眼睛里没有笑意，却饱含关心和焦虑。尽管他说得信心十足，但我从他眼中发现一种模糊的不确定性，这才是他的真实感受。

"我还好，"我说，"现在疼得不那么厉害了。你的手怎么样？"

"很糟糕，越来越糟糕。"他冲我咧嘴笑了笑。我感到歉疚，冻伤的手让他吃了不少苦。而我已经受到了惩罚。

"我先绳降，然后设一个系绳处。"

他离开斜坡，平稳地跳入飞雪的漩涡之中。

我很快就和他会合了。他已经在那里开凿出一个巨型的坐式踏点。我们又回归最初的下降程序，依赖那些原本并不存在的系绳处。我看了看自己的手表，居然看不清指针，这才很惊讶地注意到天色已经这么晚了。我轻轻打开表灯，看见上面显示的是七点三十分。天黑已经超过一个小时了，而我居然没发现！这让我意识到自己刚才做的事情有多么少。挖掘踏点和集中精神下降几乎不需要任何光线。

在绳降之后的系绳处得到的温暖始终伴随着我度过接下来的一段下降。持续下降的过程中，我一直有种兴奋得想要傻笑的强烈欲望，我不得不克制住自己。我觉得自己幼稚得失去理性了。我想到

达冰河，还想有一个温暖的雪洞，这些渴望难以抗拒地充斥着我整个头脑。那种感觉就像在山上长途跋涉了一天之后，又冷又累，渴望坐在炉火前享用一顿热气腾腾的美餐。我想把这念头赶走，害怕这么想会招致灾难。想也没有用，我这样告诉自己。可还是不行。下降的速度更快了，也更加轻松。疼痛始终挥之不去，不过已经不那么明显了：我惟一能思考的事情就是下山。

下降的方式已经演变为习惯成自然的行为，仿佛我们已经练习了几年一样。在暴风雪中摸黑下滑，每下降一米，乐观的情绪也随之增长一分。每次会合的时候西蒙的笑容都更加欢快一些，在我的头灯光线的映照下，他的笑容闪闪发亮。这就说明了一切。我们已经重新掌控了形势，我们知道自己正在有控制地、有序地下降。

我拱起肩膀抵抗一波特别猛烈的落雪，支撑住自己的身体直到落雪自行完结。再次移动的时候，胸口和斜坡之间的积雪纷纷坠落。我把雪粉从刚挖的踏点里扫走。天气没有继续恶化的迹象，至少目前没有变糟。西蒙从我上面的一片黑暗中出现。他的头灯透过夹着雪片的云团闪烁着黄色的光。我一直抬头望向他，这样我的头灯光线就能指引他下来。他到我身边时，恰好又是一波雪崩猛扑下来。我们俩都急忙蹲下来躲避。

"该死的！前面那波差点把我撞下来。"

"雪崩越来越厉害了。可能是因为我们已经接近底部。雪一路落下来的时候会越积越多。"

"我在想要不要解开绳子。那样我遭到重击的时候就不会把你给拽下来。"听了他的话，我大笑起来。如果他从我身边摔下去，把绳子留给我，我将完全没有办法挽救他。

"不管怎样我都会掉下去，所以你还是系上绳子的好。那样我就不必担心……还可以把责任推到你头上！"

他没有笑。他差点忘了我受伤的事，现在我又提醒了他。他把自己安置在踏点里，准备用于下一阶段下降的绳子。

　　"我估计最多还有 2 次下降。这次是第 8 次，加上 2 段绳降，我们一共下降了 800 多米，大概是这个数。总距离不会超过 900 米，所以说不定这就是最后一段了。"

　　我点头表示赞同。他冲我咧嘴笑了笑，充满信心的样子。我顺着斜坡滑下去，他的身影消失在暴风雪中。早些时候我已经注意到这座斜坡的角度是渐缓的，我认为这是个令人振奋的信号，说明我们距离冰河已经越来越近。然而，西蒙刚从我的视线中消失，我就发现这斜坡又变陡峭了。我下滑的速度更快，冰爪钩住雪面的频率也更高。我被疼痛和不适分散了心神，没有再去多想关于这个斜坡的问题。我徒劳无功地挣扎着把脚抬离雪面，后来放弃了努力，默默忍受着折磨。

　　落在我安全带上的重量感加强了，速度也更快了。我试着用双臂刹住下滑的速度，但没有成功。我旋转身体，抬头向上面的一片黑暗望去。一阵阵落雪使我的头灯光亮变得忽明忽暗。我叫喊着让西蒙放慢速度。速度继续增加，我的心疯狂地跳动起来。他失去控制了吗？我又试着刹住，还是不行。惊恐的感觉越来越强烈，使我透不过气来。我努力理清头绪——不，他没有失去控制。我下降的速度是快了，但很平稳。他只是想更快一些……就是这样罢了。我告诉自己我的推测是真实的。但还是有些地方不对劲。

　　问题出在这斜坡！当然！我早就应该想到。斜坡现在变得陡峭多了，而这只能意味着一件事——我正在接近另一个落差。

　　我大声尖叫，焦急地发出警告，但他听不到。我再次用尽全力大喊，可我的声音被卷着飞雪的云团吞没了。距离超过 5 米他就不可能听到我的叫喊。我试着估算自己距离中途的绳结还有多远。30 米？还是 15 米？我不知道。每次的下降都无休无止。我在翻滚的暴风雪中穿滑而下，没有任何时间概念——那纯粹是忍受痛苦的过程而已。

　　一股强烈的危险感觉笼罩着我。我必须停下来。我知道西蒙不　　**85**

可能听到任何叫喊，因此我必须自己想办法停下来。如果他感觉到我的重量离开绳子，就一定会试图找出原因。我握住自己的冰镐，试着刹住下落的进程。我用身体重重压住冰镐的前端，把它插进斜坡里，可它就是卡不紧。雪的质地太疏松了。我把左脚的靴子往斜坡里踢，但冰爪也只是在雪面上擦出一道划痕。

这时，我的脚突然悬空。我大叫出来，绝望地用手去抓雪面，接着我整个身体从一处边缘荡了下去。我急速撞上绳子，整个人向后翻倒，绕着我的安全带打转。绳子朝一个冰层边沿上升，我发现自己仍在下落。一阵巨大的雪崩朝我劈头盖脸地砸下来，我什么也看不到了。

雪崩止住后，我才意识到自己已经停下来了。西蒙成功地控制住我的身体对绳子的突然冲击。我晕头转向，除了自己悬空以外，不知道发生了什么事。我抓住绳子，把自己往上拉，换成坐姿。旋转仍在继续，不过逐渐慢了下来。每转一圈，我都能看到一堵冰墙，距离我约两米远。我停止旋转的时候正好背对那堵墙，所以我不得不转过身来看。飞雪已经止歇。我顺着绳子的路线，把头灯往冰墙上照，直到辨认出那处边缘，我刚刚从它上面掉下来。它就在我上方大约五米处。那堵墙由坚冰构成，极其陡峭地向外挑出。绳子又向下急速坠落了几厘米，然后停了下来。又一阵雪崩从那处边缘倾泄而下，被风吹成漩涡状朝我扑过来，我连忙拱起身体保护自己。

从两腿之间望下去，可以看到冰墙和我之间的夹角越来越大，它一路向外延伸，直达底部。我凝视下方，想要判断出冰墙的高度。我想我看到的是被雪覆盖着的冰墙基部，以及位于我正下方的冰裂缝的漆黑轮廓，然后视线就被一阵落雪遮蔽了。我又抬头望向那处边缘。西蒙是不可能把我拉上去的。即便有很牢固的系绳处来支撑他，这样做也是极度困难的。何况他是在雪地里的踏点中，这无异于自杀。我朝上面的黑暗大叫，听到一声模糊的回应，听不清楚说的是什么。我都无法断定那声音是来自西蒙，抑或是我自己的回声。

　　我静静地等着，双臂抱住绳子让身体保持直立。注视脚下的落差使我心惊肉跳。随着恐惧感逐渐加剧，我也慢慢开始对我看到的一切有些认识。此刻我的位置比冰崖基部的裂缝要高出很多，认清楚这个事实之后，我感到胃部因为恐惧而抽搐起来。我脚下至少有30米的空当！我不断地盯着下面看，希望发现是自己弄错了。结果我意识到，非但没有弄错，而且我的估计还相当保守。有好一阵子我什么也没有做，只是思想在急速运转，想要搞清楚事情是怎么变成现在这种状况的。然后，一个事实突然惊醒了我。

　　我旋转身体盯着那堵冰墙看。它距离我一米多。虽然仅有一臂之遥，但我还是无法用冰镐够到冰面。我试图对着墙摆荡过去，结果都是以无法控制的打转告终。我知道我必须沿着绳子上去，而且必须要快：西蒙不知道我这里发生了什么变故。其他的陡峭落差都是矮小的山壁，他不可能想到这个有什么不同。那样的话，他可能还会把我继续往下放。哦！天哪！在到达底部之前我就会被中途的绳结卡住！

　　我无法够到那堵冰墙，而且我也迅速意识到即使够到也没有用。我不可能仅凭一条腿在向外悬伸的冰面上攀登四五米。我在自己的腰部摸索原来绑在那里的两根绳环，找到以后却无法用戴着露指手套的手握住它们。于是我用牙齿把手套扯下来，再次把手伸向绳环。我把其中一个绳环套在手腕上，另一个用牙齿咬住。在够绳环的时候我的双臂松开了绳子，因此整个人向后翻倒，只有腰部吊在绳子上。我的背包把我往后拉，于是我头部和双腿的位置低于腰部，身体呈倒挂的弧线悬吊在那里。我挣扎着往上摆动身体，直到抓住绳子把自己拉回到坐姿。

　　我弯曲左臂抱住绳子，保持身体直立，然后用右手把绳环从牙齿上取下来。我试着把细细的绳环缠在绳子上，可是手指实在太僵硬了。我需要在绳子上打一个普鲁士结，这样我就可以把结沿绳滑动上去，结扣紧时我也能够牢牢地吊在绳上。保持身体直立极其费

87

力。最终，借助牙齿和手的共同努力，我成功地把绳环缠绕在绳子上，接着又努力重复上述步骤。想使绳结发挥作用，至少要缠绕三圈。最终完成的时候，我差点大哭出来。居然花费了将近十五分钟才做好。寒风轻轻地推动我缓缓旋转，还不断把阵阵飞雪吹到我的脸上，阻隔我的视线。我把一个弹簧扣穿进普鲁士绳环里，并在腰上扣紧。

我把绳环沿着绳子尽量往上推，推到我能用手够到的最高位置为止，然后背靠着绳子。绳结卡紧了，滑动了几厘米，然后撑住了我。我放开绳子往后靠，保持身体直立坐着。第二个绳环必须拴在绳上，不过这次我可以腾出两手一起工作了。

直到我试图把绳环褪出左手手腕的时候，才发现自己的双手有多么不听使唤。两只手都冻僵了。右手的手指还可以动；左手由于刚才抓住绳子一直保持不动，已经动弹不了。我将两手重重地互相拍打，往掌心弯曲手指。拍打、弯曲，再拍打，一次又一次，但还是感觉不到热辣辣的疼痛。一些动作和知觉恢复了，不过只是极少的一部分。

我从手腕上取下绳环伸向绳子。我刚一试着把绳环绕着自身旋转向后弯曲，就失手把它弄掉了。绳环落在我安全带的主绳结上，在它被风吹走之前我连忙抓住它。然后把它举到绳子附近，又差一点让它从手上掉下去。于是我伸出左手抓住它，又用右前臂抵住。我没法把它捡起来，因为我的手指拒绝合拢。后来我试着把它沿着胳膊向上移动，结果再一次掉了下去。这次我只能眼睁睁地看着它掉落。我立刻意识到自己现在没有机会顺着绳子爬上去了。即使有两个绳环，要爬上去也是不够的，何况，现在我的双手又完全用不上力，根本就没有可能。我垂头丧气地吊在绳子上怨天尤人。

至少我不再需要用力保持身体直立。这是一个安慰自己的想法，尽管我知道除此之外也没什么别的作用了。绳子在我腰部以上绷得紧紧的，就像一根铁条。我刚刚连接上去的绳环在安全带以上五六厘米处牢牢卡住绳子。我把它从安全带上解开，然后穿过背包肩带，这样它就把肩带都聚拢在我胸前。我用最后一个弹簧扣把绳环固定好，向后靠了靠，以检验其牢固度。效果还不错。绳环把我的躯体承托在绳子上，我坐在空中就好像坐在扶手椅里一样。确认这是我能调整到的最好状态以后，我整个人又靠回绳子上，感觉完全没了力气。

阵阵寒风吹得我在绳子上疯狂地打转，每吹过一阵，我都觉得更加寒冷。背带在腰部和大腿上施加的压力阻断了血液循环，两腿都麻木了。膝盖上的疼痛也无影无踪。我的双臂软软地垂着，双手一点力气也没有，只能感觉到它们的重量。使它们恢复知觉是不可能了，摆脱这种漫长的悬吊状态也是不可能的。我自己上不去，西蒙也决不会把我弄下山。我试着估算一下自己从那个边缘掉下了多长时间，我觉得不会超过半个小时。两个小时以后我就会死去。我能感觉寒冷正在慢慢地掠取我的生命。

恐惧潜藏在我的脑海中；可是当冰冷蔓延我的全身，连恐惧也减退了。我百无聊赖地想知道寒冷将会如何杀死我，竟然觉得这种猜测很有趣。至少不会感到疼痛——这一点让我高兴；疼痛已经把我折磨得支离破碎，而现在都过去了，感觉如此安宁。在我的腰部以上，寒冷已经减慢了前进的步伐。我猜想着它将如何缓慢而又坚定地往上移动，沿着那些静脉和动脉，残酷无情地蔓延到我的全身。我把它当成某种有生命的东西，是一些通过爬进我体内获得生命的东西。我知道它不是那样的，但感觉上就是如此，而且有充足的理由令我相信它就是如此。我不会就此跟任何人进行辩论，但这一点是我能肯定的。想到这里，我几乎都要大笑出声来了。我感觉疲惫不堪，昏昏欲睡。从未有过如此虚弱的感觉，感觉不到自己的四肢存在，它们像是脱离了躯壳一般，真的很古怪。

突然之间我急速落下，猛地撞在绳子上。我转身看见冰墙，意识到自己正在下降。西蒙又把我往下放了。我摇了摇脑袋，想要摆

89

脱浑浑噩噩的状态。他不可能做到的。我知道他是想赌一把，看看是否能在绳结卡住之前把我放下去。我心里当然希望他能成功，不过我也很确定他做不到。我对着漆黑的夜空发出警告的尖叫，没有回音。我继续平稳下落。我往下看去，看见下面的冰裂缝。现在我能清楚地看到它了。当我再抬起头来，发现已经看不到冰崖的顶端了。绳子向上延伸进漫天飞雪中，然后就消失不见了。这时候绳子轻轻地抽动了一下，又一下，接着我就停了下来。

又过了半小时。我不再向西蒙喊叫。我知道他的处境跟我一样，他也不能移动。他要么坐在踏点里面死去，要么被我的体重产生的持续不断的拉力给拖下来。我想知道在此之前我会不会已经死了。一旦他失去知觉，这一切就会发生，说不定在我死之前他就已经失去知觉。吊在绳子上的我可以躲避最剧烈的雪崩，而他会比我更加寒冷。

关于死亡的所有想法都让我无动于衷，不管是我自己的死亡还是西蒙的，这只是一种事实而已。我已经疲倦得顾不上这些了。我想，说不定如果我感到害怕，就会更加奋力地挣扎。但随后我就放弃了这个念头。我害怕让绳环打结，何况那样做也没什么用。登山家托尼·库尔茨在艾格尔山濒临死亡的时候就是在不断地挣扎。他从未停止过挣扎，他是突然掉下去摔死的，掉下去的时候身上还绑着绳子，仍在挣扎着想要活命。援救人员看着他死去。我现在跟他处在同样的情况之中，却没有感到不安和焦虑，这好像有点奇怪。也许是因为寒冷？应该不会太久了。我坚持不到明天早上……也看不到太阳了。我希望西蒙不会死，但那很难……他不应该被我拖累而死……

我激灵一下直起身体，刚才那些漫无目的的念头统统被赶走了，取而代之的是一股怒火，对于发生的一切所爆发出的强烈怒火。我冲着寒风大嚷大叫。眼前什么也看不到，我诅咒着，咆哮着：

　　"这是最后一段下降，该死的，还让我吃了那么多苦头。全是狗屁！狗娘养的！"

　　我的声音消逝在漫天的风雪中。咒骂不是针对特定的某个人，只是为了发泄痛苦和冤屈的怒火。这些愚蠢的话语就跟我周围嘶嘶作响的风一样空虚而毫无意义。愤懑之情在我体内汹涌澎湃，它温暖着我，愤怒激烈的一长串恶言和沮丧的泪水已经击退了寒冷。我为自己而哭泣，我诅咒自己。一切都是因我而起。是我撞碎了膝盖，是我掉了下来，是我快要死了，而西蒙被我连累。

　　这时绳子发生滑动，我向下弹了几厘米。接着又是一次。是他解开绳结了吗？我再次滑动。又停下来。然后我知道会发生什么事了。他正在下降。我正在把他往下拖。我静静地悬吊着，等待着将要发生的事。随时都有可能，随时……

※　　　※　　　※

　　（西蒙的叙述）我把乔从身边放下去的时候他是微笑着的。不过那表情不太像是微笑。痛苦使他的脸变得扭曲。我快速地放下他，没理会他的叫喊。很快他就从我的头灯光亮中消失了。这时又一阵雪崩笼罩我的头部，绳子也看不见了。如果不是我的腰部承受着他的体重，我都感觉不到他的存在。

　　我保持下放的速度。尽管我的手指失去知觉，控绳器还是很容易控制。我的手指现在很糟糕。我很担心自己的手指，自从我们离开垭口我就很担心。我知道乔的登山生涯已经结束，我现在是为自己的双手感到害怕。不知道它们的情况有多糟糕，有光线的时候我曾经迅速地看了一下，但看不出损害程度有多严重。不过四个指尖和一根拇指都发黑了，很难说其他几根会不会也朝着同样的方向恶化。

　　我听到下方传来一声微弱的叫喊，绳子轻轻地抽动。可怜的家伙，我心想。这一路我放他下去的时候都把他弄疼了。奇怪的是我对此很冷漠。我曾经很难做到不同情他，现在却容易多了。我们的进展相当快。很有效。我为此感到骄傲。我们始终共同面对，这样

91

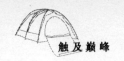

很好。下降比我预计的要容易些，尤其是有乔为我挖踏点。他真的很努力。我们能对情况有所控制了。我从未要求乔去挖踏点，但他在前面，所以做了这些事。不知道换作是我，也会那样做吗？天知道！

我的手又僵住了，总是在绳结过来之前变糟，僵硬得好像爪子一样。绳子平稳地放出去。我始终很小心，避免绳子纠结在一起。一只手承受乔的重量，另一只手去解开纠缠并且结冰的绳子，这根本不堪设想。作用在我安全带上的拉力增强了。斜坡一定是再次变陡了，我想。距离中途调换绳结还剩下20多米。我加快了下降的速度。我知道这样做会伤到他。天还亮着的时候我能看出漫长的下降过程中他所经受的苦楚，但我们已经下来了。别无选择。黑暗中又传来一声微弱的叫喊。这时又一阵雪被风席卷而来，把我整个人罩住了。我深陷在踏点中，弓起身体，感觉到雪片轻轻地落下和碎裂。在每一阶段的下降时间里，这些踏点都勉强维持住了，不过也处于坍塌的边缘。

突然我的腰部猛地向前扑击，险些脱离了踏点。我把自己的重心扳回到雪中，用力撑住自己的双腿以抵抗那股突如其来的压力。上帝！乔掉下去了。我让绳子缓缓滑动着停下来，因为如果我突然间停住绳子，就会对我造成冲击。压力一直都没消失。我的安全带卡进了臀部。绳子在我的两腿之间紧绷着，随时都可能把踏点的底层劈开，把我拉扯下去。

半小时以后我再次让绳子下滑，不去管乔发生了什么。他为什么没有把身体重量从绳子上移开？作用在我臀部的压力阻断了血液循环，我的腿都麻了。除了继续下放绳子，我也试着去想一些别的方法来解决，但没什么办法。乔没有尝试着往上爬。我感觉不到绳子有任何颤抖的迹象说明他在做什么努力。我也不可能把他拉上来。踏点已经只有原先的一半大小，而且正逐渐从我的大腿下面瓦解。我撑不了多久了。山壁上部的陡峭区域都不足15米高。我推测再过一小段距离乔就能够把体重从绳子上移开，然后设一个系绳处。其实我也没有其他选择。

随着绳子往下放，我感觉压力并没有减轻。乔仍旧在绳子上悬空。我他妈的到底把他放到了哪里？

我低头看着松弛的绳子一点点穿过控绳器，发现绳结就在下方约六米处，正平稳地朝我这里移动。我开始诅咒，想催促乔赶快落脚在某个牢固的地方。又过了三米左右，我不再继续放绳子。绳子上的压力还是没有变化。

我不停地踩脚，试图阻止踏点继续坍塌，但没有用。我开始感觉到惊恐的颤抖。雪又从背后袭击我，汹涌地扑过来弥漫在我的四周。我的大腿一点一点往下移动。雪崩把我朝前推，并填满了我背后的踏点。哦！天哪！我就要掉下去了！

雪崩突然停止，就像它突然开始一样。我又把绳子放下去一米半，同时大脑疯狂地运转着。我能用一只手抓住绳结下面的绳子然后调换控绳器吗？我把一只手从绳子上拿开，眼睛紧盯着它看。我无法把手握成拳头。我想过先把绳子缠绕在大腿上，双手把扣在控绳器里的绳子抓住，然后把控绳器从背带上松开。真是愚蠢的想法！我不可能单凭自己的双手支撑乔的重量。如果我放开控绳器，近50米长的绳子将没有固定，无法控制地从我手中掉落下去，我也会随着它一起被拽下山去。

乔掉下那个落差已经将近一个小时了。我冻得瑟瑟发抖。尽管我用尽全力，握住绳子的力量还是一点点减弱。绳子慢慢地向下移动，绳结紧紧抵住我的右拳。我抓不住它，控制不了它。这个念头击溃了我。雪在滑动，狂风和寒冷已经被抛在脑后。我正在被拽下去！踏点在我身下移动，雪从我的脚边滑走。我滑动了几厘米，赶紧用力把脚深深踩进斜坡里，才制止了这种移动。天哪！我必须得做点什么！

刀！这个想法不知从哪里冒了出来。当然，那把刀！快点，快

呀，把它拿出来！

刀就在我的背包里。我花了很长时间才腾出一只手，把肩带从肩膀上松下来，然后用另一只手重复同样的动作。我把绳子绕过大腿系紧，右手用尽全力握住控绳器。我笨手笨脚地拨弄着背包上的挂钩，感觉雪在身下慢慢地陷落。恐慌几乎要吞没了我。我在背包里摸索，不顾一切地寻找那把刀。我的手握住一个光滑的东西，把它拽了出来。红色塑料手柄滑进我的手套里，我差点失手让它掉下去。我把刀放在膝盖上，然后用牙齿脱下手套。我已经做出决定。对我而言，没有其他的选择。我用牙齿把它打开，金属的刀刃粘住了我的嘴唇。

我把刀伸向绳子，然后停了下来。那些松弛的绳子！一定要把缠在我脚上的松松的绳子给清除掉！要是绳子纠结在一起，我也会被一起拖下去。我小心翼翼地把绳子整理到一边，确认它们全部都在远离控绳器的踏点一侧。我再次把刀伸出去，这次刀刃碰到了绳子。

不需要任何力气。紧绷的绳子一碰到刀刃就断裂开来，随着拉力一消失，我就向后倒进了踏点里。我全身都在发抖。

背靠着雪，我努力让自己的呼吸平稳下来。我听到自己的太阳穴里发出激烈的捶击声。大雪犹如一股洪流在我上空嘶嘶作响，又倾泻到我的脸颊和胸口上，顺着拉链的开口处钻进我的脖子，然后又顺着身体往下滑。但这一切我都没有理会。雪不断涌过来，从头到脚荡涤着我，在我切断绳子之后，在我放弃乔之后。

我还活着，在那一刻我能想到的就只有这个。割断绳子之后，一切归于无尽的寂静。乔在哪里，或者他是否还活着，我都不关心了。我已经摆脱了他的重量。在我周围只剩下凛冽的寒风和肆虐的雪崩。

后来我终于坐了起来，松弛的绳子从我臀部掉下去。断裂的绳子从控绳器里伸出来——他已经不在了。是我杀了他吗？——我没回答这个问题，虽然在我的内心深处有种冲动告诉我是这样的。我仿佛失去知觉，被冻结一样的寒冷；由于惊骇，整个人陷入麻木的静默之中。我沮丧地望着下方旋转纷飞的雪，想弄清楚到底发生了什么。没有内疚感，甚至没有悲伤。我盯着穿透风雪的微弱的电筒光柱，一种空虚的感觉萦绕着我。我想要朝他大喊，但抑制住自己。他不会听到的。我能肯定。寒气爬上我的背部，我在风中发抖。又一阵雪崩在黑暗中向我袭来。独自一人在暴风雪肆虐、雪崩不断的山壁上，我已经极度寒冷。我别无选择，只能暂时把乔的事情抛在脑后，明天早上再说吧。

我站起来，转向斜坡。踏点已经被雪崩落下的粉雪填满了。我动手开始挖掘，很快挖出一个足够大的洞，可以让我半隐藏式地躺进去，只有腿暴露在风雪中。我机械地挖着，头脑里反复闪现出痛苦的争论和无法回答的问题，于是我停止挖掘，一动不动地躺着，思考整个晚上发生的事情。然后我接着挖。每过几分钟，我都要提醒自己摆脱一团乱麻的思绪，继续挖掘，结果就是几分钟以后我又再次走神。我花费了很长时间才挖好这个雪洞。

这是一个异乎寻常的夜晚。我如此冷漠地思考所发生的一切，就好像我自己正跟这些事件脱离干系，感觉非常奇怪。有时候我也在想，乔是不是还活着。我不知道他是从哪里掉下去的。我知道我们距离山的底部已经很接近了，因此似乎也有理由希望他只跌落了一小段高度，然后掉到冰河上死里逃生，说不定此刻他也在独自挖掘一个雪洞。然而又有些什么东西让我觉得事情不是这样的，我无法逃避自己强烈的直觉，他一定已经死了，或是已经奄奄一息。我有种直觉，在这个漆黑的夜里，就在我的雪洞下方，有些可怕的东西正隐匿在疯狂旋转的漫天飞雪之中。

挖好雪洞以后，我钻进自己的睡袋，用背包堵住了洞口。风雪在雪洞顶上呼啸而过的声音听不到了，我躺在寂静的黑暗中，想让自己入睡。无穷无尽的念头疯狂地幻化成一个个邪恶的怪圈，在我

的头脑中打转,睡着是不可能的。我试着集中思想去回顾我所做的事情,进行彻底思考。过了一会儿我就停住了,我只是回想起了那些事实,它们如此真实,赤裸裸的真实,以至于我根本无法从中得出任何结论。我想质疑自己所做的事情。我似乎亟需对自己提出指控,去证实我的做法是错误的。这样做的结果很糟糕,比那些让我彻底思考的邪恶怪圈还要糟糕。我跟自己争辩说,我对自己的表现很满意。足够坚强地割断绳子,我确实感到很满意。那时候我没有其他选择,所以我就那么做了。我做了,而且做得很好。妈的!那可需要一些真本事。很多人还没鼓足勇气这么做就死了。可我还活着,因为我正确地控制了当时的状况,直到最后一刻。我处理得很镇定。我甚至还停下来,小心地检查绳子会不会缠在一起把我拉下去。所以,这就让我感到该死的困惑!我应该内疚的。可我没有。我做得对。但是,乔怎么办……

我逐渐变得昏昏沉沉,有时候是清醒的,整个小时不断思考;有时候又睡着一会儿,就这样度过了难熬的几个小时。在黑暗的雪洞里漫无目的地胡思乱想。思考是因为我的头脑拒绝入睡,也可能是紧张、害怕和恐惧使我过于兴奋。我翻来覆去地想,乔死了,我知道他已经死了;然后又觉得那不是乔,只是从我的腰部脱离的一堆重量,它坠落得那么突然和猛烈,我根本抓不住。

夜渐渐深了,我陷入恍惚状态。乔从我的记忆中消退了,取而代之的是口渴。每次醒来我都渴望喝水,最后这渴望占据了我的所有思想。我感觉舌头又干又肿,粘住了上颚,塞进嘴里的雪也根本不能止渴。上次喝水已经是24个小时之前的事情了。那时候我应该至少喝掉一升半的饮料,才能弥补高海拔导致的脱水。我嗅到周围的雪里面水的味道,我快要疯了。我迷迷糊糊、筋疲力尽地昏迷过去。间或突然醒来,还是强烈地渴望喝水。

天慢慢地亮了。我看到雪洞顶上冰镐留下的痕迹,黑夜过去了。我在想接下来的一天我该怎么办。我知道自己不会成功。如果我成功，那是不对的。我已经彻底地想过了。这就是现在我一定要去面对的。我不再害怕，夜晚的恐惧感也已经随着天亮而消失。我知道我要去尝试，我也知道我会死，但我还是要去经历这一切。至少这样做我还保留了一些尊严。我必须竭尽全力。虽然这还是不够的，但我要试试。

我穿戴整齐，就像出现在信徒面前的牧师那样，举止庄重而认真。我确信这将是我生命中的最后一天，因此并不急于动身下山，我的内心充满即将被判罪的感觉。为这一天的到来做准备工作时，我觉得自己就像是某个古代公众仪式的一部分。经过昨晚黑暗中那些思绪万千的时光，我早就策划好了这个仪式。

我把冰爪的最后一根绑带系紧在靴子上，然后默默地看着自己戴着手套的双手。仔细的准备工作已经让我镇定下来。我的恐惧消失了，内心很平静。我觉得自己冷静而坚毅。夜晚已经清除我的愧疚和痛苦，使我得到了净化。切断绳子以后的孤独感消失了。口渴也已经缓解。我做好了一切准备。

我用冰镐砸碎了雪洞顶，站起来沐浴在令人眩晕的耀眼阳光中。这是美好的一天，没有雪崩，也没有风。静默的冰山在我周围闪烁着洁白的光芒。冰河缓缓地向西面蜿蜒，直达营地上方的黑色冰碛。我感觉自己好像被注视着。峰顶和山脊形成了新月形的交汇，好像有什么东西在那里俯视着我，等待着我。我从雪洞的残骸中迈开脚步，动身下山。我会死的；我知道，它们也知道。

第七章

冰中的阴影

上下山路线，左侧可见那座危险的冰崖。

我有气无力地倚在绳子上，几乎无法把头抬起来。极度的疲倦吞噬了我，我强烈渴望这无休止的悬吊能够快点结束。再也没有必要受折磨了。我从心底里想让这一切结束。

绳子向下震荡了几厘米。西蒙，你还能坚持多久？我心想，过不了多久你就要和我一起掉下去，应该就快了。我能感觉到绳子再次颤抖，像钢丝一样紧绷，这就说明了事实，跟通电话传达的信息一样准确。就这样了！就在这里结束了。真遗憾！我希望有人能找到我们，并且知道我们从西壁登顶了。我不想就这样无声无息地消失。人们永远也不会知道我们成功了。

风的吹动使我轻轻地转圈。我看着下面的冰裂缝，它在等着我。冰裂缝很大，至少有 6 米宽，顺着冰崖的基部蜿蜒。我估计自己大概悬在它上方 15 米的位置。我正下方的部分覆盖着一层积雪，然而往右边看去，它变得开阔起来，一片黑漆漆的东西赫然张着大嘴。无底深渊，这个念头无端冒了出来。不，决不可能是无底深渊！我好奇我会掉下去多深？到最底部……掉进最底部的水里？上帝！我不想这样！

绳子再次抽动。抬头望去，绳子在冰崖边缘来回拉动，使得大块的坚冰移动了位置。我凝视着绳子向上延伸进一片黑暗之中。寒冷早就赢得了这场战争。我的双臂和双腿都没有任何感觉了。一切都放慢了，变得软绵绵的。所有的思考都变成莫名其妙的问题，却没有答案。我已经接受了自己将要死去的事实。别无选择。这也没有让我感到恐惧和害怕。我被冻得麻木了，感觉不到疼痛，甚至也感觉不到寒冷，只想睡觉，完全不在乎后果。这将是一场无梦的睡眠。现实已经变成了一场恶梦，睡眠不断召唤我；一个黑洞在等着我，那里没有痛苦，没有时间流逝——就像死亡一样。

我的电筒光柱熄灭了。极低的温度把电池也冻坏了。我在上方黑暗的山壁间隙中看见了星星，也或者是我脑子里的亮光吧。暴风雪过去了，可以很清楚地看到星星。我很高兴能再次看到它们。老朋友又回来了。它们看上去好遥远，比我以前看见过的都要遥远；而且更明亮，好像悬挂在天上的宝石，在空中漂浮着。有些在动，一闪一闪地，一点一点移动，上下，上下，把最明亮的星光洒在我身上。

接着，我一直在等待的东西突然向我袭来。星星熄灭了，我掉下去。绳子猛烈地抽打着我的脸，就像什么东西突然苏醒过来一样；而我悄无声息地掉了下去，无休无止，坠入一片虚无，好像在梦境中坠落那样。下落的速度很快，比思想还快，我的胃部对抗着猝然下降的速度。我急速而下，从很高的地方我看到自己下落，别的什么也感觉不到。没有思想，所有的恐惧感都消失了。就是这样了！

背部受到的冲击打断了这个梦境，接着我被雪吞没了。我感觉两颊又冷又湿。我并没有停止，在两眼看不到东西的一刹那我惊恐万分。这是冰裂缝！啊，不要！

我再次加速，速度之快，连我都听不到自己发出的尖叫……

一次强烈的撞击之后我停了下来，眼睛迸发出阵阵白光。白光仍在继续，还迸发出电闪，我听到了，却没有看到。气流从我的身体向四周疾冲。雪跟我一起落下，落在我身上，我记得它从远处温柔地吹拂，听到它遥远地、空灵地摩擦过我的身体。我的头部好像有东西在搏动，然后慢慢消退，白光出现的次数也不那么频繁了。撞击使我头晕目眩，因此有好一阵子我僵硬地躺在那里，几乎想不起发生了什么事，如同在梦中。时间仿佛慢了下来，我似乎漂浮在空中，没有支撑，也没有重量。我静静地躺着，张着嘴；眼睛盯着面前的一片漆黑，我却以为自己闭着眼，我细心留意自己的每一个感觉，以及体内一切脉动的讯息，什么也没有做。

我不能呼吸。呕吐。什么也没吐出来。胸口有压痛。作呕，窒息。努力想吸入空气，但还是不行。我感觉到一种好像砾石海滩发出的熟悉而单调的咆哮声，便放松了下来。我闭上眼睛，让自己陷入灰蒙蒙的、逐渐消退的阴影里。我的胸口一阵阵痉挛，然后呕吐

了出来。随着冷空气的吸入，脑袋里的咆哮声突然停歇了。

我还活着。

一股灼热的剧痛从我的腿部蔓延开来。我的腿被压弯在身下。随着灼痛加剧，活着的感觉愈加真实。见鬼！不可能死了还感觉到疼痛！灼痛仍在继续，我大笑起来——我还活着！好呀，去他妈的！——然后又大笑起来，这是真正欢快的大笑。我一边感受那种灼痛一边大笑，一直用力地大笑，感觉泪水从脸庞滚落下来。我不知道这究竟有什么好笑的，但还是大笑。我放声又哭又笑，就像某种东西在我体内舒展开来，某种在我的五脏六腑中紧绷着、扭曲着的东西大笑着自行分裂开来，然后脱离了我的身体。

突然我止住大笑。我的胸口发紧，压力再次发作。

※　　※　　※

是什么让我停下来的？

我看不到任何东西。我侧身躺着，身体以奇怪的姿势蜷缩着。我小心翼翼地移动一只手臂，伸向一处拱状物。我碰触到一堵坚硬的墙。冰！这是裂缝的冰墙。我继续摸索，突然发现自己的手臂落空。一处落差就在我旁边。我克制住想要移动身体远离这里的冲动。我感觉自己的腿就搁在一个雪斜坡上，它就在我下方，角度也很陡峭。我是在一块岩礁或是岩脊上。我的身体没有打滑，但我不知道往哪边移动会让自己更安全。我把脸埋进雪中，试着把这些令我糊涂的信息综合起来，形成一个计划。现在我应该怎么做？

保持不动。就是这样……不能动……啊！

我不能控制自己。膝盖里的疼痛一直刺激着我，促使我移动。我必须把身体重量从膝盖上移走。我移动身体，马上就开始打滑。每处肌肉都向下用力紧紧抓住雪面——不能动。

挪动减慢下来，然后停住。我猛烈喘息，因为已经屏住呼吸太长时间了。再次伸出手去，我发现自己碰触到坚硬的冰墙。然后我去摸索冰锤，它由一条细绳索连着，就绑在我的安全带上。我在黑暗中摸索，发现细绳索被拽得很远，紧绷着，我把绳索拉过来，将冰锤从我面前的落差中提上来。我必须把一个冰锥凿入冰墙，并保证不把自己推下岩礁。

这比我预料中的还要困难。我找到挂在背带上的仅存的一个冰锥，然后费力地扭转身体，面对着冰墙。我的眼睛已经适应了黑暗。我是从上面的一个洞掉进这里的，通过洞口可以看到闪烁的星光和月光，它们为我提供了足够的光线去看清两侧的无底深渊。我能看到投下灰色阴影的冰墙，以及落差里一片彻底的漆黑。落差太深了，光线根本无法穿透。我开始动手往冰墙里凿入冰锥，努力让自己忘记肩膀另一边是黑暗的深渊。冰锤敲击声的回响在冰墙周围、从下面的落差以及我肩膀处的一片黑暗深幽传来。我听见第二声、第三声回音缥缈而至。我的身体在发抖。黑暗的深渊中隐匿着说不出的恐怖。我敲击着冰锥，感觉自己的身体随着每一下敲击朝侧面滑动。当冰锥除了柄部以外全部没入冰墙，我在它的孔里穿入弹簧扣，然后急忙去找腰部的绳子。黑色深渊充满威胁，我的腹部用力地收紧蜷缩起来。

我拉动自己的身体变成半坐的姿势，靠近冰墙，左侧是落差。我的双腿不停在雪面上打滑，我只得不断把自己往冰墙那里挪动。我不敢放开冰锥超过几秒钟，但我的手指需要比几秒钟长得多的时间去系绳结。每次把绳结搞得一团糟时，我都会愤恨地诅咒，然后焦躁地重来。我看不见绳子，虽然正常情况下我可以摸黑系好绳结，但现在冻僵的双手妨碍了我的动作。我无法利索地拿起绳子，无法把它穿回来打成结。试了六次之后，我都快要哭了。我弄掉了绳子。为了够到它，我朝落差那边滑出去，紧接着急忙往回扑，手在冰墙上胡乱摸索冰锥。露指手套滑过冰墙，我的身体开始往后栽倒。我用手去抓冰墙，希望戴着手套的手指能使上力抓牢冰面，突然感觉冰锥刺到我的手。我用手指紧紧扣住冰锥，于是身体不再栽倒。我一动不动地盯着我面前的黑洞。

经过几次失败的尝试后，我突然发现自己已经打好了一个类似绳结的东西。我把它拿近，借着从上面洞口射进来的微弱光线仔细检查它。我能看见绳结的突出部分，以及在它上面的我刚才努力挽好的绳环。我兴奋地笑出声来，居然对自己的表现感到满意。然后我把绳结穿进冰锥，一个人对着黑暗傻笑。我安全了，不会掉进黑暗的深渊了。

绷紧的绳子使我感觉很安心。我放松下来，抬头望向顶部的小洞。从那里看出去，天空没有一丝云，繁星闪烁，月光映衬着星光，显得更加熠熠生辉。腹部纠结的压力已经消失了。这许多个小时以来，我第一次开始指挥头脑进入正常的思维状态。我大概在冰裂缝下面15米处。这里被遮挡住了。如果等着西蒙，明早我就可以爬出去……

"西蒙!?"

叫出这个名字的时候我的声音充满惊讶。回声把这个名字轻轻地传了回来。我从未想过他可能已经死了。当我回想所发生的事情，被这个极大的可能性震撼了。死了? 我无法设想他已经死了，不可能是现在；我还活着，他不可能死去。裂缝里的冰冷和静谧感染了我；坟墓一般的感觉，这是个了无生机的地方，冰冷，没有人烟。没人曾经到过这里。西蒙，已经死了? 决不可能! 我听到过他的声音，看着他从冰崖上下来。他应该连在绳子上，或者也掉在了这里。

我又开始咯咯笑起来。尽管我努力控制，但还是无法停止。回声被冰墙反弹回来，听起来嘶哑而疯狂。声音如此怪异，我都没办法分清楚自己究竟在笑还是在哭。从黑暗深渊中返回的声响有些失真，不像是人发出来的。咯咯的回声袅袅上升，朝我围绕过来。我又笑了几声，去听回声；接着再笑几声，暂时忘记了西蒙、冰裂缝甚至我的腿。我坐在那儿，倚着冰墙蜷缩起身体，一阵阵地爆发出大笑，整个人都在颤抖。因为寒冷。一部分的我认识到这一点，头脑中一个冷静理性的声音告诉我，这是由于寒冷以及受到了冲击所致。就在这个冷静的声音告诉我发生了什么事的同时，其余部分的思绪悄悄地狂乱起来，我感觉自己好像被一分为二———一半在大笑，另一半在不动声色、冷静地旁观。过了一会儿，我意识到这种现象停止了，我又变成一个整体。刚才打寒颤的时候，身体重新聚集了一些热量，由于跌落而刺激出来的肾上腺素已经消失。

我在背包里寻找备用的头灯电池，我知道就在那里面。装好电池以后，我打开头灯，朝身边的黑暗深渊里看去。明亮的光柱穿透了下方的黑暗，照亮了冰墙。在摇曳的灯光中，可以看到冰墙下降到很深的、头灯光线无法到达的地方。冰面受到光的照射，闪耀着蓝色、银色和绿色的反光。可以看到每过一段距离，就有小小的岩石被冻结在冰的表层下面，它们星星点点地分布在冰墙上。我借助光柱顺着那些光滑的扇形凹陷向下扫视，看到这些岩石块湿漉漉地闪着光芒。我紧张地咽了一下口水。借助光线我可以看到下面 30 米的地方。这些冰墙相隔约 6 米，没有任何收窄的迹象。我只能猜测电筒照不到的地方还隐藏着上百米深的深渊。在我的面前，裂缝对面的山壁高高耸立。山壁上面处都是破裂的冰石块，在我上方 15 米的地方，它们弯成拱形，形成一个顶部。我右侧的斜坡陡峭地下降不到 10 米，之后就消失了。在斜坡的另一边是淹没在黑暗中的落差。

光线照射不到的黑暗引起了我的注意。我可以猜到那里隐藏着什么，心里充满恐惧。我感觉自己被困住了，迅速环顾四周，想找找冰墙上是否有些间隙。一个也找不到。要么光线被坚硬的冰墙反射回来，要么光柱在两侧深渊中被无法穿透的黑暗给吞没。嵌满冰石块的顶部覆盖住我右侧的裂缝，往我左侧降落下去，遮挡住视线，使我看不到裂缝的开口一端。我现在身处一个巨大的冰雪洞窟之中。只有上方那个小小的黑洞向我闪烁着星光，让我能看到另一个世界。除非我能爬上那些石块，否则那个黑洞就像天上的星星一样难以企及。

　　为了节约电池，我把电筒关掉。黑暗似乎变得更加压抑。知道我掉进了什么地方也没能令我的头脑清晰起来。我独自一人。悄无声息的虚无、黑暗以及头顶缀满星斗的洞口似乎都在嘲笑我逃离的想法。我只能想到西蒙，他是我能够逃离这里的惟一机会。但是不知道是什么原因，我确信即使他没有死，也一定会认为我已经死了。我竭尽全力地呼唤他的名字，声音朝我反弹回来，然后又变成一阵阵回声逐渐消退在下面的深渊里。我的声音是不可能穿透冰墙的。顶部比我现在的位置高出 15 米。掉下来前悬在绳子上的时候，我至少比这顶部高出 15 米。西蒙看到冰裂缝巨大的开口以及冰崖，他会立刻断定我已经死了。一个人不可能从那么高的地方摔下去还能活命。他一定会这么想。我很清楚。如果我处在他的位置，一定也会这么想。他会看到这无底的黑色深渊，然后认为我已经死在里面。跌落 30 米的高度却毫发无伤，这种反常的情况几乎是无法想像的。

　　我痛苦地诅咒，然而黑暗中传来的回音使我的诅咒显得那么无力。我再次诅咒，不停地诅咒，这个空间被愤怒的污言秽语填满，又以回声的形式反馈给我。我大喊大叫地发泄自己的沮丧和愤怒，直到喉咙发干，再也无法叫喊出来。当我安静下来的时候，我试着去思考可能会发生什么情况。要是他往洞里看，他会看到我，也许他还能听见我的声音。也许他刚才已经听到我的声音了？除非他确信我已经死了，否则他不会离开。可是，我怎么知道他没有死？他和我一起掉下来了吗？检查一下看看——拉一拉绳子！

　　我用力拉动松弛的绳子。它移动得很轻松。我打开电筒，发现绳子从顶部的洞口垂悬下来，形成一条松弛的曲线。我又拉了拉，一阵松软的雪朝我扑面而来。我匀速地拉动绳子，在这样做的过程中，我兴奋起来。这是个逃离这里的机会。我等着绳子紧绷起来。我希望它能变得紧绷。但它始终轻松地移动着。我希望西蒙身体的重量作用于绳子上。这有点奇怪。我刚刚想到了一个出去的办法，只有那样才能成功。西蒙摔下来的时候身体可能掠出去，避开了裂缝。所以他一定是撞在斜坡上停下来。他应该已经死了。那样摔下来的话他一定会死。绳子绷紧的时候我可以借助普鲁士结爬上去。他的身体将成为很牢固的支撑点。对。就是这样……

我看到绳子轻轻地弹落下来，希望落空了。我把松弛的绳子拉到眼前，仔细观察破损的一端。是被割断的！我无法转移开自己的视线。白色和粉色的尼龙丝在这一端绽开。我想我一直都知道事实。还去相信它，简直是疯了！这是愚蠢的行为。可是每件事都往那个方向发展。我不可能从这里逃出去了。该死的！我甚至不应该挣扎到现在。在山脊上他就应该把我丢下。那样就能省却很多力气了。经历了那么多磨难，我却要死在这里。如果是这样，为什么还要白费力气去尝试？

我关上电筒，在黑暗中抽泣，感觉自己被彻底击垮了。我一阵阵地哭泣；在停下来的间隙，我倾听着自己孩子般的哭声在下方慢慢消退，然后再次哭泣。

醒来的时候感觉很冷。经过长时间的一片空白之后，我的头脑慢慢地苏醒过来，禁不住想这是在哪里。我是不知不觉陷入睡眠中的，因此吃了一惊。是寒冷惊醒了我。这是个好的信号。寒冷同样也可以轻松地夺去我的生命。我镇定下来。在这个裂缝里，一切都将结束。也许我一直都知道会这样结束。能够镇定地接受这个事实，我感觉很满意。哭泣和叫喊都已经够多的了。接受现实可能更好一些。这样死去不会造成身体上的外伤。当时我就确定西蒙会丢下我，让我自生自灭。所以这并不让我惊讶。的确，这样做能让事情简单化。还有一件小事需要担心。我想可能需要几天时间我才会死。最终我认为三天应该够了。裂缝里有很好的遮挡，我可以在我的睡袋里生存好几天。我想像着时间会显得多么漫长；我筋疲力尽地缓缓陷入半清醒状态。那将是很长很长的一段时光，只有微弱的光线以及强势的黑暗。也许最后一半的时间将会是无梦的睡眠，人静静地逐渐衰退。我很认真地考虑着这个结局。这可不是我曾经想像过的

样子。这样的结局似乎相当悲惨。我从未期盼过自己死去的时候能够满载炫目的荣誉，但我也不曾想过会如同这般慢慢地、悲惨地化为乌有。我不想那样死去。

我坐起身来，打开电筒，打量着冰锥上方的冰墙，我在想也许有可能爬出去。从内心深处我知道这不可能，不过我极力为自己强化这个模糊的希望。我觉得，即使我摔下去，至少会死得很快。可是当我看到两侧的黑暗深渊，决心就遭到了动摇。突然之间，冰封的岩脊看上去危险得令人绝望。我往冰锥以上的绳子上系了一个普鲁士结。攀登的时候我也要跟冰锥拴在一起。我可以通过普鲁士结把松弛的绳子放出去，万一我掉下来，这个结也许还能阻止我。我知道它很可能会突然断裂，但我没有足够的胆量在不系绳的情况下攀登。

一个小时以后我放弃了尝试。我尝试了四次去攀登那堵垂直的冰墙。但只有一次成功脱离了那座岩脊。我把两个冰镐都插在上方，把自己拉上去。然后把左靴的冰爪踢进冰墙里，用一个冰锥再往上够。在我摆荡到上方的冰面之前，冰爪的着力点就碎裂开来，于是我狠狠地滑到冰锤上。冰锤从冰面迅速脱离，我摔回岩脊上，受伤的右腿折叠在身下，疼痛异常。我痛苦地尖叫着，扭动身体把腿弄出来。之后我静静地躺着，等待疼痛缓解。我不再尝试了。

我坐在背包上，关掉电筒，垂头丧气地倚着重新系到冰锥上的绳子。昏暗的光线下我可以看到自己的腿，过了一会儿我才开始意识到这意味着什么。我抬头看了看顶部那一小片暗淡的光线，低头看了一下手表。现在是五点钟。一小时以后天就彻底亮了，一旦天亮，西蒙就会从冰崖上下来。我已经独自一人在黑暗中度过七个小时了。直到此时我才意识到，缺乏光线让我的意志变得如此消沉。我呼喊着西蒙的名字，声音很大。回声回荡在我周围，我再次呼喊。我要一直呼喊，直到他听到我的声音，或者我确信他已经离去为止。

过了很久，我停止叫喊。他已经走了。我知道他走了，我也知

108

道他再也不会回来。我已经死了，他没有理由再回来。我脱下手套，检查自己的手指。每只手上都有两根手指的指尖发黑，还有一根大拇指发青。我弯曲手指握拳，用力捏紧，可是感觉不到力量。还没有我想像中的那么糟糕。阳光通过顶部的洞口照射进来。我打量了一下左侧的黑洞。现在能够看得更深一些，但还是看不到黑洞收口的迹象，它长长地向下延伸着，然后消失在黑暗的阴影里。在我的右边，斜坡转弯通向前一晚看到的那个落差。落差再往右很远的地方，有阳光洒在裂缝的后壁上。

我漫不经心地捡起绳子破裂的一端，想做出决定。我已经知道，自己不打算在岩脊上再度过一个夜晚。我不要再经历那种疯狂的状态，但面对惟一能做的事情，我退缩了。我还没准备好做出这种抉择。进退两难之际，我把绳子在手里绕了几圈，然后把绳子抛向右边。绳子毫无障碍地飞入深渊，卷曲着越过落差，然后就消失不见了。绳子迅速绷紧。我用八根手指夹住绳子，侧躺下来。

我犹豫着，望着埋在冰墙里的冰锥。在我的重量作用下，它也不会被拉出来。普鲁士结只在冰锥下面悬着是起不到作用的。我想我应该把它带在身边。要是绳子的末端那里只有空空的深渊，没有它我就无法回到岩脊上来。我滑下岩脊，顺着斜坡绳降到落差里。眼看着普鲁士结越来越小，我心想即使那里什么都没有，我也不想再回来了。

第八章
沉默的见证者

西蒙登上修拉格兰德那壮美而充满危
险的峰顶。

（西蒙的叙述）下降的时候，那种威胁感几乎要将我击垮。与前一晚的狂风暴雪相比，现在的寂静更让人心力交瘁。我期盼一场雪崩能从天而降，但四周的一切都纹丝不动。没有一缕微风去吹落山壁上的粉雪，甚至被我的脚步踢下去的雪滑落时都无声无息。似乎整个山脉都在屏住呼吸，静候着另一场死亡的发生。乔已经死了；这里的寂静如是说。难道它们非要把我也带走吗？

沐浴在阳光下感觉很温暖。上方山壁巨大的白色凹陷反射出耀眼的光芒。再往上看比我高出上千米的地方，雪在温暖的阳光下闪烁着微光。昨天我们曾经登上过那里，但现在看不到一丝痕迹，印记已然在一夜之间被清扫得一干二净。我的嘴里有一股又干又难闻的味道。脱水，毫无疑问；或者是由于空腹而产生的苦味。我盯着在我头顶之上挺立的山峰。一片空旷。我们做的事情一点意义也没有——爬上去，翻越它，然后再下来。真是愚蠢！它看上去完美无瑕，如此洁净，人迹罕至，我们没有改变任何东西。它美丽、纯净，却给我留下一场虚无。我在上面停留的时间太久，它已经夺走了一切。

我继续下降，步伐准确、有条不紊。我可以加快点速度，不过似乎也没有什么必要。让人透不过气的寂静在我的头顶步步紧逼。冰河就在我的脚下，被冰山环绕，同样保持静默。在那里听不到冰块倒塌或者裂缝吱吱嘎嘎裂开的模糊声响。我继续下降，内心被不寻常的平静压抑着，感觉到一种静默的氛围在焦急地等着我。我会让它等着。我要沉着地、有尊严地完成这件事。随着我小心翼翼地撤退的进程，那种威胁感更加沉重了。

表层坚脆的雪块急速地滑落到我下方的一个落差中。我就站在一座冰崖的边缘。我从斜坡上探出身子，俯视下方至少30米深的悬崖。我抬起眼睛，在冰崖正下方的冰河上搜索是否有生命的迹象。什么都没有。没有能说明他还活着的雪洞。所以这里就是他掉下去的地方。我的天！为什么会这样？在这里！我们从来不知道这里。

昨晚在我脑海中一直挥之不去的可怕怀疑得到了证实。乔已经死了。

我盯着下方的冰河，内心惊骇不已，无法发出声音。尽管我一直担心最糟糕的情况发生，但从未预料到会发现这个结果。我曾经设想的是一面矮小的垂直冰墙，甚至是一座岩石扶壁，但从没想到会有这样一座高耸的冰崖。我回头往山壁上望去，沿着我们垂直的下降路线一路看到我此刻站立的位置。我有一种被欺骗的感觉。正是我们成功解救自己的方式导致了事故的发生。我还记得，在我们下山进展顺利的时候，我那越来越高涨的兴奋心情。我曾经为我们成功做到的一切感到骄傲。一切都如此顺利——乔经受的所有苦楚，他一直努力为我挖凿踏点。而这一切奋斗，就只是促使冰崖上的事故尽快发生而已。抬头往侧面看去，我可以辨认出我们原先计划中的下降路线，向左斜向下降，远离冰崖。在我们敲定路线的时候都没有留意到右边这座冰崖。我们从未想过会如此垂直下降。

我转身离开落差，茫然地瞪视着正前方的山峰。它的残酷让我觉得厌恶。感觉我们的遭遇好像是被刻意安排的，有种讨厌和邪恶的力量事先设定了这一切。一整天的努力，以及暴风雪之夜的忙乱，都是徒然。我们还以为自己足够精明强干，能够侥幸摆脱这一切，实在太愚蠢了！我们经过了那么长时间的努力，最终的结果却是割断绳子。我大笑起来。短促而痛苦的声音在四周的静谧中显得格外响亮。我想，这很滑稽。用一种残忍的方式来说，这确实很滑稽，但这玩笑开在了我身上。一个玩笑！

面向斜坡，我开始横越冰崖口。我的宿命论想法消失了，取而代之的是愤怒和怨恨。由于满腔怒火和痛苦，我不再无精打采。听天由命的念头已经被抛到一边。尽管仍然感觉虚弱和干渴，但我现在决定要活着下山。它不能把我的生命也夺走。

每过一段时间，我就从冰崖的边缘往下看一看。我越往右攀登，冰崖就变得越浅，但是我攀登的表面却越来越陡峭和危险。最终冰崖壁和我翻越的斜坡交汇在一起，松软的雪变成坚硬的水冰，间或

113

散落着一些破碎的岩石块。我开始斜向下降，动作很慢。这种攀登方式对技术要求很高，我发觉自己全神贯注于当下的攀登，早先的那些情绪都已经被抛到脑后。

下降了15米以后，我到达一块被冻入冰层的岩石。我踩着冰爪的受力点，站在70°的冰面上，我每下降一步，冰都变得更加坚脆易碎。通过近距离观察，我发现我正站在一个从冰层下突出来的岩礁上。往下看去，冰面迅速变薄，灰白的阴影说明这岩石距离地表只有几厘米。我往岩石的一处裂缝里锤入一个冰锥，把自己拴在冰锥上。

我发现绳降的准备工作十分困难。绳子经过那场暴风雪以后被冻得很硬，我的手指又很僵硬，似乎无法打好绳结。努力完成这项工作后，我把绳子抛出去。绳子的一端拴在冰锥上，另一端从陡峭的表面落下去，落在下方四五十米处难度较小的斜坡上。我将控绳器固定在绳子上，自己脱离冰锥，慢慢地沿着覆盖着冰层的岩礁下降。

在我顺着绳子向下移动的时候，那座冰崖逐渐展示出它的全貌。在我的左侧，它延伸形成一座巨大的圆顶山壁。在圆顶的顶端那里，我们的绳子在前一晚曾经深深卡入它的边缘，我看到了那个位置。那就是冰崖的最高点。冰崖的正面是向外悬伸的。被白色雪冰覆盖的山壁从整个山体上赫然耸立。随着我下降的进程，它变得越来越逼近。尽管事实上我在它的右上方，可是看起来它却是悬伸在我正上方的。我惊愕地盯着它。它的体积非常庞大，我禁不住想为什么我们从未注意过它。当我们走近这座山的时候，就是在它的正下方穿越冰河的。

我下降了一半的绳距，才往下望去，看到了那个冰裂缝。我刹住控绳器，猛地停下来。我张大眼睛看着冰崖脚下那深不见底的黑暗深渊，恐惧使我浑身发抖。毫无疑问，乔就是掉进了这个裂缝里。我惊骇不已。一想到可能会掉入那个恐怖的黑漆漆的裂口，我不由地紧紧抓住绳子。我闭上双眼，用前额抵住紧绷的绳子。

接下来有好长一会儿，愧疚感和恐惧感充斥着我的内心。就好像我是刚刚割断绳子一样。我不如拿起手枪对准他的头，把他打死算了。我再次睁开眼睛，但不敢往下看那个裂缝，只能无助地瞪着面前投射着岩石阴影的冰面。现在我确切了解了整座山脉，确信自己能够活着下去。也正由于此，我才突然觉察到我们所经历的一切造成的颠覆性影响。在温暖和煦的阳光下，昨晚发生的事情显得那么遥远，我都无法相信曾经发生过如此恐怖的事故。一切都发生了很大的变化。我甚至希望情况如果仍旧那么糟糕就好了。那样的话，至少我还可以奋力抗争一下。我可以为自己的活着和他的死去找到理由。可是像现在这样，我只能任由那极度黑暗的裂缝控诉我的罪行。

我从未感到过如此悲惨和孤独。我不可能成功，我开始明白为什么在雪洞里自己会产生那种可怕的被判罪的感觉。如果我没有割断绳子，我一定会死。看着冰崖，我知道那样摔下去是没有生还机会的。然而，我拯救了自己，现在我要准备回家，告诉人们这个几乎没人会相信的故事。没人会割断绳子！绝对不可能会那么糟糕！你为什么不那样做，试试那样做？即使有人相信这个故事，我也会听到这些质问，看见人们眼中的怀疑。很古怪，也很残酷。从他摔断腿的那一刻我就注定是个失败者，无论如何也改变不了这个事实。

我继续绳降，借此努力地摆脱这些无谓的想法。我盯着冰裂缝，试图辨认、其实是渴望能够看到生命的迹象。当我距离它更近一些的时候，看到它变宽了，我能够看清这个深渊，它显得更加深不可测。我一直盯着它看，可是随着一寸一寸地降低，我渐渐放弃了这个简单的愿望。掉进这么深的地方，没人能够活着。即使乔还活着，我也没办法为他做任何事。这里没有足够长的绳子能达到那么深的位置，营地里也没有。我也知道自己没有力量去完成这个任务。即使下到这么一个裂缝里面也是徒劳无益，我不打算再进行这样的冒 **115**

险了。濒临死亡已经让我受够了。

"乔!"

我喊叫，但回声在黑暗中荡漾，似乎在嘲弄我微不足道的努力。

这里太庞大了，而且事实太残酷。我无法让自己相信他还活着。一切迹象都表明他已经不在了。而我作出的任何努力都只是为了安慰自己的良心。我往那个可怕的黑洞里使劲看，冲着里面叫喊。结果听到的是回音，接下来就是绝对的寂静，这说明了我已经明白的一切。

我的脚落在了雪上，绳降结束了。在我下方是一座斜坡，平缓地通向冰河。再过60米我就能安全到达冰河。我转过身，抬头望向冰崖。我已经完全处于它的右侧，比裂缝外伸的边缘稍靠下一点。绳子在冰崖顶端留下的印记依然清晰可见，它无声地证明着我所做过的一切。随着一片薄纱似的白云飘过，冰崖顶端落下一些细碎的粉雪，我看着它轻柔地飘落下来。这个地方没有时间流过的痕迹，也没有生命留下的印记。大面积的雪、冰和岩石缓缓地向上抬升；结冰、融化、碎裂，多少个世纪过去，它永远这样交替变化。与它抗衡是多么愚蠢的行为啊！雪云停驻在裂缝的顶部之上，在我左侧更远一些的位置。乔就是从那里掉下去的。至少它隐藏了乔的尸体，没有让我亲眼见到，尽管我怀疑我还是有可能看到那么深的地方。

我转过脸，压制住自己想要再上去看一看的想法。这没有意义。我需要一段时间来面对事实。我不能一整天站在那儿寻找一具尸体。我面向冰河，心神恍惚地朝它走下去。

到达冰河的水平雪地时，我把背包卸下并丢在雪中，坐了下来。有很长一段时间我沮丧地盯着自己的靴子，不想回头去看这座山。有一种压倒一切的安全感觉。我做到了！我只是坐在那里回想这座山，以及我们在上面度过的这几天。我觉得自己好像在回顾一年的生活，而不是区区六天。被冰封山壁包围着的冰河在阳光下很闷热，它反射着惹人讨厌的白光，仿佛从各个方向吸收热量，而且把热量都集中在我身上。我不假思索地脱掉外套、长裤和保暖衣。我的动作变得很机械。攀登和绳降都不是我经过深思熟虑后的决定。我似乎没通过自觉的努力，而是突然之间被迁移到冰河上一样。对于这一整天发生过的事情，我的记忆也已经消退，只余下一些模糊不清的情绪和受到震惊的念头。这时我才意识到自己的极度疲惫。过去24个小时的缺水缺粮已经让我付出了代价。回头去看冰崖，此刻的它看上去只是广袤山壁上的一个小小地貌，我知道我永远也不能再回到那上面去。我在想我是否还能有力气回到营地。我需要几天的时间来补充饮食、休息和恢复，才能准备好去营救。也许这样做是好事，乔。至少你已经死了。我几乎对着遥远的冰崖大声地说出来。如果找到他的时候他伤势严重但还活着怎么办？这想法让我恐惧万分。我将不得不离开他去找帮手，但这里没有人能帮忙。等到我身体恢复强壮能够返回的时候，他应该早就在冰窟里孤独而绝望地死去了。

"是的。这样是最好的。"我喃喃自语。

我艰难行走在冰河松软的雪地上。尽管我背对着修拉格兰德，却能感觉到它在我背后庞然耸立。我很想转身再看看它。可是我低着头一直不停地走，眼睛紧盯着雪地，直到到达冰河尾端的裂缝地带。由于冰河受到岩石冰碛的碾磨，冰层发生了扭曲和断裂，形成数百条平行的裂缝。有些裂缝很容易发现并绕开，但还有很多被雪覆盖着。起伏的斜坡下面危机四伏。没有了绳子，我感觉自己缺乏保护，非常容易受伤。

清晨的多疑突然又回来了。热和渴引起的头晕目眩使我忘记了我们来时的路线。我狂躁地瞪着一个又一个裂缝，一丝恐慌开始在心里升腾。我们是从那一个的上面还是下面过去的？或许是低一点的那个？我不记得了。我越是努力去想，就越是糊涂，最终我编织了一条七弯八拐的可怕路线，其实自己都不确定方向在哪儿。我只关注周围几米以内的雪地，毫无目的地翻越斜坡，曲折前进，有时 **117**

候还原路返回。脚下的雪地随时都可能裂开，露出一个漆黑的无底深渊。

到达冰碛的时候，我立刻瘫倒在一块岩石上。我把背包当作枕头，感受热辣辣的阳光照在脸上，对那些裂缝的恐惧也慢慢消失了。

强烈的口渴最终迫使我站了起来，朝那条拓宽了的河跌跌撞撞地走去。河上漂砾密布，从冰碛地一直通往营地上方的湖区。距离营地还有大约七公里，也就是几个小时的步行路程。我知道在下到中途的时候可以找到水。融化的雪水从一块巨大的圆形花岗岩漂砾汇流而下，我要的就是这个。我可以闻到水的味道包围着我。水就在我脚边的漂砾之间、以及漂砾下面更深的裂缝里滴淌着，我可以听到潺潺流动的声音，但却无法得到。

又往前走了几米，我停下来，转身最后看了一眼修拉格兰德。我能看到它的大部分，但幸好较低的区域被冰河的曲线遮挡住了，我看不到那座冰崖。他就在那里，埋在雪中，但我不再觉得内疚。假如今后再次面临同样的境地，我确信自己还会这样做。虽然不再内疚，我的内心深处却充盈着一种钝痛，一种不断加剧的失落和悲伤。这就是整个事情的结局——孤独地站在山脉的岩屑堆里，心中满是无奈和遗憾。我想在转身离去的时候平静地说一声再见，但最终还是没有说。他永远地离去了。几年以后，冰河平缓的波涛将把他冲刷到山谷里，到那时他将会变成一个可有可无的记忆。我似乎已经开始把他遗忘。

我蹒跚走在由杂乱无章的漂砾和碎石构成的迷宫里。最后我回头看了看冰河，修拉格兰德已经看不到了。我疲惫地倒在一块漂砾上，任凭痛苦和悲伤恣意吞噬我的思想。口渴变得无法忍受。我的嘴巴很干。我吞咽了一下，可是几乎没有唾液产生，丝毫没能缓解我的不适。无边无际的漂砾地面、灼热的正午阳光和难耐的干渴混合在一起，充斥着整个下降的过程。我的双腿像是灌满了铅，非常虚弱。我不断地在岩石间摔倒。只要有松动的岩石突然在脚下发生滑动，我就会摔倒，我无力避开。我借助冰镐让自己保持平稳，时不时还要猛地伸出手支撑自己。手指磕在锋利的漂砾上都没有感觉。太阳的热量也没能让它们恢复任何知觉，它们还是那样僵硬冰凉。过了一个小时，我看到那块圆形花岗岩漂砾。水在它上面闪闪发光，从它的侧面流淌下来。我加快步伐，一想到水，感觉浑身爆发出一股冲劲。

　　走到漂砾基部的凹陷处，我把背包放在潮湿的碎石。但我很快发现水流不够大，不能满足我的极度干渴。于是我小心地在岩石基部的沙砾层挖了一个贮水池。水贮满的时间慢得让人心焦我刚吸上一口，就又空了，还弄得我满嘴砂子。我蹲在岩石边喝一口，等一会儿，然后再喝。似乎永远也满足不了我需求的水量。突然，上面传来一阵哗啦声，我连忙闪到一边。一大捧石头重重砸在我身边的碎石里。回到水池之前我犹豫了一下。上山途中我们曾经在这里休息过，喝过水。那时候石头也曾经掉下来过，我们都跳开了，还互相嘲笑对方的惊恐。乔把这里戏称为"炸弹小径"。每天温度升高的时段，漂砾上方的雪融化，经常会使一些小石块松脱并如炮弹般击落下来。

　　我坐在背包上，从嘴里吐出一些沙砾。松软泥泞的碎石和凹陷的沙砾层里有一些脚印，这是我们在山上奋斗留下的惟一痕迹。这是个荒凉的休息场所。在这片浩大的杂乱无章的冰碛地里，我曾经坐下来休息过，那个位置我还能记起来。六天前我们曾经坐在同样的地点。那时热烈的兴奋心情、健康强壮的身体感觉都已经化为乌有。我看了一眼遮挡住湖泊下游的冰碛地。这样的孤独不会再持续多久了。再过一个小时我就能到达营地，然后这一切就都会结束。

　　我动身向湖泊走去，水给我的四肢带来新鲜力量。现在我担心的是见到理查德该怎么办，他一定想知道发生了什么事。人人都会想知道。一想到要告诉他整个事情经过，我真的不愿面对。如果我如实告诉了他，回家的时候就必须复述同样的故事。我将面对怀疑

和批评，这是无法避免的，我只能想到这些。我无法面对。我也不应该面对！在我为自己应有的行为辩驳的时候，愤怒和内疚不断干扰其中。我完全清楚自己所做的事情是正确的。从内心深处，我一直都知道我没有做过任何应该为之感到惭愧的事情。如果我隐瞒事实，情况就不会这么糟糕。我也能避免许多不必要的痛苦和苦恼。

为什么要告诉他们你割断了绳子？不说的话，他们永远也不会知道，说和不说又有什么差别？就说我们在冰河上下降的时候他掉进一个冰裂缝了。对！告诉他们我们没有用绳结组。我知道这是愚蠢的行为，不过该死的，大堆大堆的登山者都是这样死去。他已经死了。至于怎么死的一点都不重要。不是我杀了他。我能活着在这里已经很幸运了。那么又何必要把事情弄得更糟糕呢。我不能说出真相。

上帝！连我自己都不敢相信这个事实，他们当然也不会想到。

到达湖边的时候，我仍在告诫自己：说出真相是愚蠢的选择。我知道那样做只会给我徒增困扰。乔的父母会怎么说，我几乎都不敢想。在湖边再次饮水之后，我继续往营地的方向行走，脚步更加缓慢。理智不断告诉我应该采取什么说辞。那种说法是合理并且理智的。我不能失去逻辑。然而，内心里有某些东西在逃避这样做。也许就是内疚吧。无论我劝说自己多少次，告诉自己当时别无选择，只能割断绳子，还是会有一个念头跳出来挑剔地说事实并非如此。做了这样的事情就好像是对神祇的亵渎。这样做与任何本能都背道而驰，甚至不符合自卫的本能。

时间不知不觉地溜走。我被纠结不清的苦恼想法围困着，后来我觉得自己一定会爆发。我听不进任何理性的意见，执著于愧疚和怯懦的感受，它们让我痛苦不堪却挥之不去。怀着跟之前一样的宿命思想，我甘愿受到惩罚。遭受惩罚也许是对的，这是为我丢下他任他死去作出补偿，似乎一个人生还本身就是一种罪过。我的朋友会相信我并且理解我。其他人可以选择相信他们愿意相信的东西。

如果这给我带来伤害，很可能就是我应得的报应。

在第二个小湖泊的尾端，我登上冰碛地的最后一个高地，往下看到营地的两顶帐篷。我渴望食物和饮用水，并且急需治疗冻伤，于是我加速跑下营地上方的一座覆盖着仙人掌的山坡。至于该怎么跟理查德说的两难选择，我已经忘记得一干二净。我几乎是匆匆奔下去的。我放慢脚步，攀越一座小丘，在那上面我看到理查德正缓缓地朝我这边走来。他背着一个小背包，俯身看着地面。他没听到我的声音。我站着没动，他的突然出现让我感到震惊，我等着他走过来。我默默地等在那儿，一阵极度的疲倦席卷我的全身。一切都结束了，解脱的感觉更是加深了我的疲倦。我觉得自己好像快要哭了，但是眼睛仍然固执地保持干燥。

理查德从路上抬起头看到了我。他的表情从焦急变成了惊讶，然后咧开大嘴笑了，他的眼睛因为快乐而闪闪发亮。他连忙跑向我。

"西蒙！见到你太好了！我担心死了。"

我想不出要说什么，只是茫然地看着他。他很迷惑，往我身后找寻乔的踪迹。也许是我的神情告诉了他，也可能他已经预料到某些糟糕的事情会发生。

"乔呢？……"

"乔死了。"

"死了？"

我点头。我们都沉默了。我们不能直视对方。我把背包扔到地上，重重坐在上面，感觉似乎永远也站不起来了。

"你看上去糟透了！"

我没有回答。我在想该怎么对他说。我撒谎的计划完美无缺，可惜我积聚不起足够的力量把它说出来。我无助地盯着自己发黑的手指。

"给你，吃点这个。"他递给我一块巧克力。"我把炉子带来了。我去煮些茶。我就是上来找你的。以为你受伤了，会在哪里躺

着……乔是摔下去了吗？发生了什么事……？"

"是的，他摔下去了，"我淡淡地说，"我什么也做不了。"

他有些不安地喋喋不休。我想他感觉到我需要一些时间来调整自己。我看着他准备茶水，递给我更多食物，又在带来的包里面翻找药品。最后他把药给我，我什么也没说，接了过来。我对他产生出一种深切的友情和感激，因为此刻他出现在这里。我知道，如果他走到冰河的裂缝那里也会没命的。我好奇他是否认识到那里的危险。他抬起头，发现我正在看着他。我们对视微笑着。

坐在小丘上感觉很温暖。我从头至尾将发生的事情如实地告诉理查德，都没有意识到自己在做什么。我没办法不这么做。他静静地坐着，倾听我所经历的一切，其间没有问我问题，对我所说的话也没有显露出惊讶的表情。我很高兴自己把事实告诉了他。如果不这么做，也许能使我免受某些伤害；但在诉说的过程中，我发现我们做了比想像中要多得多的事情，这些都应该公之于众——暴风雪中的营救，我们怎样团结协作，我们如何努力活着下山。说我们在冰河上愚蠢到没有用绳结组，所以乔摔进了裂缝，我做不到；在他已经为求生做出了那么多努力之后，我更做不到。我不能撒谎，这对他不公平。而且我感觉是自己舍弃了他，这就让我更加不可能撒谎。我说完以后，理查德看着我说：

"我知道一定发生了可怕的事情。我只是很高兴你能活着下来。"

我们把他带来的剩余物品打包好。他把这些放进我的大背包里，然后扛起两个背包。我们默默地往帐篷走去。

对我来说，那一天的剩余时间过得懒散而迷糊。我疲惫地躺在帐篷外，沐浴在阳光下，装备散落在我周围晾干。我们没有再谈起乔。理查德忙着准备一顿热乎乎的饭，还有一杯接一杯的茶。然后他坐在我附近，谈起他经历的漫长等待；他慢慢开始相信某种灾难已经夺去我们的生命，最终实在无法忍受那种不确定性，于是动身寻找我们。有六到七个小时我什么都没做，只是在太阳底下打瞌睡、吃东西。我很难调整自己去适应帐篷里的奢侈条件。我可以感觉到自己的力气正在恢复我以半睡眠状态躺在那里，感觉身体正在自行修复。

接近傍晚的时候，云团从东方聚集过来，第一波大雨点溅落在我们身上。响雷在天空中翻滚，我们撤进大帐篷里，在此之前我一直不愿意进去。理查德把他的睡袋从小帐篷里拿过来，在大帐篷入口的瓦斯炉上开始烧制另一顿饭。我们吃完的时候，雨已经变成了雪，猛烈的风撼动着帐篷。外面非常寒冷。

我们并排躺在各自的睡袋里，听着外面的暴风雪声。烛火在帐篷壁上摇曳闪烁着红色和绿色的光。借助这些光线，我看到乔的物品凌乱地堆在帐篷的后部。我想起了前一晚的暴风雪，禁不住瑟瑟发抖。直到我睡着，那画面还停留在我的脑海中。我知道山上的情况有多恶劣。雪崩将会倾盆而下，填满冰崖那里的裂缝，把他掩埋起来。我疲倦地进入睡眠状态，一夜无梦。

1985 年 6 月 8 日，乔疲惫地立于修拉
格兰德的峰顶。

第九章
遥远的地方

　　落雪发出柔和的沙沙声，滑进下面的深渊中。我盯着高高在上的冰锥，眼看着它变得越来越小。曾经阻止我下落的冰岩脊赫然向外突出。在它后面，裂缝的开口洞穴被淹没在阴影之中。我轻轻握住绳子，让它以平稳均匀的速度穿过控绳器下滑。

　　我简直无法控制想要停止绳降的欲望。我不知道在下面等待我的会是什么，此刻我能确定的只有两件事：第一，西蒙已经走了；第二，他不会再回来。这就意味着留在冰岩脊上一定会没命。上面没有可以逃离的路径，另一侧的落差也只是让这一切结束得更加迅速罢了。我已经尝试过，可是即使处于如此绝望的境地，我也没有勇气自杀。待在岩脊上，要熬过很长一段时间，寒冷和疲惫才会慢慢夺去我的生命。一想到要孤独、发狂地等待那么久，我不得不做出这样的选择：绳降下去找到出口，即使可能在中途死去。我宁可去迎接死亡，也不愿等着死亡将临。现在没办法回头了，然而我的内心却呼喊着想要停下来。

　　我无法让自己低头去看下面是什么。我不敢面对可能出现的下面只是另一个深窟的结果。如果我看到那种情况，一定会立刻停下来，那么然后怎么办？绝望地挣扎着对抗斜坡急剧的吸引力，停留在绳子上？但我再也没法回到冰岩脊上，只能疯狂地想坚持得越久越好……不！我不能往下看。我没有那么勇敢。事实上，我很难摆脱下降过程中吞噬我全身的恐惧感。要么出路就在这里，要么根本没有出路……在岩脊上我已经做出了决定，现在我就要全力以赴。如果我的生命要在这里结束，那么我希望能够结束得突然而意外。因此我紧紧盯住高高在上的冰锥。

　　斜坡变得更加陡峭。当我下降到冰锥下方大约 15 米的位置，发现自己的腿突然悬空摆动。我不由自主地握紧绳子停了下来。这里就是我从岩脊上看到的落差！我抬头凝视岩脊，尝试着让自己再次放开绳子。过去我曾体验过这种感觉：站在高高的跳水板的边缘，一边看着水滴从我的头发上自由落体掉进下面的水池，一边进行思想斗争，试图说服自己这没有什么，鼓励自己跳下去，然后以一个惊心动魄的前扑动作跃入空中，在安全投入水中后大笑。

我知道自己可以一直下降到绳子全部放完为止。然后，在未打结的一端从控绳器抽离出来的时候，我就会落入深渊。这个念头使得我禁不住用冻僵的手更用力地抓住绳子。最后我放开了绳子，曾有的感觉——水池也许会突然移到一侧，或者在我跳下去的瞬间水变空了——又一次回来了，虽然我不知道这次是否有一个水池作为下落的目标。

我缓慢地从落差下降，直到自己垂直悬吊在绳子上。落差的墙壁是非常坚硬、光亮的水冰。冰锥已经看不到了，所以我盯着冰面，继续顺着墙壁下降。有片刻时间我的注意力都集中起来，可是随着四周的光线越来越昏暗，那种恐惧感又涌上心头，我再也无法控制自己，便停了下来。

我想哭，却哭不出来。我感觉自己都麻痹了，完全丧失思考的能力，一波接着一波的惊慌席卷了我全身。等待着未知的、极度可怕的事情发生，这种痛苦的折磨彻底发作出来。在一段似乎漫无边际的时间里，我孤独无助，悬在绳子上浑身颤抖，头盔紧紧倚着冰墙，眼睛紧闭。我必须看看下方是什么情况，因为即使我再试图说服自己，我也没有勇气盲目行动。我确信，没有什么能让我感到更加惊恐。我看了看在我上面绷得紧紧的绳子。它顺着墙壁延伸上去，到上面的斜坡上就看不到了。现在那个斜坡比我高出六米，没有可能再回到上面去。我看了看肩膀附近有裂缝的墙壁。在另外一边，相距三米的地方，还有一堵冰墙高高耸立。我正悬吊在一个水冰构成的竖井之中。在转身的过程中，我决定往下看。我快速旋转，已经粉碎性骨折的膝盖撞上冰墙，我禁不住痛苦惊恐地嚎叫起来。绳子并没有松松地盘旋进什么深渊。我的脚下是雪，我愣愣地盯着它看，不敢完全相信自己亲眼所见的。是地面！在我下面四五米处是宽阔的、被雪覆盖的地面。不再有深渊，不再有黑色空穴。我喃喃

自语，听到从四周的墙壁传来的低沉回音。然后发出快乐和欣慰的喊叫，声响围绕着裂缝回荡。我一次又一次地喊叫，倾听那些回声，在叫喊的间隙哈哈大笑。我已经到达裂缝的底部了。

恢复理智之后，我更仔细地观察下面的那片雪。我发现表层里面有黑暗凶险的洞穴，喜悦之情一下子缓和下来。那终究不是地面。裂缝的开口形成梨形的拱顶，它的四壁曲折地拓展到15米宽，然后又收窄。雪平面横切这个洞穴的扁平一端，而在我上方，将近30米高的墙壁逐渐变窄，形成梨形的细小一端，直径只有3米。坚硬的小雪块从顶上啪嗒啪嗒落下来。

我四下里打量这个冰雪构成的封闭地窖，想看清楚它的形状和大小。对面的墙壁往一处收缩，但没有闭合。一条狭窄的缝隙已经从上部开始被雪填满，形成一个圆锥体，一直通到裂缝顶部。圆锥体的底部大约有四五米宽，顶部的直径却只有一米多。

一道金色的光柱从裂缝顶部的一个小洞斜射进来，在墙壁上洒下明亮的光斑。这束太阳光柱从外面的真实世界照进来，穿透拱形的顶篷，望着它我好像被催眠了。它完全吸引了我的注意力，以至于我都忘了下方的雪平面是不稳固的，竟不知不觉地沿着绳子剩余的部分滑落下去。我要到那束太阳光那里去。此刻我完全确定地知道这一点。至于要怎么做到、什么时候能到那里，都还没有考虑。我只是知道这一点。

一瞬间我的整个态度发生了改变。昨夜的疲惫和害怕被抛在脑后，绳降曾给我带来的幽闭恐惧感此刻也不翼而飞。在这个异常寂静、可怕之地度过的令人绝望的十二个小时，忽然变得好像只是一场想像中的噩梦。我可以积极争取。我可以爬行、可以攀登，我可以不懈努力，直到逃离这个墓穴。之前，除了躺在岩脊上面努力让自己不感到害怕和孤单以外，我什么也做不了，无助感是我最大的敌人。而现在，我有了一个计划。

128 　　内在变化的力量非常惊人。我感觉自己精力充沛，充满力量和乐观精神。我了解可能发生的危险，知道那都是非常现实的危险，可能会捣毁我的希望。但不知为什么，我觉得自己能够克服它们。这似乎就是上帝赐予我的一个离开这里的机会，而我要用尽剩余的每一点力量来把握这个机会。当我意识到离开岩脊是一个多么正确的决定，自信和自尊的强烈感觉席卷了全身。我已经战胜了最极限的恐惧心理，做出了明智的决定。我做到了；而且我确定，相比在岩脊上经历的痛苦折磨，现在不会有什么事情更糟糕了。

靴子接触到雪面，我停止下降。我坐在安全背带上，在绳子上悬空，与雪平面保持少许距离，仔细地观察表面的情况。雪看起来很松软，呈粉末状，我立刻心生疑虑。顺着雪平面与墙面相接的边缘看过去，很快就发现了我要找的东西。冰墙和雪之间有好几处黑色缝隙。与其说这是一个平面，不如说是一个横穿裂缝的悬空顶篷，它把我所在的上层空间和下面的无底深渊分隔开来。一个雪斜坡向着那束太阳光柱抬高延伸过去，它的起点距离我十多米远。我和斜坡之间的雪平面好像一条诱人的地毯，吸引我跨越过去。这个念头让我不自觉地轻声笑出来。我已经忘了自己的右腿根本使不上劲。那么，好吧。爬过去……但从哪一边呢？笔直过去，还是与后壁保持贴近？

这是个艰难的抉择。我的脚可能穿透雪面。但我更加担心的是，这样落下可能会破坏这个脆弱的表面。我最不希望出现的情况就是雪平面被捣毁，那样的话我自己就处于一个无法跨越的缝隙的错误一侧。那样的结果我可无法承受。我紧张地望了望那束阳光，想从中获得力量，然后我立刻下定了决心。我将从中间横穿过去。这里的距离最短，而且也没有什么迹象表明这里比旁边更加危险。我轻轻地把自己放下来，直到坐在雪上，不过身体的大部分重量还是挂在绳子上。我一点一点放出绳子，使我的重量缓缓下降，这个过程十分痛苦。我发觉自己屏住呼吸，身体的每一寸肌肉都紧绷着。我开始敏锐地察觉到雪平面上哪怕是最轻微的移动，心里在想我会不

129

会慢慢地下沉穿透雪面，然后丢掉性命。这时绳子上的一部分张力松懈了，我意识到是雪平面承托住我的重量。我深深吸了口气，把生疼的手从绳子上放开。

我纹丝未动地坐了五分钟，在一个巨大的落差上借助一大片脆弱的雪平面来保持平衡。我试图去适应这种缺乏安全性的状况。后来我意识到自己无法适应它，除了尝试跨越缝隙之外，别无选择。我放出十多米长的绳子，把剩下不到十米绑在安全带上。然后，我以雄鹰展翅的姿势俯卧，蹑手蹑脚扭动身体朝那个圆锥体爬过去。随着距离另外一侧越来越近，我的紧张情绪缓和了下来。我时不时能听到模糊的砰砰声，说明有雪坠落到雪平面下方的落差里去。即使听到最轻微的声响，我也会立刻完全停止动作，屏住呼吸，感觉自己的心脏像锤子一样呼呼敲击，然后才再次开始移动。经过中点的时候，我发现所有雪平面上的黑洞在我身后了。我感觉自己正在更厚实更强韧的雪上爬行。

十分钟以后，我疲惫地倚在朝着裂缝顶部的金色阳光抬升的斜坡上。下降用的绳子弯弯曲曲地吊在冰墙前面，上面的陡坡直通那座冰岩脊。若是我知道下面有个雪平面，就不至于那么悲痛。想到自己有可能在上面一直等死，我不寒而栗。那会是无休止的漫长时间，我将饱受疯狂和寒冷的折磨，在不断增长的绝望之中熬过一些天以后，最终陷入疲倦的无知无觉状态。

我抬头望了望那个圆锥体。那一瞬间，我在想我是不是在欺骗自己，以为自己有可能到达上面的阳光所在。路途很长，而且很艰险。我可以在仍然拴着绳子的情况下攀登斜坡。当我爬到一定的高度，绳子也会跟我一起升上来，直到近乎水平地悬在雪岩脊和阳光照射的顶部之间。无论在任何一个位置摔下去，我都会失去控制地垂直坠落，穿透雪平面，然后在下层的洞穴里旋转打摆，直至撞上绳降下去之前的冰墙。如果发生这种情况，我将无法回到圆锥体那里，或是冰岩脊上。我也想过不用绳子攀登。那样的话，最起码结束方式会很迅速，这好歹也是不幸中的万幸。可我还是放弃了这个念头。我需要绳子。它能带给我安全感。

　　一阵微风冷飕飕、死亡般阴森地从下方很深远的地方吹拂过来，我的脸颊感受到一股寒意。蓝灰色阴影和周围冰墙反射出来的跳跃光斑混合在一起，使得这个空间里的光影显得十分诡异。嵌入冰墙的岩石块生硬地从潮湿剔透的冰中突显出来。我在圆锥体的基部休息，感受着裂缝里的氛围。尽管这里幽静冰冷、充满威胁，但仍然给人一种神圣的感觉：它那水晶般的拱形顶篷富丽堂皇；闪烁着微微光芒的墙壁镶嵌着无数的落石；冰岩脊遮挡住远处的寂静拱顶，形成的片片阴影融入到巨大入口另一边的黑暗之中。威胁的感觉只是存在于我的想像里，但我却不能阻止它作用于我的头脑。似乎这个东西已经以非人性的耐心等待了几个世纪，一直静候它的牺牲品。现在它抓住了我，要是没有那束阳光，我也许就麻木地坐在那儿，被它那种永恒的寂静击垮。我打了个寒颤。空气冰冷得让人难受，应该是比冰点低好多度。外面的一阵风吹得粉末状雪透过顶端的洞口撒进来，我饶有兴致地看着它们在阳光中漂浮。到了攀登的时候了。

　　我小心翼翼地以左腿为支撑站起来，伤腿无力地耷拉着。经过一晚它已经变得僵硬，而且比没受伤的腿要短一些。起初我不确定要怎么开始攀登斜坡。那斜坡大约 40 米高，如果两条腿都没问题的话也就需要 10 分钟左右。令我担心的是它的坡度。在起点，它仅抬升起 45°，我有信心能够把自己拖上去，可是当它升高以后，坡度也随之增大。顶端的 6 米左右看起来几乎是垂直的，不过我知道，因为我是笔直往上看那个斜坡的，所以视线会有些变形。我估计顶端也不可能超过 65°。但这个想法没能起到鼓舞作用，因为即便我没有受伤，松软的粉末状雪也非常难于攀登。我压制住自己内心不断增强的悲观情绪，告诉自己能够找到一座斜坡已经是万幸了。

　　刚开始，我的步伐非常笨拙和不协调。我把冰镐深深凿入上方

的雪中，然后双臂用力把自己拽上去。这样的方法在上面更陡峭的部分是行不通的，我也意识到这样做很冒险。万一冰镐被拽脱出来，我就会掉下去。我停下来，想要制定出更好的方案。我的膝盖因疼痛而抽搐，它严厉地提醒我：要从这里出去还要经历很长的过程。

那个模式！我记起我是怎么和西蒙一起横越到垭口的。那好像是很久以前的事了。就是那样。找到一种标准程式，然后坚持做就可以了。我倚在冰镐上休息，看了看自己埋在雪中的那条好腿。我试着把伤腿抬起来与好腿平行，可是膝盖发出嘎吱嘎吱声。我禁不住发出呻吟，伤腿无法正常弯曲，右脚的靴子要比另一只的位置低大约 15 厘米。我弯下腰在雪中挖掘一个台阶，疼痛又突然爆发。我尽量把雪夯实，然后又在下面挖掘一个较小的台阶。完成这些工作以后，我把两支冰镐都插入上方的斜坡里，咬紧牙关，把灼痛的伤腿往上抬，直到把靴子放进较低的台阶里。我依靠冰锥支撑自己，拼命用好腿单脚跳起，双臂狠狠下压来增强推力。我的体重在一瞬间转移到伤腿膝盖上，一股灼热的疼痛突然爆发。随后，等好腿在较高的台阶上找到立足点，这股疼痛渐渐缓解下来。我大声骂了一句脏话，回音怪里怪气地回荡在这个空间里。然后我弯腰挖掘另外两个台阶，重复上面的步骤、弯腰、单脚跳、休息；弯腰、单脚跳、休息……灼痛感逐渐融入到这套程序当中，我也不再那么关注它了，注意力完全集中在重复这套模式上。尽管温度很低，我还是大量地出汗。痛苦和努力攀登互相交融，我全神贯注于单脚跳和挖掘的工作之中，时间不知不觉就过去了。我克制住往上或往下看的欲望。我心知肚明，自己的进展非常缓慢。我可不想让上面仍旧遥不可及的太阳光柱来提醒自己这个事实。

两个半小时过去了，斜坡变得陡峭了很多，单脚跳的时候我必须格外小心。冰镐所插入的雪层的质地十分松软，将全部重量停留冰镐上的那一刻非常关键，陡峭的坡度迫使我必须精确地保持动作平衡。有两次我都差点掉下去。其中一次是单脚跳的时候没有踩到正确的台阶，而是滑到下面的小台阶上，膝盖在身体的重压下弯折起来。我拼命维持站立姿势，强忍着恶心和眩晕的感觉。第二次是我完成了单脚跳，但是动作过于剧烈，因而失去平衡。我只能猛地往面前的雪层里摆荡身体，以防自己摔下去，于是再次感到膝盖里有东西在移动碾压。我咒骂着、抽泣着，听到自己的声音在下面的深渊里一遍遍地回响，感觉非常怪异。更加奇怪的是，对于自己以那样的方式怨天尤人，我居然有一种强烈的窘迫感。这里并没有人会听到，但空荡荡的深渊就在我的身后若隐若现，我觉得十分拘谨，仿佛它是一个目击者，对我的怯懦表现不以为然。

我把头靠在雪上休息。浑身被汗水浸透了，不过一停下来就很快感觉到冷。我立刻开始发抖。看了看上面的顶篷，太阳已经快要照到我身上了，我内心十分喜悦。往下看去，发现自己已经爬到了这个圆锥体三分之二的位置。从我现在的高视角看过去，整个空间显得更加深不可测。绳子把我的安全带和冰岩脊那里的冰锥相连，形成一弯新月的形状。我的高度与岩脊水平，绳子悬垂下去，延伸到深渊里的雪平面上方约 25 米处，没有碰到我曾经绳降下去的斜坡。看着那座冰岩脊，想起我在上面度过的时间，我心潮起伏。很难相信昨夜以及绳降的时候自己曾经如此绝望，现在我却正在接近阳光。这是我做过的最困难的事，想到这个我就充满信心。还有很多硬仗要打。我面向斜坡，又开始挖掘台阶。

又过了两个半小时，我到达顶篷洞口下方三米的位置。雪坡的角度变得更陡，极难于攀登，我每次单脚跳都像一场精心设计的赌博——要么失去平衡，要么踩准台阶。幸运的是，随着圆锥体收窄，雪的质地好了一些，我发现冰镐可以很牢固地安置在左侧的冰墙上。虽然离顶篷越来越近，但我已经感到筋疲力尽，疼痛也达到一定的程度，并且持续不断。即使我再小心，也不能减轻暂时压在那只膝盖上的重量，骨折的部位一次次被弯折，发出嘎吱嘎吱的声音，我感觉虚弱和恶心。我再次面对斜坡弯腰、单脚跳，借助嵌在墙上的 **133**

冰镐用力把身体拉上去，用脚蹬住台阶，这次没有弄疼受伤的膝盖。雪顶篷轻触到我的头盔。雪中间的小洞口只有人的脑袋大小，我就在洞口正下方。强烈的太阳光使我头晕目眩，我往下看，那个空间已经消失在一片漆黑之中。我抬腿踏上挖好的新台阶，准备再来一次单脚跳。

这时候要是有人看到我从裂缝里出来，一定会大笑不止。我的脑袋突然穿过雪顶篷冒出来，我像地鼠一样瞪视着外面的景象。我抓住嵌在裂缝墙上的冰镐，单腿站立，脑袋探出洞外四下里转动，欣赏前所未见的壮观风景。山脉形成环状，把冰河团团围住。这景象如此壮观，我几乎都认不出眼前的这一切。那些熟悉的山峰展现出优美的姿态，我以前竟从未留意到。我能看到冰原，雕刻着精美凹槽的山脊；还有一大片黑色冰碛地，从冰河的尖部一直蜿蜒出我的视线之外。天空万里无云，太阳从蔚蓝色的苍穹里发散出巨大的热量。我默默地站着，目瞪口呆，还无法理解自己终于又脱身这个事实。我的思维能力已经遭到了重创，都忘了在这个逃脱的时刻应该期盼些什么。

我把冰锤从裂缝里拔出来，插进外面的雪中。我单脚跳起，翻出了裂开豁口的深渊，麻木地靠在雪上，松了一口气，感觉好像和一个实力超强的对手搏斗了很久。虽然温暖的阳光照在我的背上，可我仍旧抖个不停。在那间冰室里，绝望和恐惧的重压已经伴随了我那么久，现在似乎正慢慢融化在阳光里。我有气无力地躺在雪上，把脸转向下方的冰河，头脑一片空白。蔓延全身的解脱感令我头晕目眩、十分虚弱，似乎已经用光了身体的最后一丝力气。我不想动弹。一动不动地躺在雪里是如此满足和安逸，我不想打破这种状态。彻底从紧张、黑暗和恶梦般的幻像中解脱出来，这感觉非常幸福。此刻我意识到，过去的十二个小时里的每一秒钟，我都是在极度狂乱中度过的。因此，现在我的头脑关闭了一切意识，只留下解脱的感觉。阳光让我昏昏欲睡。我想睡觉，并且忘记这一切。我已经成功跨越了自己最大胆的期望。我逃了出来，此前从未想过自己能够做到。对于这一刻来说，这就足够了。

我没有睡着，只是静静地躺着，在半梦半醒之间慢慢适应这个新的世界。我保持头部不动，眼睛轻轻移动，眼前是一幕幕熟悉的风景，我竟好像第一次看到它们那样。冰河的形状就像一条结冰的舌头，弯弯曲曲绵延向北。到了舌尖的黑色冰碛地那里，冰面发生碎裂，形成一个由大大小小的冰裂缝组成的迷宫。冰碛地杂乱无章地穿过一座宽阔的岩石山谷。直到很远处的一片圆形湖泊岸边，冰碛才慢慢稀疏，取而代之的是泥浆和碎石地。在距离第一片湖不远的地方，另一片湖泊的表面反射着耀眼的阳光。塞罗萨拉泊挡住了我的视线，不过我知道第二片湖的末端是另一滩冰碛，过了那里才是我们的营地。

渐渐地我明白了，这个新世界，尽管温暖美丽，却也没比裂缝好到哪里去。我现在的位置比冰河高出 60 多米，距离营地还有大约 10 公里。安逸的感觉不翼而飞，熟悉的紧张感又回来了。逃离裂缝只不过是个开端而已！我居然认为自己已经成功了，已经安全了，真是愚蠢至极！我凝望着远方的冰碛地和湖面的闪闪波光，感觉压力倍增。距离太远了，实在太远了。我没有那么强壮。没有食物，没有水，什么都没有，威胁感再次笼罩了我。我几乎确信自己是不可能逃脱的，无论我做什么，都不过是通往另一个障碍而已，然后又是一个障碍，直到我停止并放弃。远方那黑色的冰碛地和波光粼粼的湖泊仿佛在嘲弄我想逃离这里的奢望。我处在一个险恶的境地，切切实实的敌意包围着我，好像空气中已经充满了静电。这里不再是我们很久以前曾经走进的那片游乐场。

我坐起身来，望着从裂缝里带上来的绳子我看着绳子破损的一端，内心十分痛苦。

"这太荒谬了。"我小声地说，好像担心有什么东西会听到我说的话，知道我被击败了一样。

盯着远处的冰碛地，我知道起码要试一试。很可能我会死在那些漂砾中间。不过这念头并没有吓坏我。它好像是合情合理、理所当然的。事情就是这样的。我可以定个目标。如果我死了，好吧，那也没什么奇怪的，但我不愿意只是坐在这里等死。对死亡的恐惧不再像在裂缝里的时候那样动摇我。现在我有机会面对它，并且与之抗争。它不再是凄凉阴冷的噩梦，只是个客观事实而已，就像我的断腿和冻指，我不可能对这样的东西感到害怕。摔落的时候腿会受伤，而要是站不起来，我就会死。奇怪的是，面临简单的选择，我的精神振奋起来。我整个人感觉敏锐、警醒。我望着前方的山地蜿蜒着隐入远方的薄雾，更加清晰地看清了自己在其中的角色。这是以前从未有过的体验。

如此彻底的孤独是我从未经历过的。尽管孤独感让我有些惊慌，却也赋予我力量。一股兴奋之情贯穿我的脊柱。我注定要这样做。游戏已经开始，我不能选择逃离或退出。我来到这里原本是为了寻求冒险，后来却发现自己无意中陷入厉害得多的挑战，真是一个讽刺。由于肾上腺素的刺激，有一阵我的身体激动得发抖，但这既无法驱除我的孤独感，也不能缩短冰碛地到湖边的距离。前方的景象很快抹杀了我的兴奋。我被丢弃在这个可怕的荒凉之地。我的感知力因此变得敏锐，使我能够不受头脑中大堆毫无意义的想法的干扰。清楚准确地看清事实，使我明白能够保存生命和意识来到这里、能够做出改变是多么重要。这里只有一片寂静、皑皑白雪和没有丝毫生命迹象的晴朗天空。还有我，我坐在这里，看着这一切，接受我必须要去试着实现的东西。没有跟我作对的黑暗力量。我的头脑里有一个声音，它冷酷而理性，剪断了思维的混乱，告诉我这是真实的。

在我体内，好像有两种意识在争执不休。一种意识里的声音清晰、锐利而富有权威。它总是正确的，我听从它的说法，并按照它的决定行动。而从另一种意识里则漫无目的地涌出一些支离破碎的图像、记忆和希望。我好像进入白日梦状态，一边留意着这些东西，同时又开始遵照那个声音的指示。我必须到达冰河。到了冰河上我还得爬行前进，可我还没想过那么遥远的事。如果说我的感知力变敏锐了，那它也一定变狭隘了，因为我想到的仅仅是完成预定的目标，而没有进一步的打算。到达冰河就是我的目标。那个声音准确地告诉我如何去完成这个目标，我服从它的指令；而同时另一个意识抽象地从一个念头跳到另一个念头。

　　我开始以单脚跳的方式从裂缝下方的山壁下降。为了避开正下方陡峭的岩石拱壁，我斜着向右前进。刚经过拱壁，我就看到那片平缓的雪地，绵延 60 多米直到冰河。我抬头望了望裂缝上方的冰崖。对我来说，它本已变成一段模糊的旧时记忆。可是接着看到从右侧垂下来的绳子，我的心突然一阵剧痛，我知道西蒙一定也看见过它。这根从冰上悬吊下来的彩色绳索断绝了我抓住它的一切可能性。他还活着，并且看到了裂缝。可他没有试图救援，他确信我已经死去，就这样离开了。我回过头去看我的双脚，专心致志地继续单脚跳。

第十章
意志游戏

在北山脊看去，耶鲁帕哈沐浴在清晨
的阳光中。

积雪很深，阳光的温度让雪变得柔软。我把冰镐牢牢固定在雪中，用力靠在上面，同时做一个急速向下的单脚跳加踢。我只有一次机会将冰爪踢入冰中以求安全落脚。受伤的那条腿软弱地耷拉着。尽管我多加小心，但还是要么时常钩到它，要么突然向下的震动会牵动到膝关节——其结果都是我疼得忍不住大叫出来。再次去看冰河的时候，我非常欣喜地发现它距离我站立的位置只有20多米远，而且我和斜坡基部之间也没有冰裂缝或者背隙罅。然而，斜坡的表面起了变化。我看见下方数米的地方有一片片裸露出来的冰层，有些惊慌。我又成功地做了两次单脚跳，这时不可避免的情况发生了。我早料到会发生这样的事情，也做好了准备。我刚一跳到冰上，冰爪就开始打滑，接着我朝一侧翻倒。我头朝下倒向右侧，疾速滑下斜坡，冲锋衣垫在身下。我的靴子敲击着冰面，双腿撞在一起，引起一阵突发性的疼痛。我紧闭双眼、咬紧牙关忍受着。这过程短暂、迅速却极其痛苦。

然后我撞上一个凸起的雪堆，停止了下滑，躺在地上。我一动不动，疼痛在腿的内部来回涌动。我试着把好腿从往后弯的受伤膝盖上挪开，可是我刚一动弹，一阵剧烈的刺痛就让我止不住尖叫出来，我赶紧停止动作。我抬起身体观察我的腿。右靴的冰爪缠进了好腿的绑腿，所以膝盖又跟之前一样，向后弯折过去。我探身想去解开冰爪，新一轮的刺痛又贯穿整个膝盖。要是不把身体再往前探一些，就没办法解开它。最后我用冰镐拔出冰爪，轻轻把腿放在雪上，缓缓扳直膝盖，直到疼痛消失。

西蒙留下的脚印形成了一条曲曲折折的线路，而我现在停下来的位置偏离这条曲线有三米左右。我拖着自己的身体来到曲线上，然后休息。找到那些脚印让我觉得安慰。我看着那些带阴影的痕迹弯弯曲曲穿过冰河，通往远处的环形裂缝。冰河上覆盖着波浪形的积雪，起伏不定地绵延向远方。在那些波浪之间，脚印消失不见，然后到下一个浪峰上才又出现。我需要这些脚印。我躺在雪上。从这个位置看前方，视野很有限。没有那些足迹的话，我很难确定自己是在往哪个方向前进。西蒙知道下山的路线，没有绳子他也能选取最安全的正确路线。而我要做的就是跟随这些足迹。

我经过一些尝试，才找到最佳的爬行方法。松软的湿雪很难滑行。很快我就发现，脸朝前、靠单膝和双臂支撑的姿势实在太痛苦了。我侧躺下来，保持受伤的膝盖不挡道；然后借助冰镐的拉力，再联合好腿的推力，平稳地前进。伤腿在后面跟着一起滑行，就像一个惹人烦的累赘。其间我一次又一次停下来，吃雪、休息，之后茫然地望着上方庞大的修拉格兰德的西壁，倾听各种古怪的念头在我头脑中回响。这时，那个声音会打断我的幻想。我会愧疚地看一眼手表，接着再动身。

每当来自冰河的热量使我眩晕、倦怠或疲惫不堪地停滞下来的时候，那个声音，还有手表都会不停地敦促我行动起来。三点了——只剩下三个半小时就要天黑了。我一直在前进，不过很快意识到进展非常缓慢。我并不介意自己像蛇一样的动作。只要我遵从那个声音的指示就没有问题。我会往前看并记下雪地的一些起伏特征，然后看看手表，那个声音会告诉我在半小时内到达某个位置。我照办。有时候我发觉自己很懒散，坐在那里做白日梦，忘了自己应该干什么，然后我会满怀愧疚地立刻行动起来，想加快爬行来弥补浪费的时间。这过程从未停歇。我心神恍惚，机械、自动地爬行，因为我被命令必须按时到达预定的位置。

当我在雪的海洋里慢慢移动的时候，也有其他声音在我的耳畔响起。它们猜测谢菲尔德的人们正在做什么；还记起了哈罗姆那家茅舍酒吧，外出探险之前我总会去那里喝上几杯。我希望妈妈正在为我祈祷，正如她一直以来所做的那样。一想到她，我的眼眶里就噙满了热泪，视线都模糊不清了。伴着爬行的节奏，我哼唱着一首流行歌曲，脑袋里始终萦绕着无数的念头和图像，直到我停住，在酷热下摇摇晃晃地坐下来。然后那个声音就会告诉我时间已经晚了，**141**

于是我清醒过来，重新开始爬行。我整个人被一分为二。冷静客观的一面对每件事作出评估，决定做什么，并促使我去完成；而另一面处于疯狂状态，一幕幕景象乱七八糟地纠结在一起，它们是如此真实生动，我不由地迷失其中。我开始想我是不是已经出现幻觉了。

疲惫掩盖了一切。事件都以慢动作发生，思维也变得迷乱，我丧失了所有对时间的感觉。当我停下来的时候，会为此找个借口，好减轻自己的负罪感。冻僵的手指成了我信手拈来的理由。我必须把露指手套和内层手套都脱下来，检查手指的情况有没有恶化。十分钟以后那个声音就会惊醒我，让我回到现实。我立刻把才费力脱下一半的手套戴上，再使劲拽好露指手套，接着爬行。爬行的时候双手一直深埋在雪下，等它们冻麻了，我就再停下来，盯着它们看。我想按摩一下，或是脱掉手套让阳光烘烤一下，但是我才刚茫然地看着它们，那个声音就又在召唤我了。

两个小时以后，那座环形裂缝被我甩在身后，我已经逃出了修拉格兰德的阴影。在耶鲁帕哈的南壁下，我沿着一串新月形的脚印前进，经过一个裂缝的断裂面。它从冰河上的积雪中冒出来，一共只有 15 米的长度，但对我来说却像一艘船翻过一座冰山那么艰难。我一边凝视着裸露出来的冰，一边缓缓移动。我似乎在跟随那些冰一起漂移。突然间看到那座冰崖并没有让我感觉古怪。我望着那上面破裂的冰形成的各种形象，并不确定自己是否真的看到了它们。有不同的声音跟那个发号施令的声音争辩，最后的结论是我正在看着它们。这让我记起，有一次躺在海滩上，我曾看到过一个老人的头出现在云里。我的朋友看不到，这让我很恼火，因为即使我把视线移开，然后再去看那朵云，我还是能看到那个老人头，所以它肯定就在那儿。它看上去就像西斯廷教堂里文艺复兴时期的绘画，从天花板上伸出手指的白胡子老人被当作是上帝。

不过眼下，这些冰的形象可没什么神圣的意味。许多形象都被冻成浮雕样，从悬崖壁上生硬地伸出来，有些只是半成型。阳光投射下来的阴影和色彩使冰的质地显得更加坚硬。它们相互交媾在一起。我看得入迷了，一边呆呆地注视着冰里那些猥亵的形象，一边稳步向前爬行。以前我也看到过这样的形象。这让我想起印度寺庙里的雕像。这些杂乱无章的形象丝毫没有规律可循。它们或站，或跪，或躺。有的还是倒立着的，我必须要转动脑袋才能看清它们在做什么。这些东西十分有趣和刺激，就像我十四岁时迷恋的提香①绘画中肥硕裸女一样。

过了一小会儿，我静静地坐在雪中，把露指手套放在膝盖上，用牙齿把内层手套拽下来。冰崖已经看不见了。我只顾着观看那些形象，随后又停下来检查手指，都不记得要做什么了。前一分钟我还在看那些东西，后一分钟着我又变成孤身一人，冰崖已经神秘莫测地跑到我身后了。水晶般的冰雪粒飞溅，刺痛了我的脸。起风了。我望向天空，惊讶地发现厚重的积云好像一条翻滚的毯子一样挡住太阳。又一阵风刮来，我连忙把脸转向一边。暴风雪就要来了。风不知从哪里吹来，它冷得刺骨，以不断增强的力量冲击着我。我急急忙忙戴上手套，转过去面对脚印。

此时我不那么恍惚了，那个声音也把狂乱的念头从我头脑中驱逐出去。一种紧迫感油然而生，那个声音说："继续，一直前进，再快点。你已经浪费了太多时间。继续，要赶在脚印消失之前。"我竭尽全力加快速度。细小的云朵被风吹过前方的冰河，在冰河表面低空盘旋着。有时候它们把我笼罩起来，我只能看见几米以内的东西。但是如果我坐起身来，视线可以越过在冰河上疾速游走的细微雪沫，冰河看起来好像正在旋转着向前奔涌而去。不知道人们看到探出冰河的这个脑袋和躯体会作何感想。我侧躺着，用手迅速地不断抓刨，然后试图把头伸到暴风雪形成的幕布之上往前窥视。空中漂浮着雪。

---

① 提香（Titian，1490—1576），意大利文艺复兴运动盛期的威尼斯画派代表性画家，代表作有《圣母升天》、《爱神节》等。——译者注

这是新落的雪！我的腹部恐慌地蜷缩起来。风雪将会掩埋那些脚印。那个声音说我会迷路，说我没有脚印永远无法穿越那些裂缝，它要我加快速度。但我内心最害怕的，其实是在这个被群山包围的空荡荡的盆地里再也找不到生命的迹象。我一直都快乐地跟随那些脚印，好像西蒙就在前面，我并不是独自一人。而现在，风雪肆虐意味着我将被置于完全孤独的境地。我疯狂地在暴雪中抓刨，眯着眼睛向前看那些正在快速消失的足迹。

光线很快就被黑暗吞噬了。夜晚正在降临，风也随之变得更加猛烈。我没有浪费时间去温暖我的双手，而是急急忙忙跟着那些将要被填平的模糊足印前进，直到它们看不到为止。天黑了。我脸朝下俯卧在雪里，心情沮丧。艰难的爬行暖和了我的身体。我静静地躺着，感觉到风把四周的雪吹起，却并不觉得寒冷。我想睡觉。我无法再挪动半步了。睡在雪地上就足够暖和了。暴风雪会把我包裹得像个爱斯基摩人，使我保持温暖。我快要睡着了，断断续续地打着瞌睡，慢慢接近睡眠所特有的幽暗的舒适，但是风不断把我吹醒。我想要忽略那个敦促我前进的声音，但我做不到，因为其他声音都消失了。在白日梦状态里我不可能错过这个声音。

"……不能睡着，不能睡着，这里不行。继续向前。找到一座斜坡，挖个雪洞……不能睡着。"

黑暗和暴风雪使我迷失了方向。我不知道自己在雪中前行了多久；我甚至忘记了自己是在冰河上，四周都是裂缝。只是盲目地往前爬。有一次我听到一声比风声还大的呼啸，紧接着一些冰块突然击中我。应该是雪崩，或是雪檐从耶鲁帕哈上坠落，砸到了冰河上。我记得是砸中了我，然后冲撞的力量消失，碎屑散落到我全身。然后风声又回来了，我就忘记了雪崩的事。我从未想到自己可能处于危险之中。

突然之间我往前翻滚，跌落下去。黑暗中我无法分辨自己猛然间滑进了什么地方。停下来的时候，我转过身去，面向刚才过来的方向。在我的上方有一层厚厚的雪层，我摸索着回到那上面，用冰镐耙着雪，单脚跳动。膝盖疼得使我叫出声来。

我强忍着疼痛，抵抗着疲惫，挖掘了一个雪洞。在雪层里挖掘的时候，我必须扭转身体去拓宽雪洞，这样一来膝盖就得从一侧向另一侧扭动，痛苦不堪。

刚躲进我的避风港，其他声音就又冒出来了，乱七八糟的画面闪现在我的脑海中，我随即打起了瞌睡。后来我惊醒了，脑子里重复着一支曲调，伴着它我又开始挖掘，然后打瞌睡，接着再沉浸到那些声音中。

我用没有知觉的手在背包里翻找头灯。我把睡袋从包里拽出来，在里面找到了它。借着微弱的灯光，我发现这个洞的长度不够我伸展四肢躺在里面，不过我已经太累了，没力气再继续挖掘。往前探身解开冰爪的动作使膝盖承受了无法忍受的压力。僵硬的手指在后跟卡扣上拨弄来拨弄去也没有用，我沮丧地呻吟、啜泣起来。我没有足够的力气握住那根杠并把冰爪从靴子上拉下来。为了避免头把洞顶撞破，我弯曲上身紧贴着大腿，疼痛和愤怒令我哭了出来。我停止拉动卡扣，默默地坐着，然后忽然想到可以用冰镐来帮忙。借助冰镐的杠杆作用，两只靴子上的卡扣都轻易地松开了。我背靠在雪洞里，打起了瞌睡。

似乎又过了几个小时，我才铺好隔离垫，钻进睡袋。把伤腿举起来放进睡袋里可是件困难而痛苦的事。靴子钩住睡袋上潮湿的编织线，顿时引发膝关节的一阵灼痛。我把腿抬进睡袋的时候，感觉它异常沉重，而且僵硬粗笨，就像捣乱的小孩一样碍事，让我心烦意乱。仿佛它本应是供我驱使的某种东西，却固执地不肯遵从我的命令。

听不到外面暴风雪咆哮的声音。我时不时感觉风在拉动露在洞口外面的睡袋末端，不过由于雪覆盖了我的脚并封住洞口，也听不到什么声音。我看了一下手表，十点半。我知道我必须睡觉，可是 **145**

虽说此刻我能够安全地睡觉，却感觉非常清醒。在黑漆漆的雪洞里，裂缝的记忆再次回来，把睡意都赶跑了。膝盖在疼痛地抽搐。我很担心脚也被冻僵，还想起了我的手指。我突然想到，如果睡着了，也许就不会醒来，因此我睁着双眼，在黑暗中瞪视。我知道这种想法只是自己吓唬自己而已，况且既然天已经黑了，我也不可能再做什么。但还是没有用。

最终我睡着了，无梦，恍惚。暴风雪自顾自地在雪洞顶上肆虐，夜晚漫长而寂静，疼痛和孩子气的恐惧一次又一次打断我的睡眠。

※　　　※　　　※

（西蒙的叙述）我醒来的时候已经很晚了。阳光透过帐篷照射进来，睡袋里热得难受。我一动不动地躺着，眼睛盯着圆形的顶篷。昨天这个时候，我还在冰河末端的裂缝处步履蹒跚，真是令人难以置信。乔已经死了36个小时。我觉得他好像已经离去了几个星期一样，可是我们一起动身上山不过是7天前的事情。我感觉身体里有一种空落落的疼痛。这种空虚不是食物可以填满的，但它将会随着时间的流逝而消失。他已经成了一个模糊的回忆。我无法在脑海中描画出他的面容，这很奇怪。所以，他已经离去了，而我也无法改变这个现实。我摸索着用麻木的手指松开睡袋的拉绳，把睡袋从身上脱掉，走进阳光底下。我饿了。

理查德正在用作炉灶的岩石旁边忙着准备汽油炉。他微笑着看了我一眼。真是美好的一天，是那种让你感觉享受和充满热情的天气。我走到河床那儿，在一块漂砾上解手。塞罗萨拉泊在我面前拔地而起，然而它的壮美再也无法吸引我。我对这个地方以及这些美丽的风景感到厌倦。待在这里没有意义。这里荒凉、了无生机。我恨这里，恨它的残酷，恨它迫使我做出的一切。我不知道是不是我杀了他。

我走回理查德那里，在他身边蹲下，情绪阴郁低落。他默默地递给我一杯茶和一碗牛奶麦片粥。我迅速吃光，几乎没去品尝味道。

吃完后我走向帐篷，收拾洗漱用品，往河里的一个深水池走去。我脱去衣服，走进冰冷的水中，急忙浸湿身体，寒冷让我透不过气来。刮胡子的时候，太阳把我晒干，温暖我的背部。我在水池边待了很长时间，洗衣服，清洗脸上的晒斑。这是个祥和、净化自我的过程，当我反思过去这几天的经历时，低落的情绪逐渐消失了。走回帐篷的时候我已经精神焕发。事情已经发生，我也尽了一切努力。好了，他是死了，而我没有，不过我没理由折磨自己。我必须在自己脑子里把事情理顺，然后才能回去面对那些不可避免的指责。我知道只要我自己能够接受全部的事实，就能够对其他人讲述。他们永远也不会知道事情是怎样的。我也怀疑自己是否能用语言表达出来，即使是对亲近的朋友。不过只要我内心觉得正确，就不必说出来。自我疗伤的过程开始了。在这一刻我是满足的。

我回去的时候理查德已经离开营地。我在帐篷里到处寻找药箱。它在帐篷后部，被乔的一些衣物给遮盖住了。我把药箱扔到外面的草地上，仔细筛拣他的物品。十五分钟以后，地上的药品旁边已经放了一堆衣物，它们沐浴在阳光下。我坐在旁边，打开药箱，开始有条不紊地给自己上药。我服下罗纳考尔以促进手指的血液循环，防止冻伤恶化。然后我吃了一些广谱抗生素来防止感染。接下来是漫长的剔除、清洁和检查过程，这对复原非常有效。程式化的检查似乎向我证实一切都恢复正常。这是一种享受和安慰。我的脚、腿、脸、头发、胸腔和手指都得到了治疗。

结束治疗后，我转向那堆物品，开始在里面拣选。我把他的所有衣服都放在一起，然后把物品都排成直线放在一边。分类的时候我相当平静和机械。我在一只塑料袋里找到他用过的胶卷和一个变焦镜头。那个袋子很大，所以我把想给他父母的东西都集中起来装了进去。东西并不是很多。

我找到了他的日记。他几乎每天都要写点东西，哪怕在从伦敦来的飞机上也是如此。他喜欢写作。我翻看了一下，但没有真正去 **147**

读那些话。我不想知道他说过些什么。我没去管他留下了哪些登山装备，除了登山者，这些东西对任何人都没有价值。我会把这些跟我的装备一起打包回去。我又回头去看他的衣服，快速在里面翻动。我很快找到了他的帽子，这是一顶黑白相间、有图案的羊毛帽子，上面的绒球丢失了。我知道他很喜欢这顶帽子，把它也放进了袋中。这帽子来自捷克斯洛伐克，是登山家、乔的朋友米利·斯密特在查默尼克斯的时候送给他的。我不能允许自己烧掉它。

我刚收拾好要给乔的父母的东西，理查德就回来了。他拿来了一些汽油，于是我们到河床上把衣服焚烧掉。那些裤子很难烧毁，我们得用很多汽油才行。理查德曾建议我们把这些东西送给山谷里那些女孩儿和娃娃们。他们会很乐意拥有这些东西，因为他们自己的衣服都破烂不堪。可是我执意继续把他们烧掉。

烧完以后，我们回到临时炉灶那里，默默坐在阳光下。理查德弄好了热腾腾的食物，还准备了无数杯热茶。我们玩牌，或打开随身音箱听音乐。理查德从塑料袋子里拿来了乔的音箱，因为他自己的已经摔坏了。就这样，一天的时间在无所事事中溜走了。我们谈话的时候都很小声，内容都是关于家庭和今后的打算。空虚的感觉仍然跟随着我；还有负罪感，我知道自己永远也不能把这种感觉抹去。但现在我可以面对了。

第十一章
没有遗憾的土地

冰崖——在断了一条腿的情况下拍摄
真是个棘手的任务。

我尖叫着惊醒过来。雪洞里有亮光，很寒冷。噩梦渐渐退却，我记起自己是在哪里。这里不是冰裂缝。我试着忘记那个梦，感觉整个人都虚脱了。我一动不动地躺在那儿，看着粗糙的雪洞顶篷。四周如同死一般的寂静。外面的暴风雪是否仍在肆虐？我不想动。经过漫长寒冷的一夜，移动身体会很痛。我小心地拉扯自己的腿，结果从膝盖部位窜出一阵强烈的刺痛。呼出来的水蒸气遮蔽了顶篷，我就这样茫然地望着周围。

梦境如此生动清晰，以至于我都以为是真的了。我看到自己回到了冰岩脊上，崩溃地靠在裂缝墙壁上哭泣。我看到自己在哭，却听不到哭声，而是听到一个声音，是我自己的声音，在背诵一段莎士比亚的独白，一遍又一遍：

可是要死，不知要去何方，

要躺在冰冷的滞止中腐烂，

让这温暖知觉的肌体变成

揉过的泥团……

现在我清醒了，确切知道自己的处境，但是那些话语仍在我脑中回荡，我还记得自己是从哪里学的。十年前的某天，为了通过早晨将要举行的中学普通文学考试，我曾经在自己的房间里大声背诵这些辞句，跟梦中的情景一样。我如鹦鹉般不断重复，一遍又一遍，努力想要一字不差地记住它们。我很吃惊，因为从那以后我再也没有读过这些辞句，可是现在我竟能够记得每一个字：

听那不再光彩的灵魂

浴在火的洪流中，

或栖于冰成枯枝的苦寒之境，

要被关押在无形的风里，

被无止息的暴力乱吹往

悬空的地球……

我欣喜异常，对着四周寂静的积雪喃喃诵读这些辞句，倾听雪洞里奇异的音响效果。我自己轻笑起来，记不起下文的时候又重头开始背诵。我一直平躺在睡袋里，只有鼻子露在头罩外面。后来我索性更加大胆，模仿劳伦斯·奥利弗的声音大声朗诵出来，都忘了在刚才的梦里它听上去多么恐怖：

杂乱思绪瞎猜着比最糟的更糟的是什么

咆哮："真太恐怖了！"

衰老、疼痛、贫穷、羁押之下的

最可厌可憎的人生

仍是世外桃源——

倘若比起死亡带来的恐惧。

最后我厌倦了这个游戏，于是寂静又一次淹没过来。兴高采烈的情绪消失了，我体会到令人沮丧的孤寂和无聊。我细想这些话语的含义，还有那个梦，几乎要流出泪水。

我的双脚已经被埋进流动的雪中，我想把脚上的雪踢落，可是膝盖的灼痛令我尖叫出来。我挣扎着从小腿上卷起潮湿得黏乎乎的睡袋时，不小心把顶篷撞开了一个洞。明媚的阳光突然间扫除了雪洞里积雪的阴影，我立刻意识到暴风雪结束了。我拿起冰镐，清除顶篷的剩余部分。今天将会很炎热。太阳很快赶走了寒夜带来的冷战，我坐在雪洞残余的洞口里，向四周张望。脚下是一座斜坡，通往一个被积雪填满的陈旧裂缝。正前方就是那些冰碛，可从冰河上看不到它们。一切都银装素裹，而且平坦得令人惊叹。暴风雪完全淹没了我昨晚跟随的脚印。就我目光所及，冰河的表面到处都是绵延起伏、洁白无瑕的雪浪。

我缓缓把睡袋收进背包，用僵硬的手指摸索着卷起防潮垫，这才意识到自己口渴到多么严重的程度。如果说昨天的情况算是糟糕的话，我不能想像今天会是什么样。我努力回忆最近的流动水会在哪里。我只记得在"炸弹小径"那里看到过水，可是那儿还有几公里远。今天能到那里就算幸运的了。我刚想到这个念头，就惊讶地

151

发现一切竟然已经被计划得井井有条。我不记得自己有意识地计划过需要多长时间才能到达营地；然而，毫无疑问，我已然有了计划，因为到达"炸弹小径"的期盼已经被抛却了。好像有奇怪的事情在我的脑袋里发生。我记不清前一天发生的事件的先后顺序。只有一个个模糊、互不相连的记忆片断——裂缝里中空的雪平面，太阳光柱，暴风雪中的一阵雪崩，从雪洞的斜坡上摔下去，有着各种猥亵形象的冰崖……但是那一天的剩余时间都到哪儿去了？这是缺粮缺水造成的吗？我有多少天水米未进了？三天，不，两天三夜！万能的上帝啊！想到这些我就惊骇无比。我知道在这样的海拔高度，每天至少需要饮入一升半的流质才能抵御高山脱水现象。我完全是在空运转。食物我倒不担心。我不觉得饥饿，虽说我肯定已经消耗了大量能量，不过觉得仍自己尚有储备。事实上，我害怕的是厚重的舌头被包覆着粘在上腭的感觉。被太阳加热的雪里有水的味道，这味道围绕着我，我几乎要恐慌起来。吃雪能暂时性地缓解我嘴巴里的干燥状况，但我不敢想象体内会变成什么样。绝不可能为了满足对液体的急切需求而吞下足量的雪。我望着向远方绵延而去的皑皑白雪，觉得无论潜意识里做了怎样的计划，似乎都是徒劳无功。我不可能做到。

上帝啊！难道事情会变成那样吗？我爬行了这么远，最终无法继续下去，仅仅就是因为缺水……

我滑下斜坡，开始爬离雪洞。我想我要试着赶在中午之前到达冰碛地，然后再视情况作决定。坐在冰河上面空焦虑是不能让我走得更远的。也许我做不到，也许我能。只要一直保持运动和忙碌，我并不是那么在意结果。等待结果降临才会令我感到恐惧和孤寂。

我小心地爬行。由于没有可以跟随的脚印，努力保持自己的方向就变得至关重要。我知道左侧有很多宽大的裂缝，因此紧靠着环绕耶鲁帕哈的冰河的右岸爬行。每隔一会儿，我就踉踉跄跄地单脚跳，用好腿支撑着身体往前张望。视野不断开阔，每次都让我大吃一惊。我能够看到前方足够远的地方，辨认出那些特征明显的裂缝，我记得在和西蒙来时的艰难旅程中曾经见过它们。然而，那些意料之外的裂缝又让我心生恐惧，使我越发觉得疲惫不堪，在爬行的过程中，我发现自己越来越脆弱。

一个小时以后，我说服自己也许能够步行。我的腿跟在后面平稳地滑行，似乎不那么疼了。我突然闪过一个念头：也许只是膝盖的部分肌肉被撕裂；现在经过一夜的休息，而且距离受伤已经过去那么长时间，也许它好转了很多，能够支撑我的体重。我站起来，靠好腿的支撑倾斜身体，将伤脚轻轻放在雪上。我慢慢地把身体往下压。是有一些疼痛，但都能忍受。我知道会疼，但是有了一定的决心，我估计自己能坚持步行。我支撑住自己，往前迈步。当重心转移到伤腿上，关节内部有东西在扭曲滑动，骨头摩擦出吱吱嘎嘎的声音，眩晕恶心的感觉袭来。

我脸朝下倒在雪中，都不知道自己是不是昏倒的。想呕吐的感觉一直蔓延到喉咙，我透不过气，终于呕吐出来。剧烈的疼痛在膝盖处灼灼燃烧，我啜泣着责骂自己为何如此愚蠢。我觉得自己好像又一次把腿彻底折断了。冰冷的雪刺激着我的脸，赶走了眩晕。我坐起来，吞下一些雪，清除口腔中胆汁的苦味，然后弯腰驼背地瘫坐在那里。刚才站起身的时候，我看到第一组通往冰碛地的裂缝就在前面约100米的地方。由于我不能步行，必须要爬过那些断裂的部分，这样就无法看见前方足够远的地方，不能保证路线的正确性。我在考虑这个问题，就说明我还不能确定路线。冰碛地和我之间的距离大约是150米。我记得翻越这些平行裂缝的时候，我们采取的是一条复杂的路线，有时候会翻越分割裂缝的狭窄山脊，还时常为了避过敞开的洞穴攀登矮小的陡坡。需要经由这些障碍物爬行下降，我怀疑自己能否做得到。

我躺在背包上，眼睛瞪着天空。我的本能大声警告说不要尝试从这里翻越，但是脑子里没有任何别的选择。我机械地吃雪，陷入 **153**

白日梦状态。我在抗拒那个不可避免的决定，不愿意行动。没有云可看，也没有鸟飞过。我还是靠在那儿，睁大眼睛却什么也看不见。我脑子里一团乱麻，却不愿思考当下的情况。

我惊醒过来。"行动起来！别躺在那儿，别打瞌睡，行动起来！"那个声音打破了由流行歌词、旧日面孔以及毫无价值的幻想混杂在一起的无聊思绪。我开始爬行，努力加快速度，以减轻自己的内疚感。至于裂缝那里会有什么在等着我，我没去多想。

我时不时地停下来，站起身检查路线是否正确，就这样慢慢进入了冰裂缝地带。平坦的雪中有很多斜面，我焦急不安地不断转变方向。当我转身往回看的时候，发现自己留下的印迹极其曲折，或打圈，或呈之字形，一直通往我昨晚露营的那片平滑雪地。就像身处迷宫里一样，我最初以为自己知道要往哪个方向，最终却意识到自己彻底迷路了。冰裂缝越来越扭曲，数量也越来越多。我站起来，瞪视着那些支离破碎、杂乱无章的裂缝，还有那些被覆盖着的空洞，无法根据我脑海中的模糊印象来判断出自己的位置。往往我刚辨认出一个裂缝，再看一眼又发现自己搞错了。每个裂缝在我看第二眼的时候都会变样。我努力想要集中精力，这却弄得我头晕眼花。我越来越害怕掉进某个裂缝里，因此拼命揣测哪条才是走出这座迷宫的最佳路线。我越是努力，情况就越糟糕，我都快要发疯了。哪条路？是哪条路？在哪边……我怀疑自己只会爬进死胡同，以遇到另一个危险的裂缝而告终。

我来来回回地爬行，时间似乎也慢了下来。我反复横穿自己留下的轨迹，忘记已经看到的东西，直到再一次看见我一道熟悉豁口，它仿佛在嘲弄着我。我想要跳过小一点的裂缝和狭窄的豁口，要是往常我会毫不犹豫地跳过去，可现在我不敢冒险用一条腿去跳，于是努力阻止这个念头。即使我跳过去，也可能会失控滑进正前方与之平行的裂口。

154　　我又急又累，跌倒在两个冰裂缝之间的雪脊上。我侧身躺着，沮丧地望着从我这里延伸出去的狭窄雪脊。这个雪脊似乎有些熟悉，但我回忆不起任何有帮助的线索。刚才我一看到这雪脊变狭窄，就灰心丧气地瘫倒在地，确信自己不得不又一次撤退。之前我已经几次接近这座雪脊，但此刻我觉得它有些不同。前几次由于害怕掉进两侧的洞穴，我都没敢尝试在上面站立。我坐起来，专心致志地在前方的雪中搜寻一些印象中的标记。看上去这雪脊弯曲向左，然后降低高度。只要我能站起来，就能确定我内心逐渐高涨的兴奋感是有理由的。借助冰镐，我尝试着直起身体，身体不由自主地摇晃着，感觉非常不稳。

在雪脊的那一边，一座平坦的雪斜坡上，我看到一块漂砾的黑色轮廓。那就是冰碛的起点。我重新趴回雪脊上，小心翼翼地爬到最狭窄的位置。它向左弯曲，通到被雪覆盖的冰碛地。再也没有裂缝了。

我背靠一块巨大的黄色岩石坐下来，凝望着自己从冰河一路往下留下的轨迹。它们在破碎的冰上疯狂地扭来扭去，就好像是某种巨型鸟类在雪地上跳来跳去觅食一样。我感觉极度干渴。我现在能够看清那条显而易见的路线，突然间觉得很滑稽——自己居然采取了这么一条愚蠢的线路。

我的好兴致里有一些歇斯底里的成分，同时全身一阵阵虚弱地颤抖。我一点也不怀疑，自己能够活着翻越过来，真是不幸中的万幸。冰河在我眼前摇曳闪光，好像大海一样轻轻涌动着微波。我揉揉眼睛再看过去。视野有些模糊。我转身去看通往湖边的凌乱的黑色冰碛，发现它们看起来也很朦胧，没有焦点。我越是揉眼睛，模糊的程度就越厉害，锐利的刺痛使我流泪，泪水遮住我的视线。雪盲！

"噢，真见鬼！倒霉事儿都凑齐了！"

我的太阳镜在我摔下悬崖弄断腿的时候已经砸碎了，过去的两天两夜我都不能把隐形眼镜取出来。我用力眯起眼睛，把眼睛眯成

最小的缝隙，当我看到冰河上炫目的光线，眼睛灼痛得难以忍受，圆滚滚的泪珠从脸颊上落下来。漆黑的冰碛稍好一些，我发觉透过眼睑之间的狭缝比较容易聚焦。我笨拙地挪动到漂砾的另一侧，面对冰碛，这一小段距离的单脚跳证实了我的担忧——冰河其实只是最容易的部分。

我懒洋洋地靠着岩石，感受沐浴在阳光中那种舒适的温暖和放松。在尝试通过那些冰碛之前，我要让自己好好休息一下，于是我很快就打起盹来。半小时之后，那个声音粗鲁地打断了这份宁静，像远方流水的潺潺声一样侵入我的梦乡。它重复着我无法置若罔闻的相同话语："快点醒来！还有事情要做，还有很长的路要走！别睡了，快点！"

我坐起来。迷迷糊糊地望着从我面前蜿蜒而去的黑色岩石构成的洪流。有一阵子，我失去了方向感，不知道自己身在何方。

都是岩石！我在雪上待了这么多天，这些岩石看起来很陌生。从登顶之前到现在，我都没看到过这么多岩石。那是多久以前的事了？我呆呆地回忆了几次才想起来。是四天以前？不过这对我而言毫无意义。是四天，还是六天，又有什么关系？似乎什么也没有改变。我在这些山里停留了这么久，感觉自己会一直以这种半梦半醒的状态待在这里；间或醒来回到残酷的现实中，记起自己在这里的原因，然后再次陷入舒服的幻想世界。岩石！这些冰碛。当然！我重又靠回到漂砾上，闭上双眼，但那声音不断呼唤着我。给我输入指令，重复提醒我必须完成的任务，我靠在那里听着，抗拒想遵从它的本能。我只是想多睡一会儿。最终我还是没能抵抗那个声音，又开始遵照指令行动起来。

在我做准备工作的时候，一首歌的旋律不断在脑海中响起。我发现我可以一字不差地念出全部歌词，然而我敢肯定过去只记得住副歌部分。我一边哼唱着，一边把湿透的睡袋搭在漂砾上，内心感到满足，这一定是个好的迹象。我的记忆力还保持完好。我把背包里的物品倒在身旁的雪地上，从中进行筛选。那口小小的浅锅和炉子被我放到一边。我没有燃气，因此把炉子塞进了放置睡袋的收纳包。我脱掉头盔和冰爪，把它们装进那个红色小包。我的冰锤和安全带都已装配好，剩下的还有电筒、照相机、睡袋、冰镐和锅。我从雪地上捡起照相机，考虑是否把它也装进那个袋子里。登顶之后我就已经把胶卷取了出来，所以它也没什么用处了。但我记起自己在一家二手店里好不容易才找到这部相机，于是又把它放进了背包。我把睡袋和电筒塞在背包顶部，然后合上背包。那口闪亮的铝锅被夹在漂砾顶部的两块小岩石之间，太阳照射着它的表面，闪闪发亮。我把那个红色的收纳包放在漂砾的底部，心满意足地坐回去。保持物品整洁有序是个好习惯。

当我收拾完毕时，脑海中回响的曲子换了一首，变成我很讨厌的一首歌。不知怎的，我就是没办法把这不断重复的旋律从头脑中驱赶出去，这让我十分恼火。我一边动手收拾防潮垫，一边想要忘掉这些歌词，"电话里的棕色皮肤女孩……嗒啦啦啦……"。一部分的我下意识地完成着任务，好像有人给我发号施令一般；另一部分的我则通过每一根神经不停念叨着愚蠢无聊的歌词。

我把那张黄色的泡沫垫展开铺在身边的雪地上。它比我印象里的要长得多。我试着想把垫子扯成两半，结果发现它的质地非常密实，我撕不开它。于是我用冰镐上的扁斧去砍，在上面劈出一道由很多小孔组成的粗糙痕迹。我再次撕扯垫子，这次它顺着小孔之间一条参差不齐的线断裂开来。我把它围成两圈包在膝盖上，用尽全力拉紧，阵阵刺痛让我整个人禁不住蜷缩起来。我把冰爪上的一根绑带紧紧扣在大腿上部，用僵硬的手指固定好搭扣；另一根绑带绕在小腿上，也固定得很牢。当我抬腿的时候，发现膝盖可以保持固定，不会弯曲，我对这个成果感到非常满意。不过垫子在膝盖处滑脱开来，于是我又用背包上的两根带子来完善这副夹板。我把它们固定在非常接近关节的位置，一边一根。然后我疲惫地靠回到漂砾 **157**

上。膝盖上的绑带拉紧的时候我忍不住惨叫出来，但是渐渐地，不断作用在膝盖上的压力使疼痛得到缓解，蜕变成阵阵隐痛。

我站起来，身体重重倚在漂砾上，头部眩晕不已。为了不让自己摔倒，我更加用力地抓住岩石。难过的时刻过去了。我背起背包，从雪地上捡起冰镐。宽阔的冰碛带上连绵不断地布满漂砾，从我面前蜿蜒而去。我知道，冰碛带上游的漂砾体积很大，然后逐渐缩小，到了接近湖泊的位置，就变成体积较小的岩石块和碎石。爬行是不可能的，步行也不行，所以只能单脚跳。

才第一次尝试我就摔倒了，脸朝下趴在地上，额头重重磕到一块漂砾的边缘，膝盖剧烈地扭曲着压在身下。我尖叫出来。疼痛减退以后，我再次尝试。我的右手握住长度不足 70 厘米的冰镐，用它勉强充当拐杖。我小心地将冰镐支在地上，弓背弯腰，活像一个患有关节炎的跟班。我把全身重量都压在冰镐上，向前抬起使不上力的右腿，使之与左腿平行。借助冰镐支撑着身体，我猛地向前单脚跳动。跳的动作过于剧烈，于是我不稳地摇摆身体，尽量避免再度脸朝下跌倒。我一共前进了一米半的距离！我再次尝试，又重重摔倒。这次的疼痛过了更久才消退，当我再次站起身，感觉到夹板下面的膝盖阵阵灼热。

十米之后，我成功地完善了自己蹒跚前进的技巧，尽管它并不十分有效，我也因为用力而大量流汗。我已经总结出：最好不要把右腿放在左脚的前面，还有，不要猛地单脚跳，可以摆荡式前进，保持平衡。第一个十米里，每隔一次单脚跳我就要跌倒一回，不过最终我可以做到间或单脚跳两次，还能保持身体直立。我记起横越岩脊和爬出裂缝时所采取的模式，于是集中精神采用同样的技巧。我把单脚跳分割成一个个独立的动作，严格地重复这些动作。放置冰镐、往前抬脚、撑住身体、单脚跳起，放置冰镐、抬脚、撑住身体、跳起，放置冰镐、抬脚、撑住身体、跳起……

我开始沿着这些冰碛下降时是下午一点钟，距离天黑还有四个半小时。放置冰镐、抬脚、撑住身体、跳起。我需要水。我到不了"炸弹小径"。放置冰镐、抬脚……继续下去，后来我能够机械化地蹒跚前进，不再关注动作。每次跌倒都让我灰心，但这是不可避免的。冰镐柄会在松散的岩石上打滑，这样我在跳动的过程中就会摔跤，也有可能落到碎石上，然后斜着摔进漂砾堆里。我努力保护自己的膝盖，可是没有用。我的腿没有力气，不能把膝盖安全地拉到另一侧。我总是正面摔倒并压住膝盖，或是把它重重磕在岩石地面上。每次撞击引发的剧烈疼痛很难缓解。不过，不知出于何种原因，我恢复的速度明显提高了。摔倒的时候我不再叫喊，因为我发现叫喊根本无济于事。叫喊是为了让别人听到，而这些冰碛可一点也不在乎我的抗议。有时候，由于疼痛和沮丧，我像孩子一般哭泣，更多的时候我觉得恶心。我没有呕吐，因为没什么可以呕吐出来的。两个小时过后，我回身去看自己走过的路，冰河变得很遥远，成了一座脏兮兮的白色悬崖，这是我下降进度的确凿证据，于是我的精神高涨起来。

那个声音不断催促着我："放置冰镐、抬脚、撑住身体、跳起……继续前进。看看你已经走了多远。就这样做，别去想它……"

我遵照指示行动。跌跌撞撞地穿越在漂砾中，有时候还要从漂砾上面翻越，一次又一次地摔倒，哭泣，咒骂，配合着跳动的节奏。我忘了自己为什么要这样做；也忘了自己很可能根本做不到。我从未怀疑内在本能驱使着我。我在冰碛的海洋上缓慢漂泊，整个人处于恍恍惚惚的狂乱状态，忍受干渴、疼痛的折磨，不断向前跳动。我严格地给自己规定了时间。我往前看，找到一个地标，然后限定自己半个小时内到达那里。每当接近目标的时候，一种想要看表的强烈冲动就会产生，后来这变成我前进模式的一部分——放置冰镐、抬脚、撑住身体、跳起、看时间。要是我意识到自己迟了，就会努力地在最后十分钟加快速度。一旦加快速度，跌倒的次数会多很多，但要想战胜时间的话这样做分外重要。只有一次我失败了，于是沮

159

丧地哭泣起来。手表成了至关重要的东西，就跟我的好腿一样重要。我感觉不到时间的流逝，每次跌倒，我都半昏迷地躺在地上，忍受疼痛的折磨，这样很难知道时间过了多久。这时看一眼手表就能刺激我行动起来，尤其是当我发现剩下的时间还有五分钟，而不是我感觉上的仅仅三十秒。

这些漂砾使我觉得自己很渺小。和冰河上的一样，这些冰碛也同样了无生机。到处都是土褐色的岩石。泥土，还有岩石，以及肮脏的碎石块。我寻觅昆虫的踪迹，可是连一只也没发现。也看不到鸟类在飞翔。这里一片死寂。除了前进的模式和那个声音之外，我的想像力也在疯狂地驰骋着，从一个空洞的念头转向下一个。一首首曲子在我的头脑中流转。我从所倚靠的岩石里还能看出各种图像。雪在岩石之间呈片状分布，脏兮兮的，满是沙砾，不过我还是接二连三地吞了下去。对水的渴望困扰着我。疼痛，缺水。那就是我的世界。没有别的。

我听见岩石之间有水滴的声音。我已经多少次听到水滴声了？这次摔倒以后我俯卧在地上，确实有流水的声音。我朝一边挪动身体，那声音变大了。我感觉自己贪婪地微笑起来。"这次会是一个大的。"我每次都这么说。然而找到的总是小小的细流，消失在泥土里。我又朝右手边一块碎裂的漂砾移动。在那儿！——哈哈！我就知道！——一条细细的银线从漂砾侧面穿流而过。鞋带般粗细，但比之前的要大一些。我匍匐着爬近一点，专注地看着这条水流。我必须考虑一下。

"别碰它！它可能也会渗透下去。"

我用手指戳了戳含有沙砾的泥浆。水汇集在手指戳成的小洞里，在里面流动。

"啊！成功了！"

我加倍小心，把小洞拓宽成一个浅浅的凹洞，规格跟浅碟差不多，水在里面闪着波光。我弯下身子，直到鼻尖碰到水面而感觉痒痒的。然后我贪婪地撅起嘴唇吮吸起来。只有半口混着沙砾的水。我把水在嘴里来回回旋，感觉它使我胶着的上腭分离开来。我想如果我不直接吞咽下去，而是在嘴里回旋它，这样会吸收得好一些。这是个愚蠢的想法，但我还是这样做了。水在浅碟里聚集得很慢。当它只有半满的时候我又去吮吸，结果又吸入很多沙砾和泥浆。我的喉咙被卡住了，剧烈地咳嗽起来，把宝贵的液体又吐回去，还损毁了浅碟。

我重建水池，不过无法蓄水。我又挖了一个更深的洞，可它还是保持干燥。水都渗透走了。我没有思考水流向了哪里。下次找到之前水流不会再有水了。那个声音打断了我。我摇摇晃晃地站起身来。

下午的天气一直很晴朗。夜里不会有暴风雪。天空会保持晴朗，满天星斗，没有云层遮挡还会很冷。我往前方看去，想寻找一个地标，看到冰碛带在15米远的地方陡然下降。我立刻认出了那里。冰碛带下方的冰层突出来形成一座陡峭的悬崖，就在那里。之前上山的时候，我们就是在翻越这些悬崖之后跟理查德分手的。我贴近冰碛带的右岸行进。这里的漂砾是最不零乱的，陡峭的岩石侧面被水冰光滑地覆盖着，相互挤压着降落到冰碛带上，形成一座座悬崖。约25米高、覆盖着泥浆、如同玻璃般的平滑冰面。现在我记起来了。我们当时采取的是一条曲折的攀登路线，小心地避过了很多巨大的岩石块。一旦太阳把冰融掉，那些岩石块即使勉强维持平衡状态，也非常不稳固。到达这些悬崖，我内心有一种奇怪的兴奋感。它们是可能夺去我性命的最后一道障碍。一旦过了这里，我就只需保持爬行了。再也没有裂缝或是悬崖能够威胁到我。我给自己设定了时间，朝着悬崖顶端蹒跚移动。

我坐在从悬崖下去的路线的起点上，想要确定一个最佳的下降方式。我是应该面朝外坐着用屁股向下移动，还是俯卧着用冰镐把自己放下去？我后悔把冰爪给丢下了。一副冰爪就能让情况变得大 **161**

不一样。我决定采取面朝外、屁股朝下的坐姿。至少那样的话我能始终看到自己朝哪个方向运动。

从悬崖上下降到一半的时候我开始洋洋自得起来。这太简单了。刚才我有什么好怕的？答案突然揭晓：这时我手中抓住的岩石突然脱了手，我朝一边猛冲过去，开始滑行。我用手去抓混着泥浆的冰层，想要握住嵌在里面的岩石。我的身体翻转过来，下巴在冰上挤压，头部不断遭到撞击。我不顾一切想要减慢滑行的速度。突然之间我停了下来，原来是左靴卡在岩石的一个缝隙里。我剧烈地颤抖着。

蹒跚走下岩石堆的过程中我几次回头去看那些冰崖。每次看过去都发现它们变得更小了，我感觉自己正在挣脱某种无形但充满威胁的东西，而这东西已经如影随形地跟我身边太久了。那些冰崖是通往山脉的入口。望着它们的时候我咧开嘴笑了。从某种意义上来说，我已经赢得了一场战役。我的内心深处可以感觉到这一点。此刻只剩下实施那些模式、克服疼痛和补充水。今晚我能够到达"炸弹小径"吗？那才是值得咧嘴大笑的成果呢！那里没有多远的距离，步行只需二十分钟，应该不会很困难！

这是我的错误。我没有再寻找地标计时，只是把眼光局限于"炸弹小径"，还有流淌在它两侧的冰雪融化而成的银色水流。天黑的时候，我不知道"炸弹小径"还有多远，也不知道自己爬行了多远。每次跌倒之后，我都恍惚、疲惫地躺在那里一动不动，没有核对时间。只是躺着，倾听着，连绵不休的故事一直伴随疼痛的过程。我观看着一段段短暂的梦境，那都是有关现实生活的；脑子里播放着配合心跳的歌曲，嘴巴舔噬着泥浆中的水分，我在虚无的梦中浪费了大量的时间。现在，我在黑暗中摇摇晃晃地前进，眼前漆黑一片，满脑子都萦绕着"炸弹小径"。那个声音告诉我必须要睡觉、休息，忘掉那条小径，可我置之不理。我从背包里取出头灯，继续跌跌撞撞往前走，直到灯光熄灭。这是个没有月光的夜晚。满天的星

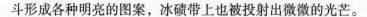

斗形成各种明亮的图案，冰碛带上也被投射出微微的光芒。

十点钟的时候我再次跌倒，重重摔在岩石上。自从电筒三个小时前熄灭后，我几乎每跳一次都会摔倒。从脑海深处我很清楚，自己在这段时间仅仅前进了几百米的距离。现在，我站不起来了。我努力过，但不知为何，我无法积聚足够的力量让自己站起来。超负荷运转迫使我停了下来。那个声音成功了。我笨拙地钻进睡袋，立刻就睡着了。

第十二章
没有时间了

暴风雪遮蔽的山壁。西蒙试图从这里
将乔援救下山，一次又一次用近百米
的绳子把他放下去。

（西蒙的叙述）我把睡袋丢到帐篷的另一边，朝作为临时炉灶的岩石的阴凉处走去。昨天极度疲惫的感觉已经消失。我经受过严酷考验的证据只剩下那些变黑的手指尖。实际上，我都已经忘记手指受了伤，发现自己无法拨动燃气炉的小栓时，还觉得很奇怪。理查德把炉子从我这里拿过去，点燃炉火。准备早餐的时候他一言不发。我能猜到他在想什么，但是不想跟他谈论这些。昨晚他提出要返回利马。我们没有什么必要留在营地了，他也必须在五天内续办签证。我告诉他我还需要休息和恢复。这理由在昨晚也许还是真实情况，但现在已经不成立。我已经彻底恢复了。我旺盛的食欲说明了这一点，理查德也一定注意到了。

然而，痛苦的感觉还没有减轻。离开这个地方，看不到眼前这些景象，我就能从没完了的愧疚感中解脱，每次在帐篷中独处时压抑着我的那种寂静也将被利马的纷乱和喧闹消除。从心底里我知道自己应该走，但我不能下定决心。这些山脉把我困住了。好像有什么东西不让我离开。我并不害怕回去承担后果。我的所作所为是正当的；没人可以反驳我的信念，我和乔一样，都是受害者。能够活下来并不是罪过。那么，为什么不走？我凝视着塞罗萨拉泊上的茫茫冰雪。也许明天吧……

"感觉好些了？"理查德打断我的思考。

"嗯，是啊，好多了。现在就剩下手指的问题了……"我收回眼光，盯着自己的手指，不安地避开他的眼睛。

"我认为我们应该离开。"

我本来以为他会晚点提出来。他的直截了当让我吓了一跳。

"什么？……是的。我想你是对的。只不过……我还没准备好。我……"

"留在这儿也不会起任何作用。对吧？"

"对，可能不会。"我更加近距离地盯着自己的双手看。

"那么就这样吧。我想我们应该考虑安排驴队了。斯宾诺沙就在下面的小木屋里。我可以下去和他一起筹备。"

我什么也没说。为什么我感觉自己这么抗拒离开这里？在这里不会有什么收获了。留下来是愚蠢的行为。为什么？

"你看，"理查德温和地说，"他不会回来了。你知道这一点。要是还有一点机会，昨天你一定会再上去的。是吗？所以还是走吧。还有很多事情要做。我们得通知大使馆，还有他的亲属；还要办理繁杂的法律程序，预定航班等。我觉得应该走了。"

"也许你可以先走，我晚点再走。你去办理通知大使馆之类的事情，拿你的签证。我几天以后去找你。"

"为什么？跟我一起下山吧。那样会好一些。"

我没有回答，他站起来走进他的帐篷。出来的时候他拿着他的钱袋。

"我要下去找斯宾诺沙。我想说服他今天什么时候带着毛驴一起上来。如果我们中午离开，今天就能到华亚拉帕。如果他办不到，我就让他明天一大早来。"

他转身向山谷脚下的小木屋走去。当他开始横穿河床的时候我站起来追着他喊："嗨，理查德！"他回过身看我。

"你是对的，"我喊道，"叫斯宾诺沙明天带着毛驴过来，今天就算了。明天一早我们立刻出发。好吗？"

"好，好的。回头见。"

他转身，迈着轻快的步伐穿过干涸的河床。两个小时以后，我刚准备好茶，就看到他回来了。他从女孩们那儿给我带了一些奶酪。我们坐在防潮垫上，在阳光下吃了起来。

"他明早六点钟到这儿，"他说，"但你知道他们的时间观念是什么样的。"

"很好。"

既然已经做出了决定，我感觉很开心。想到有事情要做，闷闷不乐的沉重心情就消失了。的确有很多事情要做。我们将要进行为 **167**

期两天的步行。营地需要拆除，并且打包成相同重量的包裹。一头驴能负重多少公斤？每边各两个20公斤重的包裹？没关系。我们将减重一半。还得给斯宾诺沙酬劳呢。说不定可以跟他商量用东西来抵。这儿有很多他想要的东西——绳子，锅，小刀。对，我们可以把这些东西降价卖给他。然后我们得到卡哈坦布预定汽车票，通知警方我们要返回利马。那是个问题！他们会想知道乔的事情。不告诉他们。这样能避免很多压力。我们可以在利马把事情说出来，在那儿大使馆会协助我们。我得给乔的父母打电话。上帝啊！我要说什么呢？就告诉他们他死在一个冰裂缝里，回去的时候再详细告诉他们整个经过。是的，那样是最好的办法。我希望能搭早一些的班机回去。我可不想在利马多作停留。我现在是不会去玻利维亚了。乔想去的地方是厄瓜多尔，而我想去看看玻利维亚。我们不会去其中任何一个地方了，真是命运的捉弄。

"嘿。"我抬起头，看见理查德把身体从大帐篷后面的一块漂砾探出来。

"怎么了？"

"去修拉之前你不是把钱藏起来了嘛？"

"天哪！我都忘了。"我站起来，急忙朝他站的位置走过去。"不在那儿。我把它藏在燃气罐附近的一块岩石下面了。"

我们在燃气罐附近找了半天也没找到。我绞尽脑汁地回忆确切的地点。我藏起来的是一个塑料小包，里面是捆在一起的200美元。

"可能在那儿吧。"我疑惑地嘟哝着。理查德大笑起来。

"这可太妙了！要是找不到，我们回利马的事可就麻烦了。快点，你肯定自己还记得那位置吗？"

"是的，好吧，我觉得我没记错，但不敢肯定。那可是一周以前的事了。"

正说着，我辨认出是燃气罐后面的一块岩石。我把它抬起来，

下面放着一包钱。

"找到了！"我像个胜利者般叫喊起来，把钱包举过头顶。

理查德在一块漂砾后面欢快地蹦起来。

"感谢上帝！我刚才还在想会不会是被那些孩子发现了呢！"

然后他开始煮饭，而我点了点剩下的钱数：195 美元。足够了。我心想，不知道跟大使馆和警察一起解决这些事情会需要待在城里多久。肯定有许多官僚主义、浪费时间的手续要办。

"乔的钱怎么办？"我突然说道。理查德立刻停下在锅里搅动的动作。

"什么钱？"

"嗯，他也把钱藏起来了，你忘了？"

"他没告诉过我啊。"

"他肯定告诉我了。事实上他相当固执。他把我拽过去，给我看了他藏钱的具体位置。"

"那就去把钱拿出来。"

"不行。我已经不记得那个位置了。"

理查德大声狂笑起来。我也笑了，并且惊异于自己的表现。在这里停留的最后时间里，这种自发的幽默感令我自己感到惊讶——我说起"乔的钱"的时候，一点也没觉得这跟他本人有任何关系。昨天我已经把他的灵魂烧掉了。钱就是钱而已，不再是他的，而是我们的——如果我们可以找到的话。

"他带了多少钱？"

"可不少。不管怎么样，比我的多。"

"那好，我们最好找到它。我可不想把两百多美元留在石头下面腐烂掉。"

他站起来，走到燃气罐那里，开始翻看附近的漂砾。这次轮到我哈哈大笑了。

"你到底在干什么啊？你根本不知道他藏在哪儿，这附近有上千块该死的石头呢！"

"那你有更好的主意吗？忘记藏钱位置的人可是你啊。"

"我们要有点条理。肯定不在燃气罐的附近，这是绝对的！"

我走到一个分布着大块漂砾的地方，想要找出一块能触动我记忆的。可是它们看起来都一个模样。我在这片地方来回走动，直到确信钱不在这里为止；然后又走到另外一片漂砾那里。理查德安静地站在一边，狡黠地笑着。经过一个小时的搜寻，我一无所获，于是停下来看着他。

"过来吧。别光站在那儿啊。帮帮我。"

又一小时以后，我们愁眉苦脸地坐在炉火边喝茶。还是没发现钱的踪迹。

"看在上帝的份上，我肯定就在那里的某个地方！我知道他就放在一块漂砾附近的小石头下面，离帐篷还不到十米远。"

"可你刚才说了，这里的石头有几千块呢。"

就这样，我们一会儿边喝茶边争论不休，一会儿又继续进行毫无结果的搜寻。四点钟的时候，两个女孩儿带着两个比她们小得多的孩子出现在营地。我们停止搜寻，假装正在整理营地。他们冲我微笑，可是神色中带着遗憾。我发现他们的到来让我心慌意乱。理查德下山找斯宾诺沙安排驴队的事宜时，已经把乔的死讯告诉他们了。当我看到他们表现出悲痛的样子，本来轻松愉快、阳光明媚的下午突然之间好像阴云密布起来。他们让我感觉很恼火。他们有什么权利感到悲伤？我经历了整件事，不愿意再被迫回忆。

理查德给他们弄了一些茶，他们就蹲坐在炉火边探究似地望着我，神情还是那么直白和放肆，就跟我们第一次见面的时候一样。感觉他们似乎正在观察我是否有紧张的迹象。我把他们的沉默当成同情。两个小孩儿张着嘴巴盯着我看。我心想他们是不是在期盼我突然做出什么壮举。年纪大点的女孩简短地跟理查德说了些什么。我不明白她说的内容，但看到理查德的脸色因为愤怒而黯淡下来。

"他们想知道我们打算给他们点什么！"他用不敢相信的口气说。

"什么？"

"就是这样。跟乔无关。他们根本不在乎！"

我们说话的时候，两个女孩闲聊着，时不时满含期待地冲着我们俩微笑。当诺玛伸出手准备挑选那些烹饪器具的时候。我忍不住爆发了。我跳起来舞动双臂。诺玛失手使煎锅掉在地上，惊讶地看着格洛丽亚。

"滚开！走吧！滚蛋！去你的。给我滚开！"

他们一动不动地坐着，手足无措。他们好像没明白我的意思，看上去迷惑不解。

"快点，理查德。在我动手打人之前，你来跟他们说，快点！"

我转身一阵风似地离开帐篷。几分钟以后，我看到她们扶着小孩儿们上了骡子，一路骑着下了山谷。我返回的时候浑身都在愤怒地颤抖。

夜幕降临的时候，第一波大雨点拍打在帐篷上。我们躲进了圆顶帐篷，把燃气炉放在入口煮晚饭。雨点变成沉重潮湿的雪片，我们把帐篷拉上。明天驴队就会到来，我们就能离开这个地方。我觉得松了一口气。大概七点的时候，一种奇怪的哀号声从阴云密布的山谷里传出。

"那到底是什么声音？"

"是狗。"

"该死的狗，叫得这么古怪！"

"你当然觉得奇怪。你们在山上的时候，晚上我可是听到过最离奇的动静。经常吓得屁滚尿流。"

我们打完一局拉米牌，便吹熄蜡烛，躺了下来。我想起雪落在修拉格兰德下面的冰河上的情景，那种空洞的痛苦又猛然间发作了。

※　　　※　　　※

刺眼的阳光照得我睁不开眼。眼泪流出眼眶，模糊了我的视线。我闭上眼睛，用意识检查了一下自己的身体。又冷又虚弱。时候还 **171**

早，阳光没有热度。锋利的石头透过浸湿的睡袋纹理硌在我身上。
脖子很疼。睡觉的时候我的头夹在两块岩石之间。这一夜漫长得好
像没有尽头。我几乎没有睡着。反复的跌倒给我的腿造成了严重损
伤。一阵阵痉挛的疼痛不断发作，打断我的昏昏欲睡。还有一次，
腿部肌肉的痉挛迫使我猛地扭动身体，向前探身按摩受伤的右腿，
剧烈的疼痛令我忍不住号啕大哭。持续的悸痛让我无法入睡，我就
躺在岩石裂口上瑟瑟发抖，呆呆望着夜空。数不胜数的星带布满夜
空，流星在其间摇曳生辉。我意兴阑珊地看着它们绽放光芒，而后
又消逝不见。随着时间的流逝，以为我再也无法站起来的感觉吞没
了我。我一动不动地仰卧着，好像被钉在岩石上一样。我被麻木的
疲惫和恐惧压迫着，感觉布满星斗的漆黑夜空正在不断把我推进地
面以下。我睁大双眼望着一成不变的星辰，就这样度过了大半个夜
晚。时间似乎已经凝固，我清楚地体会着孤独和寂寞的滋味，不可
避免地以为自己再也动不了了。我觉得自己已经躺了几个世纪之久，
等待着那一轮好像永远也不会升起的太阳。偶尔我也会突然睡着几
分钟，醒来还是看到同样的星星，脑子里还是浮现出同样的思绪。
它们不经我的同意就跟我讲话，低声诉说着恐惧的感觉。我知道那
不是真的，但无法忽略。那个声音告诉我已经太迟了，没有时间了。

现在，我的脑袋享受着阳光的温暖，身体在左侧一块大漂砾的
遮蔽之下。我用牙齿松开拉绳，想要钻出睡袋沐浴阳光。每个动作
都引起膝盖里的灼痛。尽管才移动了不到两米，所花费的力气已经
让我疲惫地瘫倒在碎石上。几乎不能相信，经过一晚我的情况竟恶
化到如此程度。用双臂支起身体已经成了力量的极限。我来回晃动
头部，想要使自己清醒，把浑浑噩噩的感觉赶走。可是没有用，我
又躺回到石头上。我已经陷入某种绝境。我不确定这绝境是精神上
的还是身体上的，但它用虚弱和冷漠包裹着我，使我窒息。我想要
挪动，但动弹不了。连抬起胳膊遮蔽刺眼的阳光这个简单动作也格
外费力。我一动不动地躺着，对自己的虚弱感到害怕。如果能够得

172

到水，我还有一丝指望。只有一个机会。要是我今天不能到达营地，那就永远也做不到了。

营地还会在那儿吗？

这个问题第一次跃入我的脑海中，夜晚体会到的恐惧也随之而来。说不定他们已经走了。西蒙回去一定有两天时间了。而且，现在已经是第三天的早上！一旦他恢复力气，就没有理由再留在那里。

我突然毫不费力地就坐了起来。他们可能离开的想法使我清醒，我不再昏昏沉沉。我必须今天到达营地。我看了看表，八点。还有十个小时的日光。

我拼命抓住漂砾，用力站起来，身体由于不稳而来回摇晃，险些向后栽倒在碎石上。由于突然的姿势转换，我的头感到一阵眩晕，那一瞬间我以为自己会失去知觉。我的太阳穴里血脉贲张，腿好像快要熔化了一样。我紧紧搂着漂砾的粗糙表面。恢复平衡以后，血液的涌动缓和了下来，我直起身体，往回看昨天来时的地方。我发现自己还是能够看到远方冰崖的顶部，心里很失望。转身面朝湖泊，我看到自己还在"炸弹小径"上方很远的地方。昨天在黑暗中的所有努力没有丝毫成效。忘记遵守时间真是愚蠢的行为，这么快我就完全失去了时间概念。"炸弹小径"成了一个不明确的目的地，而没有被我当作精心策划的客观任务。没有计时，在每个阶段我都随意前进，没有目标，也缺乏紧迫感。今天必须作出改变。我决定，4个小时内到达"炸弹小径"，中午12点是最后期限。我还打算把这4个小时分割成更短的阶段，并对每个阶段都进行详细安排。我往前找寻第一个地标——有一座高高的红色岩石柱赫然耸立在漂砾的海洋上。半小时以内到达那里；然后我会锁定下一个目标。

我背起背包，蹲下来开始今天的第一次试跳。跳起的一瞬间我就知道自己会摔倒。我的胳膊打弯，整个人向前跌去。我想要站起来再试一次，却发现借助冰镐无法起身。我抱住漂砾，抓住它站立起来。15分钟过去了，我还没走出睡觉的那块地方。我不稳地摇晃

173

着身体，回头去看自己的进展。每次跳跃我都会跌倒，这的确十分可恶，但真正让我泄气的是尝试着站起来却做不到。第一次跌倒极其疼痛，我脸朝下趴在沙砾上，咬紧牙关，等待疼痛减退。可疼痛一直都在，它以不堪忍受的程度灼烧着我的膝盖。这是前所未有的情况。

"停下来，停下来，求求你停下来……"

然而疼痛还在。我咬紧牙关站起来，试图强迫自己忽略疼痛。我能感觉到自己的面部肌肉都纠结在一起，出于自我防护地呲牙咧嘴。我又一次跌倒。疼痛的程度始终没变。也许是因为膝盖受到的损伤过于剧烈，所以疼痛超出了正常的界限；也许疼痛根植已经于我的头脑中。

在那 15 分钟里，我丧失了仅存的所有斗志。我感觉到斗志随着我每次跌倒而减退，持续不断的灼痛逐渐占了上风。我一次次站起来、跌倒；跌倒的时候痛苦地扭动、哭泣、诅咒，每一次都相信这是我的最后一次努力，然后我会永远安静地躺下。我松开漂砾，试着单脚跳。我的脚根本没有离开地面。我朝一边跌倒，甚至无法用双臂去保护自己。

这个打击让我目瞪口呆。有一阵子疼痛消失了，我眩晕不止，在清醒和空白之间徘徊。我的嘴唇在岩石上磕破了，鲜血流进嘴里。我扭曲着身体侧躺在两块大漂砾中间。红色的岩石柱就矗立在我正前方的冰碛之中。我看了看手表。只剩下十分钟。不可能了！我闭上眼睛，把脸颊贴在冰冷的岩石地面上。朦朦胧胧之间我想起自己还要走多远、已经走了多远。一部分的我叫喊着要放弃努力、要睡觉，并且相信我绝不可能到达营地。那个声音提出反对意见。我静静地躺着，倾听他们的争辩。我不在乎什么营地或是下山了。那太遥远了。我已经克服重重阻碍，最终居然瘫倒在冰碛上。这真是一种讽刺，让我感到愤怒。那个声音赢了。我主意已定。从我逃离裂缝的那一刻我就下定决心了。

　　我要继续前进，继续努力，因为我没有其他选择。到达"炸弹小径"以后我要把高处的湖泊作为下一个目标，然后穿越中间的冰碛到达低地的湖泊，再沿着湖走到尾端的冰碛，翻越它们下降到营地。我告诉自己这将会发生，而不再在意它是否真的发生。

　　我往一个洼地的边缘跳过去，跌倒，从一侧滚落进去。我听到水从很远的地方飞溅在石板上的声音。我的脸湿润了。被水打磨光滑的岩石基部是泥泞的沙砾层，冰冷而潮湿。我转过去面对声音的来源，看到冰雪融化成的水闪烁着银色的光泽，从金色的岩石上倾泻而下。我已经到了"炸弹小径"。时间是一点钟。超过预定时间一个小时。

　　我所在的洼地上方围绕着一堵环形岩石巨壁。洼地被水浸湿了。在岩石的基部，泥泞的碎石堆积成一个圆锥体，抬升到顺着石板倾泻而下的一股流水处。阳光充分地照耀着岩石，融化了上面的雪。不知从哪里来的力气，我攀爬到碎石堆上，用冰镐一记横扫把它推开。我的嘴紧贴着细细的水流。水很冰冷。疯狂地吮吸一阵之后我喘口气，接着再吸。水从我的额头上溅下来，流过我紧闭的双眼，再从鼻尖滴落下去。其中一次喘气的时候水倒灌进鼻孔，我呼哧呼哧地喷鼻子，像头猪一样，然后又把脸贴回到岩石上。

　　过了很长时间，我才渐渐停止对水流发动猛攻。这时，喉咙里可怕的干灼感已经得到缓解，但还是觉得口渴。每喝下一口，我就能感觉力气恢复了一些。我侧身坐在岩石旁，防寒裤从湿润的碎石里吸收了水分。恢复理智之后，我在碎石堆的残骸中挖了一个小坑，看着水把它填满。清澈冰水填满了五厘米深的小坑，我一口都喝不完。还没等我能够再次弯腰喝第二口，小坑又被填满了。我一直喝。直到由于装了太多的冰水而感到腹痛，我还是接着喝。我把脸伸到水池里吸水，沙砾咯到喉咙，弄得我直咳嗽；但与此同时我还在使劲地喝。我听到自己发出既快活又难受的呜咽和呻吟。

　　每次停下来，我都以为自己已经喝饱了，可是还会有一种强烈

的冲动促使我再去喝一些。泥和沙糊在我的脸上，我还去挖那个水
池，用僵硬的、脏兮兮的手指把它弄大一些。我喝一会儿，休息片
刻，再接着喝，心里害怕那水池会突然干涸并且消失。整整三天三
夜滴水未进，我已经有些发疯了。我没法让自己离开这块岩石，而
是紧闭双眼、面色紧绷，怀着一种难以置信的心情一直喝水。这里
的水量比我先前奢望的还要多，足以满足我体内像吸水纸一般的渴
望。我走到一边，浑身湿透，好像海绵吸饱了水一样。我心满意足
地瘫倒在洼地的地面上。

　　我从喝饱水的恍惚中清醒过来，往四周打量。在附近叮咚作响
的水声对我来说是一种安慰。这个洼地有些熟悉。我和西蒙、理查
德一起来过这儿，跟西蒙还来过两次。那是多久以前的事了？八天
前！真令人难以置信。我还很清楚地记得这个地方，当时我们坐在
背包上，内心充满对登山的兴奋之情，就好像发生在昨天一样。一
些小石块从淌水的岩石上嘎嘎响着掉下来。我本能地闪开，小石块
砸进洼地另外一端的碎石中。水使我产生了惊人的变化。我感觉自
己精力充沛。先前的沮丧情绪已经消失。早上醒来以后那种空荡荡、
软绵绵的虚弱感也不翼而飞。我能感觉到自己的战斗力又回来了。
早晨我挣扎着想要突破的绝境已经不复存在。

　　我知道从"炸弹小径"到高处的湖泊需要步行半个小时，或是
爬行三个小时。我决定试一试，争取在四点钟前赶到那里。我站起
来，跳到岩石那里喝最后一次水，然后转身，动身离开洼地。我到
了洼地的另一端，看到泥泞中有一些脚印。我停下来望着它们。我
认出西蒙的靴子留下的足迹，还有理查德的软底运动鞋留下的小一
些的脚印。我大受鼓舞。他们和我在一起。我跳着从脚印边过去。

　　前方的冰碛不再那么凌乱。小一些的石块取代了上游任意散落
的大片巨型漂砾，像地毯一样铺在地上。一些漂砾随意点缀其间。
这些小石块在我的冰镐下移动、滑开。我跌倒了，不过没有摔在漂
砾上，而且站起来的时候也不那么费力了。水使我复原。然而太阳

无情地从晴朗的天空照射下来，削弱了我的注意力。我发现自己头昏眼花地漂移着，不停地打瞌睡；然后突然间惊醒、摔倒、坐起身来，摇晃脑袋把睡意赶走。

前进的模式自觉地产生了。我没去思考。就像走路一样自然。那个声音仍在敦促我继续前进，但是没有了昨天那种不断发号施令的语调。现在它似乎在暗示：既然没有其他事情可做，我最好自己继续下去。我发现现在比较容易忽略掉那个声音，然后跌坐在地上昏昏欲睡。好吧，我会动起来的，不过先让我多休息一会儿。然后那个声音就会消退，变成朦朦胧胧的梦中的背景。来自过去的对话，声音熟悉得我能立刻辨认出来；持续不断的曲调以及记忆中一些地方的情景争相浮现，在我的脑海中飘来荡去，好像六十年代的电影，支离破碎、使人迷乱。我靠在每一块足够大的岩石上喝醉了酒般地摇摆着，任由睡意把我从眼前无边无际、布满肮脏岩石的景象中带走。

只有手表让我与外界保持联系。时间不知不觉地溜走了。我只记得每次如梦一般休息的那几分钟，其余什么也不记得了。每当摔倒压住了右腿，疼痛突然爆发时，我或哭喊，或呻吟。等疼痛消失，继续做白日梦。疼痛的感觉太平常了，我不再对每次摔倒时等待着我的那种痛楚感到意外。有时候我还会无聊地想，刚才摔得那么重，为什么会不疼呢？我没完没了地问自己问题，却一个答案也没能给出来。不过我从未提出"正在发生什么事"这个问题。咕咕哝哝的争论声把我惊醒，但我不知道自己在跟谁说话；有好多次我回头看身后是谁，可是始终空无一人。我凭直觉沿着一条路蹒跚而下。我没有留意周围的风景。一旦经过，我就立刻忘记刚刚走过的地方。在我身后，只留下对跌倒和漂砾的模糊记忆。我无休无止地想着自己迄今为止都做了些什么，那些记忆和思绪混杂在一起。前方等待我的还是一样的东西。

三点钟我到了一个由岩石形成的像漏斗一样的陡峭隘谷。隘谷深陷着，上面覆盖着黄色的粘土，一股溪流顺着其底部蜿蜒流动。 **177**

这就是冰碛地彻底结束的地方。我知道这座隘谷一直通往湖边，它一路下降一路变宽，最后从冰碛地的突出处横断出一条平坦的粘土路。我不能单脚跳着下去，于是坐下来，把腿放在前面往下移动。隘谷壁高耸在我头顶上，漂砾从各个方向悬伸出去，似乎随时都有可能掉下来。这里被阴影遮蔽，十分凉爽。有时候我仰卧在那儿，一边观看把天空合围起来的隘谷壁，一边发音不清地哼唱记忆中的歌曲。水渗透了我的衣服，我坐起来的时候，感觉水顺着背部一点点流下去，又渗进湿乎乎的裤子里。如果我愿意，就翻身侧卧，用力地吮吸淌下隘谷底部的脏水。更多的时候我心神恍惚，只是拖着腿往下移动。

我望着前方逐渐拓宽的黄色隘谷，想像有其他人顺着它的底部拖着腿前行。我想像着一大批跛子经由这条黄色小路去往大海；然后想起了食物，于是这些幻象就分崩离析了。地上时不时出现一个鞋印，我无聊地猜测那是谁留下的，然后记起西蒙和理查德留在"炸弹小径"那里的脚印，我确信他们就跟在我身后不远处。我微笑了，想到身边有人陪伴，如果需要就会有人前来帮忙，觉得很开心。如果我叫喊，他们就会过来，但我不打算叫喊。他们落在后面，在我的视线之外，不过我知道他们离我并不远。"他们被我的状况搞得很尴尬，"我这样告诉自己，"而且我自己也觉得很羞耻。"喝了那么多的水，我很想小便，但我没能及时解开裤子。我相信他们会理解我的。于是我继续前进，直到幻想的泡沫突然破灭，他们就在我身边的安慰感觉消失了。

我呆呆地停住，突然回到现实当中，很震惊，也很害怕。没过多久，脑海中又响起另一首歌，冲破了我的恐惧感。往前方望去，我看到洒着阳光的湖面上波光粼粼。我咧开嘴笑了，并且加快了速度。

"四点钟，一切顺利！"我对着湖大喊，傻乎乎地大笑。

一片平坦的沙砾平原从隘谷延伸出去，在湖畔形成一个新月形的沙滩。现在没有向下的拉力能让我下滑，我只能试着站起来。当我摇摇晃晃地靠单脚站起来时，湖水在我眼前旋转起来，血液从头部开始怦怦地涌动。我一阵恶心，重重跌倒砸在沙砾上，同时听到一声痛苦的叫喊，仿佛是从很远的地方传来的。我再次尝试，还没能站起来就又跌了下去。我的腿已经变得软绵绵的。

起初我以为这是因为我拖着腿下滑的时间太久造成的，后来才意识到是因为我太虚弱，没法再单脚跳动。灼热潮湿的小便从我的大腿下面涌出来，我皱了皱眉。小便停止涌出并开始变凉后，我又一次尝试站立。我能做到的最大限度就是像关节炎患者那样弯腰屈膝，借助冰镐柄摇摇晃晃支撑我的体重。我把伤腿向前摆荡，无缘无故就几乎要翻倒过去。我甚至连站着不动的力气都没有，于是只能选择贴地向前爬行。

湖水异常清澈。铜绿色的阴影在湖水深处闪闪发光。湖岸远方的冰崖悬伸在水上，如同庞大的灰色土丘。一条瀑布哗哗地从冰上飞溅下来，微风时而吹皱水面，那银色和绿色相间的倒影似乎在朝我跳跃闪动。我趴着，脑袋伸出小小的岩石陡坡，湖水在我面前。我睡着了。醒来时我凝视了一会儿湖面，然后又睡着了。太阳晒干了我的裤子。在微风中，四周漂浮着一股小便特有的温暖的臭气。我已经睡了一个小时。此刻我望着湖对岸，心想是否应该再次试试站起来。

湖泊好像一根狭长的缎带，一直延伸到营地那里。在远处，我能看到一片杂乱的冰碛把湖面一切为二。我知道在冰碛的另一边，小一些的圆形湖泊紧靠着冰碛形成水坝，营地就在水坝下面。除了穿过冰碛的短通道之外，地面基本上是平坦的。沙滩般的沙砾地延伸至水坝，而水坝另一侧都是下坡。只要我能站立起来并采取单脚跳下去的方式，这些路面难度很小；单脚跳也会快得多。如果我能在天黑前到达水坝顶端，就能往下看见帐篷——如果它们还在的话。要是我大声喊，没准他们能听到，然后冲上来接我。要是他们已经

走了⋯⋯

我回过头去看湖水。如果他们已经走了，那会怎么样？这种可能性吓坏了我。我太清楚答案了。我无法接受他们已经离开的可能性。在我经过这么多的努力之后，这种结果太不可思议了。没什么比这更残酷了吧？当我从那些冰崖攀登下来，穿越了山脉的入口以后，应该已经把如此的厄运给抛掉了吧？一部分的我在犹豫不决，阻挠要前进的一切念头。我不想在天黑之前赶到那儿。万一看到帐篷都不在了，我会崩溃的。

那个声音说道："别犯傻了，快点。只剩两个小时的日光了。"

我注视着湖水。过分的恐惧钳制住了我，我无法行动。当我站起来的时候，好像举起了一个很重的东西，一种近乎纯粹的恐惧感蔓延到我的全身。我很绝望，不能再继续前行。我单脚跳了两次，都是马上就重重摔倒。然后我匍匐前进，腿在沙砾上拖动，膝盖不断被颠簸摇晃。后来我坐起来，面朝来时的路，往后曳步挪动，就像在冰河上做的那样。向第二个湖泊前进的速度极其缓慢，但我没有停歇。渐渐地，我看到自己正在接近目标。我沿着湖的边缘移动，湖水连续不断地发出轻轻拍打的声音。我一边听着，一边进入梦境。我记起以前有一次摔下去，被大雪困在山里，也在一个鹅卵石沙滩上听到同样的海浪的柔声低吟。那时我以为自己快要死了，而现在同样的旋律却追随着我前进的步伐。

这个湖比看起来要短得多，一小时以后，我穿越了分割湖面的冰碛，开始沿着第二个湖的湖岸前进。我认出之前我想在那儿钓鳟鱼的地方，于是停下来，往前方的冰碛水坝望去。从这里步行到营地需要 15 分钟。我试着猜测爬行需要多久，然后意识到从营地到"炸弹小径"本来只需轻松地步行 1 个小时，就开始感到绝望和迷惑。下降到第二个湖就花了我 5 个小时。我发觉很难判断自己移动的速度到底有多慢。然而，望着水坝的时候，我确信自己能够在天黑之前到达。还剩下 1 个小时。

一层厚厚的积云从东面翻滚而来，将太阳遮蔽。积云看上去阴暗而膨胀，挤挤挨挨地堆进山谷壁中。暴风雪又要来了。到达冰碛水坝的时候，第一波雨点刚好拍打下来。风力也不断加大，一股股冰冷的气流掠过湖面。我禁不住打起寒颤。

水坝的壁由密实的泥土和沙砾构成。我记得之前爬上它的时候曾经打滑并摔落下去。水坝倾斜成45°，一些岩石从泥土中突出来。矗立在一块凹凸不平的松散漂砾水坝的顶部，映衬着不断压低的云层。雪片混合着雨水从我身边呼啸而过。气温急速下降。

我把泥土当作冰面，向上把冰镐劈进墙壁，然后用双臂把自己举起。我想将靴子踢进斜坡，但没什么效果。我在斜坡面上来回刮擦靴子，直到它正好落在一块突出岩石的小小边缘上。再次摆动冰镐，伤腿无力地垂在身体下面，我必须重复整个危险的过程。爬得越高，我就越感觉紧张。我以为自己是害怕摔下去后要重新来过。其实实际的原因更加深切：我对爬到顶以后可能会看到的事实怀有悲观的畏惧。这种感觉越来越难以承受。其实，它从一开始就如影随形。在裂缝里，恐惧掩盖了它；在冰河上，孤独遮蔽了它。然而一旦越过所有这些危险，它就迅速发展壮大成一种强烈的空虚。某种巨大的东西膨胀起来，在我的胸膛里翻滚，挤压我的喉咙并掏空我的内脏。我的神经在扭曲抽动，脑袋里的所有念头都集中在自己被抛弃的可能性上——这不仅仅是第二次被抛弃，而是永远。

在泥土斜坡顶端，我爬行于杂乱的岩石之间，最终到达冰碛水坝的最高点。我直立起身体，靠在一块大漂砾上。什么都看不到。云层填满了下方的山谷，阵阵落雪被风吹得来回打转。就算帐篷还在那里，我也看不到。天已经差不多黑了。我把双手掬到嘴边，叫喊着：

"西——蒙——"

云层里传来回声，风随后把它吹得无影无踪。我冲着云层高声嚎叫，却听到不断加剧的黑暗中传来的可怕回声。他们听到了吗？ **181**

他们会来吗？

我靠着漂砾跌坐下去，躲避风雪，静静等待。黑暗很快吞没了云层，寒冷也吞噬了我。我专注地倾听是否有答复的喊声传来，心里却清楚那是不可能的。当我颤抖得无法继续静坐，就从漂砾那里挪动着离开。前方还有很长一段下山的路，都是被杂草和仙人掌覆盖的山坡。我还考虑要不要把睡袋拿出来，在冰碛上休息一晚。但那个声音说"不要"，我同意了。太冷了。现在睡着，就永远也不会醒来。我蜷缩着用肩膀抵御寒风，面向前方沿着山坡挪动下去。

数小时在黑暗中流逝。我丧失了对方位和时间的一切感知。我一边缓缓地下滑，一边眯着眼睛朝四周的黑暗里看，十分迷惑。我早就忘了自己是在朝着营地下降。我对自己正在做什么毫无概念，只知道必须保持运动。被阵阵寒风吹动的雪冰冷地打在我的脸上。有时候我会看一看手表，把电筒打开，眯起眼睛看表面。九点，十一点，夜晚不断延续。从冰碛水坝那里开始的五个小时的爬行没有任何意义。我模糊地记得应该只需十分钟就能到达营地。五小时可能就是十分钟。我再也无法思考。

锋利的仙人掌刺扎进大腿，我停下来检视身下的地面，几乎弄不明白是什么刺伤了我。夜晚掩盖了一切，我陷入谵妄状态，不断咕哝着一些关于我在哪儿以及在做什么的话语和臆想。我还在冰河上吗？"最好小心点，"我想，"末端的裂缝很糟糕。"那些岩石都上哪儿去了？没感到口渴挺好的，但我希望知道自己是在哪里……

第十三章
夜晚的泪水

乔和西蒙在北山脊留下的足迹——此
后不久摄影兴致就荡然无存。

几乎还没来得及留意，我就进入一片布满岩石和沙砾的宽阔地带。又是冰碛？我不确定。杂草和仙人掌覆盖地的陡然下降使我失去了方向感。我转头往身后看去，白雪覆盖的山坡上有一条蜿蜒曲折的黑线。岩石上没有雪。这些岩石是哪里的？我在背包里一顿翻找，找出头灯来。灯打开以后闪出一道暗淡的黄光。我转着圈晃动灯头，看到很多灰色的岩石杂乱分布。我就坐在这样一片巨大的荒地上，几乎无法找出爬行的线路。灯光很快就熄灭了。我把电筒扔到一边，向前方的黑暗挪动，头脑一片混乱。我试着清晰地思考，赶走那些乱七八糟、纠结不清的疯狂念头。是河床！原来我在这里，不过想起这一点并没有什么帮助，因为我立刻昏睡过去，稍后醒来时就什么都不记得了。我是在河床上这一想法从我头脑中一闪而过，可惜我没能再次抓住它，而是继续陷入各种各样更加疯狂的念头。

河床有800米宽，到处散落着岩石，还有一汪汪覆盖着冰的融水。在远处的黑暗之中，有河水在流淌。不过由于暴风雪的掩盖，我无法听到水声。帐篷就紧靠在它另一侧的岸边，可我这是在哪儿？我是在朝着中心位置移动，还是又弯回到冰碛水坝？有人在乎吗？我继续曳脚而行，双腿不断撞上岩石。我因阵阵疼痛发出呻吟，却只有嘶嘶作响的暴风雪声给我回应。那个声音一个小时以前就消失了。再也不必受它的叨扰了，我很高兴。

出于本能，我改变了路线，从一边换到另一边。仿佛我分辨出那些杂乱的石头，在黑暗中看见了熟悉的景象，并按照潜意识里固有的指南针前进一样。帐篷还有多远？也许已经不在了！我可以等到早上，这样就能看清道路。于是我坐在风中等待。我发现自己又在移动，也不知道自己已经等了多久。要是干等的话，早晨永远也不会到来。看着的水壶永远也不会开——心急也没用。这谚语真愚蠢！我像听到笑话一样咯咯地傻笑起来，在忘记这个笑话之后我还一直笑了很长时间。

我看了看手表，发现已经是凌晨了。另一天已经到来。零点45

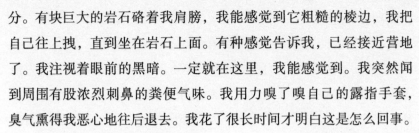

分。有块巨大的岩石硌着我肩膀，我能感觉到它粗糙的棱边，我把自己往上拽，直到坐在岩石上面。有种感觉告诉我，已经接近营地了。我注视着眼前的黑暗。一定就在这里，我能感觉到。我突然闻到周围有股浓烈刺鼻的粪便气味。我用力嗅了嗅自己的露指手套，臭气熏得我恶心地往后退去。我花了很长时间才明白这是怎么回事。

"大便？我怎么会坐在大便里？"

我又滑落回去靠在漂砾上。我知道自己在哪儿，可是好像没力气行动起来。我沮丧地盯着眼前的一片黑暗。我们用作临时炉灶的岩石应该就竖立在我前方的某处，但是在哪里呢？突然间，阵阵风雪抽打在脸上，我抬起手护住自己。强烈的臭气直冲鼻孔，头脑突然清醒。我能做的就只有喊叫了！我坐起来，朝黑暗中嘶声喊叫。喉咙像是被卡住一样，声音十分扭曲。我发不出声来，眯着眼睛望着前方。等待。

也许他们已经走了。寒冷又一次侵袭了我。我感觉它在阴森森地抚摸我的背部。我活不过今夜了，这是一定的。但我已经不再在意。生存或是死亡的概念早就已经纠结在一起。过去几天的经历逐渐演变成一个真实事件和疯狂状态混杂的混合体，而此刻的我好像一直徘徊于现实和疯狂之间。活着，还是死去，这有很大的差别吗？我抬起头，冲着黑暗嚎叫一个名字：

"西——蒙——"

我在漂砾上摇摇晃晃，眼睛凝视着黑夜。我的乞求已经变得歇斯底里。我听到一个声音以嘶哑的耳语在呻吟，这声音好像不是我发出来的：

"求你们一定要在那儿……你们一定要在那儿……哦，万能的基督耶稣……好吧！我知道你们在那儿……帮帮我！你们这些混蛋，帮帮我……"

雪片如羽毛般落在我的脸上；风猛烈地拉动我的衣服。夜晚依旧那么黑暗。脸上的热泪和冰冷的融雪混合在一起。我想要结束。 **185**

我感觉自己被摧毁了。这么多日子以来的头一次，我承认我最后一丝的力量终于丧失殆尽。我需要有人在，任何人都行。这场阴暗的黑夜风暴正在摧毁我，而我再也没有反抗的意愿。我哭泣是因为很多事，但最主要的原因是没有人在我身边，陪我度过这个可怕的夜晚。我把头垂到胸口，不理会外界的黑暗，任由愤怒和痛苦的泪水落下。我再也不能承受。我无法再继续；一切都太过沉重。

"帮帮我！"

黑暗之中的嚎叫变成痛哭，而那声音一发出就立刻被风和雪吞没了。

起初我以为那是我头脑中的一道电闪，就像掉进裂缝之后突然之间出现的炫目闪光一样。那不是闪电！它一直在发光，红色和绿色的光，在黑夜里闪动着色彩。我目瞪口呆地望着。有什么东西在我前面漂浮发光。一个红绿相间的半圆悬浮在黑夜之中。

"是宇宙飞船？朝我丢石头吧，我的情况一定很糟糕——现在看到幻觉了……"

然后，一些模糊不清的声响、睡觉之前的动静和更明亮的灯光从那些色彩里轻轻晃动出来。一抹黄光突然从色彩中一跃而出，形成宽宽的圆锥形。更多的动静和声音——那些不是我的声音，而是其他的声音。

"是帐篷！他们还在那儿……"

这想法使我惊呆了。我从漂砾上斜着倒下去，歪歪扭扭地掉落在岩石密布的河床上。疼痛顺着大腿蹿上来，我忍不住呻吟起来。顷刻之间我变成一个虚弱地哭泣的人，无法挪动身体的任何一个部位。一直支撑着我、使我保持着一丝力量去搏斗的某种东西消失在暴风雪中。我试着从岩石中抬起头去看那些灯光，但没有用。

"乔！是你吗？乔！"

西蒙的声音听起来紧张得有些嘶哑。我张口想叫喊着回答他，却发不出声音。我抽泣着，随着胸口的阵阵起伏而呕吐，朝黑暗里咕哝着一些断断续续的话语。我转头去看一束匆匆接近的上下摆动的光。我还听到鞋底刮擦石头的声音。有人在惊慌地高声叫喊：

"在那儿，在那儿！"

接着有灯光照在我身上，我只能看到光柱的炫光。

"帮我——请帮帮我。"

我感觉到强壮的胳膊伸过来搂住我的肩膀，拉动着我。西蒙的脸突然出现在我眼前。

"乔！天哪！哦，我的上帝！该死的，他妈的，看看你。蠢货，理查德，抓住他。把他抬起来，抬起来！天哪，乔，怎么会？怎么会！"

他太震惊了，都没有意识到自己在说什么。他脏话连篇，不断咒骂，语无伦次。理查德踌躇着，紧张不已，惊慌失措。

"快死了，再也坚持不住了。受不了了，受不了。以为都结束了。请救我，看在上帝的份上救救我……"

"会好的。我找到你了，我抱住你了，你安全了……"

接着西蒙把胳膊环绕在我胸前，把我拉起来，拖动我，鞋跟跟一块块岩石相撞。我重重落在帐篷的门前，里面的烛光柔和地透出来。我抬起头，看到理查德低头盯着我，睁大的眼睛里满是忧虑。我想要冲他傻笑一下，然而泪水不停从眼窝里涌出来，我什么也说不出来。然后西蒙把我拖进帐篷，轻轻把我放下去，垫在温暖的羽绒睡袋上。他跪在我身边望着我，我可以看到他眼神里混杂着同情、惊慌的复杂情感。我对他微笑，他抱以咧嘴一笑，缓缓摇晃着头。

"谢谢，西蒙。"我说，"你做得对。"我看到他很快把脸转到一边，移开目光，"无论如何，谢谢。"

他默默地点头。

帐篷里充满温暖的烛光。人们似乎都悬浮在我上空。阴影在帐篷壁上轻盈地移动。巨大的疲惫感似乎突然之间耗尽了我的所有力气。我静静地躺着，感觉自己的背部压在柔软的羽绒上。有人脸朝

下望着我，是两张脸，不断地交替出现在我面前，把我搞糊涂了。然后，理查德把一个塑料茶杯塞进我手里。

茶！热茶！可我握不住它。

西蒙把它拿走，扶我坐起来，然后喂我喝茶。我看见理查德在炉子上忙碌，搅动浓稠的牛奶麦片粥，一边搅一边用勺子加糖。接着是更多的茶，还有麦片粥，可我不能吃。我望着那边的西蒙，看到他脸上的紧张和眼睛里的震惊。有一阵子没有人说话。然后沉默被打破，我们几乎同时不假思索地提出连珠炮似的问题，不过大多数都没有得到解答。在那个静默、漫长的眼神交流过程中，一切问题都变得微不足道，所有的答案也显得多余。我告诉他在裂缝里的情况，以及爬行回来的经过。他给我讲述切断绳子后噩梦般的下降过程，还有他怎么断定我已经死了。他看着我，好像还不太能理解我已经回来的事实。我微笑，摸着他的手。

"谢谢。"我又说。尽管知道这永远也无法表达出我的感受。

他看上去很窘迫，很快转换了话题："我把你的所有衣服都烧了！"

"什么?"

"嗯，我以为你不会……"

看到我脸上的表情，他爆发出一阵大笑。我跟他一起笑起来。我们笑了很久，笑声很刺耳，近乎疯狂。

不知不觉几个小时过去了。我们在帐篷里喋喋不休地讲述各自的经历。西蒙和理查德搜寻钱的经过、我的所有内衣裤被拿到帐篷外烧掉等事情让我们哈哈大笑。他们充满关切地递给我一杯又一杯茶，表现出深厚永恒的友谊。每一个姿势，一个碰触肩膀的动作、一个眼神都透露出亲密之情，要在从前，这种亲密我们绝对不会表露出来，恐怕今后也不会再次表现出来。这让我想起山壁上暴风肆虐的那几个小时，在那段短暂的时间里，我们精诚合作，出演了一部属于我们自己的老套的三流战争片。

西蒙强迫我吃完麦片粥，同时理查德在准备煎蛋三明治。我每喝一口茶，好像都要吞下不同的药。止痛药、罗纳考尔和抗生素。我拒绝吃三明治，因为我没办法把干面包吞咽下去。

"吃掉它！"西蒙严厉地说。干面包卡在喉咙里，弄得我直咳嗽。我无奈地咀嚼着，我的嘴里没法产生唾液。于是我不顾他的命令，还是吐了出来。

"好吧。让我看看你的腿。"

他突然变得严厉而果断。我才刚开始抗议，但他已经动手用小刀割裂我那破破烂烂的外裤。我看着刀锋不费吹灰之力就划开了薄薄的尼龙面料。那是一把红色手柄的刀。是我的刀。它上次派上用场是三天半以前，被用来割断连接我的绳子。一阵恐惧席卷我全身。我不想再忍受疼痛了。至少今天不要。我渴望的事就是睡觉，在温暖的羽绒睡袋里睡上一觉。他抬起我的腿把裤子拉掉的时候我畏缩了。

"没事的。我会尽量小心。"

我把目光从西蒙转向理查德，他看上去好像要呕吐了。我冲他咧嘴笑笑，可他转过身，忙着捣鼓炉火。就要看到自己的腿怎么样了，我觉得既兴奋又担忧。我想知道到底是什么给我带来这么多痛苦，但我也很害怕看到它腐烂、感染。西蒙拉开我的绑腿，轻轻解开鞋带和尼龙搭扣。

"理查德，你得过来压住他的腿。要是你不扶稳，我就没法脱掉他的靴子。"

理查德在炉子边犹豫着。"你就不能把靴子割下来吗？"

"可以，但没那个必要。快点。就几秒钟时间而已。"

他挪到我身边，小心翼翼地抱住膝盖下面的腿。西蒙开始往下扯我的靴子，我大叫起来。

"抓紧一点，看在上帝的份上！"

他再次扯动，疼痛从膝盖处膨胀上升。我紧闭双眼，膝盖里的

189

痛楚如同潮水一般不断涌来，我流泪不止，真希望这一切都停下来。

"好了，搞定了。"

疼痛迅速消退。西蒙把靴子扔出帐篷，理查德连忙放开我的腿。我猜他刚才也是一直紧闭双眼的。

接着，我的防寒裤也被轻轻地褪了下来。理查德又回到帐篷的后部。我期待地坐起身来。当西蒙脱掉我的保暖长裤，我们俩都被我腿上的伤势惊呆了。

"真该死！"

"他妈的，伤口竟然这么大！"

我的腿像一节肿胀的树桩，上面沾满黄色和褐色的污渍，青紫色的条痕从膝盖处一直向下延伸。我的大腿和脚踝看起来没有什么明显区别。那个巨大肿块的一部分诡异地向右下方扭曲，从这儿才能看出膝盖的原有位置。

"天哪！这比我估计的还要糟糕。"看到这些我觉得有些虚脱，试探着伸手去抚摸膝盖四周的肌肉。至少没有红肿发炎，也没有明显的感染迹象。

"很严重，"西蒙正在检查我的脚，嘴里咕哝着说，"你的脚踵也骨折了。"

"是吗？哦，好吧。"这对我来说似乎不那么重要了。脚踵、膝盖，就算全部加起来，又有什么大不了的！我下山了，我可以休息、吃饭、睡觉。一切都会康复的。

"是的。看到那些紫色条痕了吗？那是出血的征兆。你的脚踵，还有脚踝周围到处都是这种条痕。"

"到这儿来，理查德。"我说，"看看这个！"

他从我肩膀上方看了一眼，然后急忙躲开："哦！我希望我什么也没看到。"

我快活地大笑起来，我发现自己身上发生了非常迅速的变化。那种狂躁、歇斯底里的笑声已经成为过去。西蒙又把我的保暖长裤

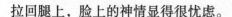

拉回腿上，脸上的神情显得很忧虑。

"我们得快点把你送出这里。早晨驴队就来了。我们俩中的一个可以下山，让斯宾诺沙带一头骡子来，还有鞍具。"

"让我去。"理查德自告奋勇，"现在是四点半。喝完这杯茶我就去。这样你就可以用我的睡袋，乔就睡你的那个。我会在六点前回来……"

"等一下，"我打断他的话，"我需要休息和食物。直接骑两天骡子我可挺不住。"

"挺不住也得挺，"西蒙坚定地说，"这不容置疑。起码还需要三天时间你才能到医院。除了腿伤，你还被冻伤了，而且过度疲劳。再不接受治疗就会感染的。"

"可是……"

"不要再说了！我们早晨就出发。断断续续还要一个多星期才能到达利马。你不能冒这个险。"

我虚弱得没办法跟他争辩，只能用恳求的目光望着他们俩，希望他们会改变主意。西蒙不理我，动手把我的腿往他的睡袋里放。理查德递给我一些茶，脸上浮现出抚慰的微笑，然后走出去消失在黑夜里。"我很快回来。"他的喊声从黑暗中传来，这时我都快要睡着了。在睡觉之前好像还有什么重要的事情要做。但即使我拼命努力，也不能保持睁开双眼。然后我想起来了，说道：

"西蒙——"

"怎么了?"

"你知道你救了我的命。那个晚上你一定过得很艰难。我不怪你。你别无选择。我能理解。我也明白你为什么认为我已经死了。你做了你力所能及的一切。谢谢你带我下山。"

他什么也没说。我朝他看过去时，他仰面靠在理查德的包上，两颊挂着泪水。我把头转到一边。这时他说：

"说实话，我认为你必死无疑。我很确定。我不明白你怎么可能

活下来。上帝啊！独自下山，我承受不了。我的意思是，我怎么跟你的父母交待？我能说什么？我愧对你的母亲，但我必须割断绳子。她永远不会理解，也绝不会相信我说的话……"

"没关系。现在你不需要这么做了。"

"我真希望当时自己多待一会儿。只要相信你还可能活着。那样你就能免受诸多磨难了。"

"没关系。我们现在在这儿了。一切都过去了。"

"说得对。"他哽咽着小声说，我感觉到热泪像无法制止的洪水般充盈眼眶。他经受过多少折磨，我只能去猜测。一秒钟以后我睡着了。

我在一阵喧闹的说话声和笑声中醒来。就在帐篷旁边，女孩们兴奋地用西班牙语说着话。我还听到西蒙跟理查德在讨论驴子的事情。我慢慢睁开眼睛，帐篷壁上的闪光显得那么陌生。阳光在红色和绿色的织物上洒下斑点，每隔几秒钟就有阴影掠过。帐篷外面热闹得好像正在举行各色生意齐全的集市一样。我猛然想起几小时之前发生的事情。我安全了，这是真的。我懒洋洋地微笑着，把胳膊贴着睡袋柔软的绒面，沉溺在将要回家的幸福感觉中。情况曾经是如此糟糕，我的思绪在半梦半醒中飘荡着。

一小时以后我从睡梦中惊醒，听到一个声音从远处呼唤我的名字。我感觉很糊涂。谁在喊我？睡意轻柔地把我拽回温暖的睡袋里。然而那声音还在呼唤：

"快点，乔，醒醒。"

我把头转到侧面，模糊中看到一些脑袋挤在门口。西蒙跪在那儿，手里端着一杯冒着热气的茶。在他身后，两个女孩好奇地从他的肩膀上方注视着我。我想要坐起身来，但动弹不得。我的胸口好像受到一股巨大的压力，把我钉在地上。我虚弱地挥舞着一只手臂，努力想要把自己拉起来，但它软绵绵地落在一边。这时有手臂伸过来环抱住我的肩膀，拉着我坐起身：

"喝点这个，然后尽量吃点东西。你需要吃东西。"

我用戴着手套的手握住杯子，水蒸气湿润着我的脸。西蒙走开了，可那些女孩还蹲坐在门口附近冲我微笑。看着她们沐浴在阳光里望着我喝茶的样子，我觉得这一切似乎有些不真实。她们穿着乡下人那种臀部宽大的裙子，帽子上插着花朵，看上去很怪异。她们在这里做什么？我的思维好像每秒钟都在驰骋变化，以至于无法完全理解面前发生的事情。我已经安全地抵达这里。我熟悉我们的帐篷，还有西蒙和理查德，但不认识这些打扮怪诞的秘鲁人。我决定，最好的办法就是不理睬她们，集中精神喝我的茶。我才刚喝了一口就被烫到了嘴。用来保护冻僵手指的手套以及失去感觉的双手使我忘记了茶会有多烫。我倒抽一口气，迅速吹气，想要使舌尖冷却下来。女孩们咯咯地笑了起来。

接下来的半小时里，食物和饮料被源源不断地端到我面前。他们还抓紧时间鼓励我，告诉我一些最新消息。斯宾诺沙黑心地为他的骡子索要高价，所以耽搁了一些时间。我能听到西蒙的嗓门越来越大，语气越来越愤怒；还听见理查德很平静地把西蒙的话翻译给斯宾诺沙听。女孩们时不时察看西蒙的脸色，皱起眉头。接着，他们突然走了，我也不需要再保持清醒。我陷入梦乡，西班牙语和英语交织在一起的嘈杂喧器渐渐减弱隐退了。

我再次被一只手摇醒。是西蒙：

"现在你得从帐篷里出来了。我们正在打包。他终于接受一个还可以的价钱了。要是他再敢改变主意，我要把他该死的脑袋给扯下来！"

我努力四下挪动身体，从帐篷里挪出来，结果发现自己变得十分虚弱，恐惧感油然而生。一半身体才刚爬出帐篷，胳膊就在身下打弯，我朝一旁倒了下去，再也不能把自己托起来。西蒙轻轻把我扶起来，拽着我到阳光下。

"西蒙，骑骡子我绝对受不了。你不知道我有多虚弱。"

"会没事的。我们会帮你。"

"帮我?!我几乎没法保持清醒,更别说坐起来。看在上帝的份上,你怎么帮我骑骡子?我需要休息。我真的需要。我需要睡觉和吃东西。自打下山我才睡了三个小时!我……"

"你别无选择。你必须今天走,就是这样。"

我试图提出抗议,可他不理不睬。他走到帐篷那边,把急救箱拿了过来。理查德又端给我一杯茶,同时西蒙把药片递给我。然后他们从我身边走开,动手拆卸营地。我侧躺在那儿,看着他们工作,直到抵挡不住强烈的虚弱感,又进入昏昏欲睡的状态。情况的恶化让我感到深深的恐惧,我迫切想知道自己是不是已经把所有精力都燃烧殆尽。比起独自下山的时候,此刻我感觉自己距离死亡更近。从知道身旁有人援助的那一刻起,我体内的某种东西似乎就崩塌了。那种使我提起精神、集中力量的东西消失了。现在我根本无法想像自己一个人单独待着,更不要说爬行了!没什么需要奋力争取的目标,没有需要遵循的模式,也没有那个声音。我惊恐地想到,要是没了这些东西,我的生命也许就到尽头了。我努力保持清醒,拼命想把睡意驱逐走,保持双目睁开;然而睡意还是胜利了。我断断续续地打着瞌睡,被不同语言的含混不清的说话声吵醒,然后又昏睡过去,脑子里只有昏迷、虚脱以及怎么也醒不来的睡眠。

好像又过了很长时间,西蒙才再次来到我身边。我听到他跟理查德讲话的声音,抬头看去。他站在我身边检视着我,脸上的表情十分担忧:

"嗨!你还好吗?"

"是的,我还好。"我已经放弃抗拒离开计划的念头。

"你看上去可不太好。我们就快出发了。也许你坐起来,试着让自己振作一点,情况会好一些。我再给你弄点茶。"

这个让我振作起来的主意使我禁不住发笑。可我还是成功地靠自己的力量坐了起来。最终,斯宾诺沙把他的老骡子牵给我,西蒙扶着我站起来。我重重地靠在他肩膀上，朝那头骡子单脚跳过去，它温顺地等在那里。这头老骡子颇具乡间特色，看上去性情平和，这让我感到一些安慰。我正准备抬腿登上鞍具的时候，理查德突然大喊起来：

"等等，西蒙！我们忘了他的钱了！"

于是理查德和西蒙从两旁搀扶着我蹒跚而行，一场搜寻活动开始了。我指挥他们从一块岩石走到另一块岩石，拼命回记藏匿钱带的位置，可毫无头绪。斯宾诺沙和女孩们满腹疑惑地望着我们。我们快活地大笑，最后终于找到了钱袋，把它举起来给他们看。他们抱以礼貌的微笑，却显然不理解一条破破烂烂的管状小绳套有什么重要。

骡子上的鞍具是古老西式的鞍头很高，周围还镶嵌着考究的银饰。马镫是雕刻着花纹的巨大杯状皮革做成的。他们把一块防潮垫折弯放在鞍上当作软垫，这样我的伤腿就不会碰到骡子的腰肋。我们动身沿河床而下，步履平缓。西蒙和理查德分别走在我的两边，保持警惕地留意着我的状况。

接下去的两天是在疲惫和疼痛中度过的。由于我无法夹紧双腿来控制那头骡子，在去往卡哈坦布的 24 个小时的旅途中，它不断往每棵树、每块岩石、每堵墙上撞去。即使西蒙用削尖的雪椿去阻止它，它还是继续跌跌撞撞。我无力地尖声嚎叫，直到疼痛消失。但不知怎么的，我居然没有掉下来。熟悉的风景从我身边飘过，可我由于疼痛和疲倦根本看不清楚。每一天结束的时候，我都像孩子般幼稚地大发脾气。我再也没有力量或者孤注一掷的勇气来应对这额外的折磨。我想要这一切尽快结束，想要回家。西蒙像母亲般地安抚我，帮我度过难熬的关口。他来回走动催促赶驴的人加快速度，提醒拉骡子的人多加小心；他在我由于睡意和虚弱快要从鞍上栽下去的时候走到我身旁。他拿走了我的手表，每次需要让我吃药的时候就让队伍停止前进。止痛药、罗纳考尔、抗生素，还有循例必有

195

的茶水。在倔强的骡子穿越高耸的关口、陡峭的岩石山谷、植被茂密的南美大草原的过程中，我不断沉入梦乡，也不断被惊醒，脾气越来越烦躁。不过西蒙一直留在我身边。每当我乞求休息一下的时候，他就鼓励我，给我注入一丝力气。

西蒙为了雇用一辆小型卡车跟警察发生争执。卡哈坦布一片混乱，一伙村民想要爬进后车厢搭便车去利马，西蒙和理查德一起把他们赶走。车子正要开走，一个年轻人走过来。我四仰八叉躺在开敞的后车厢里的一张褥垫上。他用悲伤的眼神看着我，看到了我腿上粗糙的夹板。一名胸前挂着自动手枪的警察向前走，阻止想要把最后一个村民赶下卡车的理查德。

"先生，求求你们帮帮这个人。他的腿很糟糕。他都等了六天了。请你们把他带到医院，好吗？"年轻人说。

我们转过头去看见那个瘫倒在我身边的老人，都震惊得说不出话来。他用恳求的目光望着我，面部由于疼痛抽搐起来。他晃动臀部，把覆盖在腿上的粗糙的袋子轻轻打开。人群突然陷入一片死寂，我清楚地听到身边的西蒙倒吸了一口冷气。那个人的双腿被压得粉碎。我匆匆瞥了一眼那两条扭曲的腿、撕裂的严重伤口、斑斑血迹和伤口深处发炎的紫色感染迹象。他小心翼翼地把袋子盖回腿上。伤口散发出一股浓烈的、甜甜的臭气。

"上帝！"我感觉一阵恶心。

"他的情况很严重。是吧？"

"太严重了！他没希望了！"

"对不起，我的英语不好——"

"没关系。我们带上他，还有这个人。"我打断他。

"谢谢，先生们。你们真是好心人。"

卡车司机是个酒鬼，他为我们提供了大量啤酒。啤酒、香烟和止痛药使返回利马的那三天的痛苦记忆变得模糊不清。那天晚上我们到达了医院。我们被告知，那个老人负担不起这么好的医院的费用。我们告诉他们没关系，付了雇用卡车的钱后，指示卡车司机把老人送去合适的医院。理查德扶着我走出卡车，西蒙把我们剩下的止痛药和抗生素都给了老人的儿子。那辆卡车开进利马闷热的夜幕之中。我坐在轮椅上，看到那个老人正虚弱地试图挥手向我们致谢，然后车子就消失在街道的拐角。

按照我们的标准，那家医院落后得令人吃惊。不过那儿有干净的白床单，病房扬声器里放着灌录的音乐。还有漂亮的护士，可惜她们都不会说英语。她们迈着轻快的步伐推着我的轮椅走过绿色和白色相间的走廊。西蒙急急忙忙地走在我身边，毫不放松对我的照顾。我们的艰险历程才刚刚开始被人们了解。

一个小时以后，西蒙和理查德被粗暴地告知要离开这里。照了X光以后，我那身臭气熏天的登山服被脱下来拿去清洗。我赤裸裸地坐在一个轮椅秤上，由一个漂亮的护士帮我测脉搏、记录体重、从胳膊上采集血样。我转头看秤，大吃了一惊。不到50公斤！天哪，我轻了近20公斤！她快活地冲我笑笑，然后把我搬离轮椅秤，轻轻把我降低，让我进入一个盛满热消毒水的浴缸里。处理完毕，我就被放到了床上。我立刻睡着了。一个小时她回来了，这次还来了一位神情关切的医生。他给我解释了有关我的血样的一些情况，听起来很吓人，也很复杂。而那个护士则在我的手腕上扎了一针，给我吊上葡萄糖。我在夜里被可怕的噩梦惊醒。我在梦中回忆起那个冰裂缝，结果浑身被汗水浸透，惊恐地大叫起来。接着护士们赶来，和蔼地对我说话，可我一个字也听不懂。

我躺在那里度过了难以描述的两天，没有食物，没有止痛药或抗生素。直到来电报确认了我的保险，他们才肯屈尊给我动手术。他们一大早就来了。一个小时前我的胳膊被预先注射了一针，我又回到那种浑身虚弱、只有意识清醒的熟悉状态。两个面戴口罩、身穿绿色衣服的人一边推着我走过仿佛没有尽头的、铺着瓷砖的走廊，一边咕哝着我听不懂的话。直到我们靠近手术室，隐藏在我内心的

担忧才升级成惊恐。我决不能在这儿动手术！一定要阻止他们。一定要等到回家！看在上帝的份上，别让他们这么做。

"我不想做手术。"

我镇定地说。我觉得自己已经说得很清楚了，但他们没有回答。或许是药物影响了我的语言表达？我重复刚才的话。其中一个人冲我点头，但他们没停下来。然后我突然记起来了。他们听不懂英语。我试图坐起来，可有人把我推回到枕头上。我惊慌失措地叫喊，要他们停下来。手推车咔嗒咔嗒地穿过手术室的回旋门。一个男人在对我说着西班牙语。他的声音很优美。他是想要让我平静下来。然而看到他检查一支皮下注射器，我拼命地挣扎着半坐起身。

"求求你。我不——"

一只强有力的手把我按了回去。另一只手握住了我的胳膊，我感觉到针头插入皮肤的轻微刺痛。我想抬起头，可是不知怎么回事，头部好像有两个那么重。侧过头去，我看到一托盘器械。我的上方亮起了强光灯，整个房间开始在我眼前旋转。我必须说点什么，必须阻止他们。黑暗逐渐取代了光亮。慢慢地所有的声响都模糊了，最终一切归于沉寂。

后记
喜马拉雅的群山

1987 年 6 月。巴基斯坦，喜马拉雅，喀喇昆仑山脉，罕萨山谷。

我看着那两个人影逐渐缩小，直到消失在上方荒芜的山坡为止。安迪和乔恩准备去攀登海拔 6 096 米、尚未被人类征服过的吐泊丹峰（Tupodam）。我再次独自一人在大山里了，不过这是我自己选择的。

我转身走向小小的燃气炉，那上面正煮着我的第二杯咖啡。这个动作使我的膝盖疼痛起来。我暴躁地诅咒着，身体前倾，按摩膝盖以减缓疼痛。关节炎。六次手术留下的青黑色伤疤赫然呈现在扭曲的关节上。我心灵的创伤比这些疤痕恢复得要好。

医生们说我会得关节炎；他们说，在接下去的十年之内我的整个膝关节必须动手术拿掉。他们还说了很多事情："你再也不能弯曲膝盖了，辛普森先生。你会永远变成一个跛子。你再也不能登山了……"不过几乎都没变成现实。

不过，关节炎还是被他们说中了。我一边悲伤地想着，一边关掉了燃气炉，不安地回头往山坡望去。突然间，我产生了一种为他们担心的强烈感觉，浑身战栗起来。安全归来。一定要安全归来。我对着那片寂静的群山低声说道。

如果天气状况良好，他们应该在三天后下山来。我知道这将是一场漫长的等待。对于退出登顶的尝试，我感到很难过。我的腿本来状况良好，但后来疼痛开始发作。我知道，在距离最后一次手术结束只有十周的时候登山会招致新的伤痛。但我很高兴自己已经尝试了。而且以后还是会有机会的。

六天前，我们到达山肩下的垭口，挖掘了一个雪洞。我们坐在雪洞外面，默默地凝望着在从我们面前绵延而去的喜马拉雅山脉。

太阳从一望无际的蓝色天空上散发出灼热的光芒；清透无垠的天空映衬着积雪的巍巍群峰，它们显得那样轮廓分明。这就是我想来看的东西。纯净，可望而不可及；直插天际，完美无瑕。阳光在冻雪的结晶上投射出钻石般的光芒。卡鲁恩科（Karun Koh）在上方隐隐闪现，与我只有8公里的距离。我想像自己站在峰顶，从它呈现给我的无边视野中，看到地表的曲折变化。我试着让自己相信能够看到珠穆朗玛峰，尽管我知道它距离此处有1 600公里之遥。那些地名在我头脑中轮番滚动：兴都库什山脉、帕米尔高原、西藏以及喀喇昆仑山脉。珠穆朗玛峰——雪之母亲神、楠达德维峰、K2、南迦峰、干城章嘉峰，这些名字里都蕴含着如此丰厚的历史。还有所有攀登过它们的人们。突然之间，他们变得真实而鲜活起来。如果我没有选择回来，他们永远也不会如此真实。在这些绵延起伏的山峰之中，我有两位朋友长眠于此。他们孤单地被埋葬于不同山峰的雪中，这是这幅美景的阴暗一面。而此刻，我可以把它从头脑中遗忘掉。

　　我打包好自己的背包，背上它，最后朝他们消失的地方望了一眼，转身开始步行返回营地。

十年纪念

　　西蒙·耶茨在有关他另一次攀登安第斯山脉的著作《绝境抗衡》（*Against the wall*）中，非常仁慈地明确表示，我在本书中"忠实而确切"地从他的角度讲述了攀登修拉格兰德的故事。此外，他还反思了有关良心的问题——在事件发生之后，这个问题可能持续了大约十年之久。得知他说自己的良心是清白的，我感觉非常安慰，因为如果处于他的位置，我也会做同样的选择。他曾经英勇地尝试营救我，而到了最后，那是他惟一能够选择的明智之举。他是这样写的：

　　　　有些人会认为其实没什么决定要做；割断绳子以及绳子所代表的信任和友谊应该从未进入过我的脑海。另一些人说那仅仅是一个求生问题，是我被迫做的事情。

　　　　事故发生以后，有很长一段时间我就只是悬在绳子上，心里希望乔能够把他的重量从绳子上移开，给我解围。到了我记起自己的背包顶部有一把刀的时候，我已经山穷水尽，再也不能支撑住他的体重了。我知道为了解救乔，我已经做了自己力所能及的、合理的一切努力。而当我们两人的生命都危在旦夕，我必须照顾自己了。尽管我知道自己的行动可能会使他丧命，我还是在瞬间凭直觉做出了决定。我感觉这是正确的做法，就像那次攀登过程中我做出的许多关键性决断一样。没有犹豫，我从背包里拿出刀就割断了绳子。

　　　　这样的直觉时刻好像总是给人相同的感觉：非人性。似乎那决定并非来自于我自己的头脑。只有在事后反思的时候，我才发现是有很多前因使得我们逐渐陷入绝境的。在之前的那些天里，我们做出了很多错误的判断。我们没

有足量饮水、进食，夜幕降临之后仍然继续攀登很长时间。这样做的后果是，我们令自己变得寒冷、饥饿和脱水。其中一个晚上，我在外面等候乔挖好雪洞的时候感觉非常寒冷，以至于几个手指都冻伤了。总而言之，我们并没有好好照顾自己……

尽管以前并不总是这样认为，总是忽略反思。可现在我知道西蒙说的话是对的。

结束一次攀登后，分析哪些地方做得对、哪些方面做得不够，和拥有强健的体魄或天赋同等重要。所以，很自然地，在后来的好几年里，我也对所发生的事情进行了深刻反省，想要找出我们的问题所在，看看我们犯了什么重大失误。起初，我确信我们没有犯任何错误。我还是会按照我当时的方法应对那座冰崖，只是可能会更加留意冰的质地罢了。我们还是会采用阿尔卑斯式攀登，以挖掘雪洞来代替帐篷，携带同样的装备和食物。最终，是西蒙为我指出了我们的致命错误在哪里，而且它在我们离开营地之前错误就发生了。

是瓦斯。

我们没有给自己准备足够的瓦斯来提供足够的饮用水。两个人每天一小罐是绝对不够的。为了减轻负重，我们把所有的东西都削减到最少量。当情况开始剧烈地恶化，我们已经没有调整的余地。在西蒙放我下降到接近圣罗莎垭口的时候，以及决定在即将来临的暴风雪和黑暗中从西壁下降之前，我们都考虑过挖雪洞，等到暴风雪结束再走。如果我们那样做，就能够在晴朗明媚的天气里下降。我们会看到并避开那座冰崖，情况还能在控制之中。

反之，当暴风雪在垭口上方渐渐聚积的时候，我们痛苦地意识到食物和瓦斯已经在前一晚用完了。我们已经处于脱水的危险境地，在没办法制造饮用水的情况下，不能再冒可能被长时间的暴风雪围困的危险。我当时已经出现脱水的症状，而且一根主要的骨骼断裂及其导致的内出血使我变得十分虚弱。我们别无选择。就是因为缺

少一罐把冰雪融化并加热的瓦斯，我们必须继续前进。因此情况失去了控制，我差点丢了性命。

在他的书里，西蒙继续分析道：

> 割断绳子以后我的一切苦闷情绪都没有使事情发生任何改变，我的决定是正确的；我们都活了下来。在接下去的几年中，我听到众多争论，都是关于我当时所做决定的道德问题，还有许许多多"假如……又怎么样"式的假设。我遇到过理解我的决定的人，同样也碰到过公开表示敌意的人。相比那晚乔在营地里对我说的那些话语而言，那些人的二手意见根本没有任何意义。如今我具备更高的登山技术以及更丰富的经验，我相信自己不会再次陷入如此的境地。可是即使再次遇到这种情况，我知道自己的决定将还是一样。只有一个方面我觉得自己是疏忽了。那就是当时我处于险境的极度压力之下，未经仔细察看就得出结论，认为在冰裂缝里营救乔是不可能的。尽管经过回想，我知道如果我尝试营救他，结果很可能弊大于利；但那个时候我根本没想过要去到边缘，仔细地查探一下深度。

> 从根本上来说，我们每个人都必须照顾好自己，不管是在登山的过程中，还是在日复一日的生活当中。我认为那并不意味着自私。因为只有照顾好自己，我们才有能力帮助别人。不说登山，就在纷繁复杂的日常生活中，忽视这种责任的代价可能是婚姻破裂、儿童走入歧途、生意失败或是房屋被没收。而在登山运动中，忽略这种责任往往可能招致死亡。

事故之后，我从未对西蒙所形容的"二手意见"多加关注。我们都确切地知道相互之间发生了什么事，并对此感到幸运。我写这本书是希望通过"直接"讲述这个故事，来杜绝外界针对西蒙的一切无情和不公正的批评。很显然，割断绳子的做法触犯了众怒，违

背了某些不成文的规则，人们似乎总是局限于整个故事的那一小部分——直到我尽可能忠实地把它写下来为止。

虽然如此，一些纸上谈兵的评论家的错误见解不会再使我们俩烦恼。我首要考虑的事是恢复伤势并重返登山运动，而不是其他人对我们当时应该做什么、不应该做什么的无端推测。90%的事故要归结于人的错误。我们难免犯错，事故也难免会发生。我想，诀窍在于对你着手要做的事情预先考虑到所有可能的后果。这样一来，如果真的发生变故，你也能够更好地控制它。

我惟一要补充的就是，无论读者们从中感受到我们的经历有多么痛苦，对我来说，这本书仍然未能充分体现那些孤独的日子是多么可怕。我完全无法找到确切的词汇来传达那种绝对孤寂的体验。

跋
痛苦的回忆

　　秘鲁安第斯山脉，17 年前那个风雪交加的黑夜里西蒙发现我的位置。2002 年 7 月中旬，我准确地站在这个位置上。17 年前的那个时候，我的精神和身体都受到极大的创伤，简直不成人形。当时我的体重才 40 多公斤，酮酸中毒，几近昏迷。我的身体濒临极度疲劳的边缘，跟死神只有一步之遥。跟一些医生谈论过之后，我怀疑那晚西蒙找到我的时候，我的确很可能已经处于垂死状态。

　　这么多年过去了。此刻，导演、摄影师和音响师正一边期待地望着我，一边用镜头和一只长长的、令人毛骨悚然的麦克风对着我，使我觉得很不舒服。西蒙正站在我旁边，对着摄像机讲述找到我时的情况、我当时的状态以及我躺在岩石上的样子。

　　我似乎是从遥远的地方听到这一切的。我能感觉到自己心跳加速，能够敏锐地感知到周围的群山。它们好像朝我挤压过来。我觉得快要喘不上气了。一股热流灌注全身，我开始大量冒汗。我别扭地移动自己。希望摄像机没有捕捉到这些迹象。

　　我有一种奇怪的感觉——自己好像正要受到攻击。实际上，我越这样想，就越觉得焦虑。我被问了一个问题，声音好像是从非常遥远的地方传到我耳中的。我能听到血液在太阳穴里跳动的声音。开始讲话的时候，我拼命告诉自己不要哭出来。之前，我已经下定了决心，接受采访的时候决不能流泪，但现在我还是被泪水击中了。我听到自己在讲述那一刻——西蒙和理查德在黑暗中跑过来找我，我看到他们的头灯。在那个美妙瞬间，我意识到噩梦结束，我刚刚捡回自己的性命。

　　我低头去看地面，被发现的时候我就是面朝下躺在这些石头上。然后我抬头望向那个河床，上面杂七杂八地铺满了漂砾。我究竟是 **205**

怎么在黑暗中从那里下来的?

想到这个,我的恐惧似乎更加强烈了。我甚至不确定自己是否停止了讲话。有好长一段时间,当我看着地面的时候,我觉得自己正躺在那里,敏锐地感觉到西蒙的手抓住我的肩膀,把我翻过来支撑着我。真是不可思议。我差点要转身去看是谁在碰触我的肩膀。

我的大脑好像发生了某种幻觉;神经交错在一起,色彩、情感和知觉从记忆最深处以惊人的力量突然迸发。也许这个过程只持续了千分之一秒,感觉却像是几分钟。然后这个瞬间就过去了,我只剩下完全的心力交瘁。

西蒙和我朝着剧组人员重建的营地走去。那里看上很熟悉。我想西蒙一定已经注意到什么。他问我是否还好,我只说:"不,不是很好。"就再也没说什么了。我想逃走。我坐下来,努力使自己镇定下来。从外表上看我表现得相当正常。从内心里我感觉自己处于歇斯底里状态。

沿着山谷步行了 20 分钟,回到巨大的营地,我开始感觉稍微好一些了。我回到自己的帐篷,倒了一杯威士忌,点燃一支烟,然后告诉自己:"乔,这只是恐惧心理发作罢了。不要担心,很正常。"

事实上,我不知道这是怎么回事,但是在接下来的三个星期里这种情况反复出现。也许程度没那么强烈,不过那可能是因为我自己振作起来面对恐惧了。这种情况出现的时候我告诉自己,这只是我的心理在作怪,会消失的。这办法还算有效。

我们花了 4 天时间慢慢走进营地,随行的 14 人包括剧组人员、保安和搬运工个个都身强力壮。还有 76 头驴子。我倒是对重回那片熟悉的地貌没有一丝担心。事实上一切看上去都很滑稽。穿戴着八十年代风格的装备,带着 4 头倔强的驴子重新演绎走近营地,简直就是一场滑稽的闹剧,同时还有乏味的重复。我们踏着重重的脚步从摄像机的三脚架旁边过去,四处奔跑,把晕头转向的驴子赶到一堆,再回到刚才来的路上,进行下一个镜头。

"从那一大片羽扇豆的地方开始朝摄像机这边走。"神秘的指令从对讲机中尖声传来。我们望了望远处山脊上的凹口，摄像机就架设在那里，安装着一只硕大的 600 毫米镜头。我们接着观察了一下将要翻越的 V 字形山谷的陡峭山壁。那些斜坡从一道锯齿状的岩石山脊线绵延上千米，一直往下通到我们下方很远的一条河流的边界。那边界纤细曲折，闪闪发光。整个山坡上都长满了羽扇豆。

当我们绕过位于瓦伊拉帕村上方很远的山谷时，看到了积雪覆盖的群峰。我只流露出老友重逢般的惊喜。覆盖着冰层的塞罗拉萨克和耶鲁帕哈顶峰俯瞰山谷。我的感觉是兴致盎然，而不是不祥的预感。我都已经忘记这些群山是多么美丽。我突然意识到，尽管在世界各地从事登山运动长达 20 年，瓦伊瓦什依旧是我所见过的最为壮美的山系。我因此而微笑了。

接着，我看到修拉格兰德的西壁，感觉一阵恐惧的颤抖。它比我记忆中的更加庞大、更加残酷、也更加危险。这让我不禁惊讶，那么多年前的我究竟是个什么样的人。我一定是行事莽撞、野心勃勃，甚至有点疯狂，才会考虑从事这项事业。我顺着我们上山的路线看去，注视着被高海拔地带的强风卷起、如羽毛般从北脊上坠落的雪。这让我害怕。那时的动力和热情哪去了？那种不可击败的感觉、年轻人与生俱来的自信、过剩的睾丸激素以及喷薄而出的想象力，怎么全都消失不见了？

我一面转过身，在冰河上杂乱无章的冰碛之间跋涉而上；一面安慰自己，至少我来到这里了。比起当年，虽然鬓角斑白了一些，也仅仅是多了一点理智，至少我来到这里了。

接下来的日子里，我为摄像机重现了在冰河上和冰碛地上爬行的情景。时间过得像是做梦一般恍惚，很令我烦恼。我知道有演员会在山上重现动作，那些镜头都不会显露出我的脸；然后他们将把这些镜头和我的剪辑在一起。然而，要穿着同样的登山服，把黄色的泡沫垫包裹在右腿上，然后假装爬行、摔倒和单脚跳，就像 17 年前我所做的一样，这些真的令我感到心力交瘁、烦躁不已。为什么

他们就不能雇用一个演员在这里演呢？我不断地问自己。

我感觉好像随时都可能从后面遭到袭击。当我在冰碛上或是冰河上的时候，山脊形成的熟悉的圆形山谷占据了我的全部视野，这种感觉就变得更为强烈。这些记忆已经被风干在我的记忆深处。过了这么多年再次见到这个场景，我最痛苦的回忆和联想被触动了，它们又回来了。这个地方，我曾经深信自己要死在这里，而那些山脊线应该是我看到的最后一样东西。我应该再也不要回到这里。这不是对心理障碍的疏导，而是恐怖的威胁。

奇怪的是，西蒙和我几乎没有跟对方谈起个人感受。关于那段经历，我们已经写了很多，谈论过很多，似乎再也没什么可说的，因此也没必要说起它。什么都不会改变。在我们的内心深处，我们比任何人都更了解在这个地方发生过什么。那属于历史，我们已经解决了它。

对我而言，那些回忆如潮水般涌回来，清晰、鲜活得令人吃惊，以至于有时候我竟以为那17年并没有过去，我的确回到了1985年那个恐怖的现实当中，正在拼命地往山下爬去。

一天，我独自坐在一个夹在冰碛和山谷壁之间的狭窄沙谷中，凝视着绵延数公里的乱石，腿上捆着泡沫垫，穿着那身衣服，背着背包，等候剧组人员的无线电呼叫。他们都在2公里以外的一座高高的山脊上。我又开始恐慌了。1985年，我刚好坐在这个位置，确信西蒙和理查德正跟随在我身后。那是一场幻觉——就像一个舒适的茧，我躲在里面感觉很好，以至于完全相信了自己的幻觉。17年后的此刻，我似乎正在经历同样的怪异幻觉。

我紧张地不断转头从自己的肩膀上方望过去，想要辨认出山脊上的人们。我的心脏开始狂跳，我开始不断紧张地深呼吸。我以为自己会哭出来。后来我看到了在摄像机四周忙作一团的小小人影，努力想让自己平静下来。当我听到岩石滚下山壁发出的嘎嘎声，以及尘土在风中喷涌着四散开来的声音，那种威胁感又增强了。它们离我太近了，我很难受。我回头去看那座山脊。快点，快点，我想从这里出去。又一阵岩石纷纷落下，朝我拍打而来。我本能地急速闪开。几秒钟后，一种极其强烈的恐慌感吞没了我。我必须从这里跑开，一定要逃走。正当我动手解除绑在我腿上的垫子的时候，无线电里发出嘈杂的叫声。

"乔，我是凯文，听到了吗?"我盯着从衣兜里戳出来的对讲机天线。"乔，乔，听到了吗? 你准备好拍这个镜头了吗?"

"凯文，我是乔。我听到了。"我松开通话按钮，长长地吁了一口气。

"好的，乔，请你开始向着岩石隘路爬过去。按照你自己的速度。"我开始大笑起来。笑声中略带一点狂躁。这次重返秘鲁，我一点也不觉得有趣。

※　　　※　　　※

受伤的情绪，内疚、悔恨、悲伤和恐怖的感觉以模仿深刻或原始的恐惧的方式进行复杂的神经传导。人们无数次地陷入记忆的阴影和根深蒂固的恐惧。如今，科学家们正在研究帮助大脑摆脱恐惧和压抑的方法。在老鼠身上进行的实验表明，大脑对这类记忆的荷尔蒙反应可以受到抑制，从而弱化它们所唤醒的情绪。简单来说，他们正在掌握使大脑中的原始恐惧传输线路短路的途径。可怕的噩梦的源头——不管这恐怖是真实发生的还是想像中的——是杏仁核中的神经元。随着新的创伤经历的发生或者旧的创伤缓解，这个"恐惧中心"会引起荷尔蒙的分泌，使恐惧的印象烙在人的大脑中。无法承受的东西变成了难以忘记的。此类研究的目的旨在帮助受害者免受创伤后压力症候群的伤害。β-受体阻滞药心得安已经应用于临床实践。为使药发挥作用，病人必须在事件发生后尽快服药。

我从前一直对所谓的创伤后压力症候群有些怀疑。如今似乎每个人都有这方面的困扰，我怀疑它已经变成了一个统称，人们用它为自己的过去开脱，同时它也是起诉赔偿的捷径。两次世界大战中，无论士兵还是平民都亲眼见证了前所未有、难以想像的恐怖灾难，为什么

战后没有出现成千上百万的创伤后压力症候群病患？当然，到第二次
世界大战的时候，人们已经认识到"炮弹休克症"与"道德意志缺
失"不同。也许当时跟现在的差别在于，那时候的人们没有生活在像
今天这样一个盛行谴责和索赔的可怕社会当中。

因此，当我从秘鲁归来，被告知自己患有创伤后压力症候群时，
我感觉有些惊讶。最具可能性的是，环绕着冰碛和冰河的那些山脉给
我留下的记忆是那么强烈而深刻，因此使得1985年的恐惧又回到了我
身上。那些恐惧清晰得令人吃惊，就好像几天以前刚刚发生一样。

我被告知这影响将很快消失，因为在之前的17年里，我似乎已
经很成功地修复了修拉格兰德给我造成的创伤。别人为我预约了一
位心理医生，这事让我感到很不舒服。对于美国人那种过度依赖心
理治疗和辅导的做法，我一贯是有些瞧不起的，甚至可以算是藐视。
英国人面对这类事情的隐忍克制似乎是更有效、也更具尊严的治疗
办法。不过，我得承认，从秘鲁回来我的确感觉相当怪异。于是我
不情愿地同意跟医生预约。

其间，我经历了八周的轻微恐慌性障碍，总是毫无预兆地想哭，
总是感觉自己要受到袭击。后来，我给一家公司作激励性报告，详
细讲述了"触及巅峰"的故事，结果没几天那些症状就都消失了。
过了六个月，才有人打电话来告诉我可以跟医生见面。我措辞谨慎
地对其糟糕的医疗服务表达了意见，并拒绝了对方的提议，同时对
自己没有罹患严重的精神疾病感到安慰。

一遍又一遍地讲述"触及巅峰"的故事无意中成了针对我当时
状况的上佳治疗方法。很显然，让受害人尽可能生动地讲述他们的
整个恐怖经历，这是精神治疗医生的常见手法。随着一次次的讲述，
真实的经历就会逐渐变得好像虚构的小说一样，似乎成了别人的经
历，这样他们就能从创伤中抽离出来。简而言之，通往"恐惧中心"
杏仁核的复杂神经传导被阻断了，或者至少被躲避了。

210　　当我前往索霍区的一家剧院观看这部纪录片的一场首映，内心

百感交集。我感到欣慰，这一切都结束了，长达十余年关于本书电影改拍权的谈判终于有成果出现了。它之前一度被卖给与莎莉·菲尔德和汤姆·克鲁斯有关的联合制片公司。这是为了借助克鲁斯的明星效应，这样做实际上也在登山界引起了热烈反响，很多人还开玩笑说要尼可·基德曼来扮演西蒙的角色。我当时就知道，即使这部电影被拍出来，也不过是好莱坞制片厂里每年都会出炉的寻常烂片之一而已。不过他们一直为制造垃圾片投入巨额的资金。后来当交易失败，版权又返还给我的时候，我很高兴听说一家受人尊敬的纪录片制作公司，即达洛·史密森对本书的改拍权感兴趣，而且制作团队里有凯文·麦克唐纳德这位奥斯卡纪录片导演奖获得者。我燃起了希望，也许他能够根据本书制作出一部高水准的影片。

进入电影院的时候，我还不知道电影会是什么样的。除了我自己在秘鲁遭遇的个人困难之外，整个电影制作过程难以置信地冗长乏味，让人头昏脑胀。我痛苦地发现，改拍本书实在是太容易搞得一塌糊涂了。

105 分钟之后，谢启字幕在荧幕上滚动，我感觉既高兴又担心。电影非常忠实于原著，虽然我是最没有权利评判它的人，不过我还是感觉这是一部富有张力而激动人心的制作。直到看见我们面对摄像机叙述整个故事的方式，我才意识到西蒙和我曝光的程度有多严重，并对此感到担心。我们俩都从未想要在大众面前曝光自己，那将会招引令人不舒服的注目。要是听自己声音的录音能让人感觉奇怪的话，看见自己出现在大屏幕上才更让人不安！通常，根据一本畅销书很难拍出令人满意的电影，而这次他们似乎成功了。不过，那最终要由读者和观众来评判。对于西蒙和我来说，那段记忆深处的真实经历，始终远比任何文字或胶片的记录要生动得多。

奇怪的是，1985 年在秘鲁所经历的身体和情感创伤并未改变我的生活。倒是本书及后来作品的成功，以及演讲事业在很大程度上改变了我。而电影的拍摄也将毫无疑问地继续给我带来变化和挑战。　　**211**

　　我总是在想，如果我们没有在修拉格兰德遭遇事故，我的生命里会发生什么？一部分的我认为我会攀登越来越困难的路线，冒越来越大的风险。参照这些年来朋友们付出的代价，我想，那样的路我不一定能活到今天。在那些日子里，我是一个身无分文、气量狭窄、无法无天、粗暴无礼且野心勃勃的登山者。那次事故为我开启了新的世界。如果没有那次事故，我永远不会发现自己隐藏着的写作和公众演讲的才能。尽管一直工作得很辛苦，我有时的确在想自己是不是变幸运了。

　　在秘鲁，我们极尽所能去冒最大的风险。然而，尽管遭遇了巨大的痛苦和创伤，但现在看起来，那些东西与如此激动人心的奇遇相比实在算不上什么。人的记忆难道不是一个高超的骗子吗？我险些在秘鲁失去一切，却使生命得到提升，这感觉颇像胜利了一般。从那以后，我好像一直处于一长串令人担心的胜利之中。好运会在哪里终结呢？

　　今天酷热晴朗。在谢菲尔德，我正努力地撰写我的第 7 本书——一部小说。爱尔兰的假蝇钓鱼节即将到来；接下来我还要第 4 次尝试攀登艾格尔山北壁——我正努力使自己不为这些事情分心。忙碌的秋季正在前面召唤，已经有很多的演讲预约，还有电影的宣传活动。17 年前在修拉格兰德上为挽救生命而进行的奋力抗争，似乎已经把我变成了一个成功的商人，这可真是奇怪。

　　生活可能给予你一手令人惊讶的牌。你是稳扎稳打、虚张声势还是孤注一掷？我永远也不知道。

乔·辛普森

2003 年 7 月

致谢

写这本书的时候，我觉得自己是在跟堆积在身上的不利因素进行一场赌博。没有朋友们和亲人们的支持和鼓励，我永远不会开始动笔，更别提要完成它了。

我已经蒙受了西蒙太多恩惠。除此之外，他坦率地告诉我他曾有过何种程度的心理历程，并且允许我用自己的语言记录这些敏锐的情感。对于他的诚恳和信任，我首先一定要表达感激之情。

然后，我要特别感谢吉姆·佩兰给我的早期建议，以及杰夫·波尔托——他把我的文章发表在 *High* 杂志上面，并给了我鼓励。开普出版社的编辑托尼·科勒维尔给我了宝贵的建议，如果不是他确信这个故事值得写成一本书，这一切都不会存在。我还要感谢乔恩·史蒂文森敦促我把计划付诸行动。

另外，我还要感谢为本书画插图的汤姆·理查森、帮我处理照片的伊恩·史密斯以及《山地》杂志的伯纳德·纽曼——我的幻灯片在被其他媒体使用时遭到了损坏，是他复原了其中的大部分。而倘若缺少珀尔切斯特集体保险服务公司，特别是加里·狄维斯提供的慷慨的经济支持，西蒙和我根本就无法启程去秘鲁。

最后，也是最重要的，我真诚感谢我的父母，是他们鼓励我写这本书，帮助我复原精神和身体，而且宽容、坚忍地接受我继续从事登山运动的决定。

译者后记

接受这部《触及巅峰》的翻译任务是在去年 9 月。一转眼已经到了 2008 年 3 月，经过大半年的努力，这个任务终于告一段落。本书也将呈现给广大的读者。

本书是登山家乔·辛普森根据自己的亲身经历撰写的回忆录。正由于作者写的是亲身经历，因此本书才格外真实感人、惊心动魄让人读后宛如身临其境。读者可以从中体会到西蒙和乔之间的深厚情谊、生死相依的信任以及真诚的相互体谅，这是整部作品最为触动人心之处。除此之外，它还表现出人类的渺小和自然的浩瀚，并且传达了挑战不可能、永不放弃的信念。对人性的刻画也是本书的一大亮点，无论是脆弱、崩溃、欢欣、绝望还是疯狂，都被表达得酣畅淋漓。作品由于其高质量及高关注度，还于 2003 年被改编成同名纪录片。电影上映后好评如潮，并获英国电影学院奖（BAFTA）2004 年最佳英国电影奖项。

乔·辛普森是登山运动家，同时也是数部畅销作品的作者。能够身兼二职，并且都完成得如此成功，除了天赋之外，恐怕和他本人所具备的坚强意志是分不开的。因此，能够有机会翻译这样一位作家的这样一部作品，实在是译者的幸运，译者也从中获益良多。

本书得以翻译出版，是集体合作的成果。李璐负责翻译的整体组织协调。第 1～10 章由李璐翻译，其余部分的翻译工作是朱煜同志负责完成的。在翻译过程中，巩建英同志在百忙之中通校了全书，做了大量的工作，在此表示衷心的谢意。

当然，翻译的过程中也遇到了很多困难。译者都本着严肃认真、一丝不苟的态度——解决，尽可能做到最好。不过，由于译者的自身水平局限，再加上东西方文化的差异，译文未必能百分之百地传达出原著的风貌。如有不妥之处，还希望广大读者不吝赐教。

一切为了您的阅读体验

★ 我们出版的所有图书都将归于以下几个品牌

★ 找"小红帽"

为了便于读者辨认，我们在每本图书的书脊上部 5cm 处，全部用红色标记，称之为——"小红帽"。同时，"小红帽"上标注"湛庐"字样以及所属图书品牌名称与编号。这样便于读者在浩如烟海的书架陈列中清楚地找到我们，同时便于收藏。

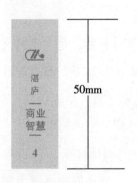

★ 找"湛庐文化"

我们所有出品的图书，在图书封底都有湛庐文化的标志和"湛庐文化·策划"的字样。

★ 双封面设计

每本书的封面都由包封和硬卡纸两套组成，这样既提高了装帧质量，使之近似于精装，又使读者不用花费精装的价格。在封面设计上，包封和卡纸的设计理念不同。包封比较完整地体现了原书的风貌和所要传递的信息。卡纸则追求简约、时尚的风格，但是依旧保留了图书的基本信息。这样读者在阅读时可以拿掉图书的外包封，一方面方便读者的阅读，同时在收藏时依旧可以保证图书的完整信息。

★ 用轻型纸

您现在正在阅读的这本书所使用的是轻型纸，有白度低、质感好、韧性好、油墨吸收度高等特点，价格比一般的纸更贵。

★ 关注阅读体验

我们目前所使用的字体、字号和行距，是在经过大量调查研究的基础上确定的，符合读者阅读感受。每页设计的字数可以在阅读疲劳周期的低谷到来之前，使读者稍作停顿，减轻读者的阅读疲劳，舒适的阅读感觉油然而生。

所有的一切都为了给您更好的阅读体验，代表着我们"十年磨一剑"的专注精神。我们希望我们能够成为您事业与生活中的伙伴，帮助您成就事业，拥有更为美好的生活。

图书在版编目（CIP）数据

触及巅峰/（英）辛普森著；李璐译.
北京：中国人民大学出版社，2008
ISBN 978-7-300-09332-1

Ⅰ. 触⋯
Ⅱ. ①辛⋯②李⋯
Ⅲ. 纪实文学—英国—现代
Ⅳ. Ⅰ561.55

中国版本图书馆 CIP 数据核字（2008）第 065917 号

触及巅峰

[英] 乔·辛普森（Joe Simpson） 著

李 璐 译

出版发行 中国人民大学出版社
社　　址 北京中关村大街 31 号　　　　　**邮政编码**　100080
电　　话 010－62511242（总编室）　　　010－62511398（质管部）
　　　　　　010－82501766（邮购部）　　　010－62514148（门市部）
　　　　　　010－62515195（发行公司）　　010－62515275（盗版举报）
网　　址 http://www.crup.com.cn
　　　　　　http://www.ttrnet.com（人大教研网）
经　　销 新华书店
印　　刷 北京京北制版印刷厂
规　　格 160 mm×230 mm　16 开本　　　**版　　次** 2008 年 5 月第 1 版
印　　张 15 插页 2　　　　　　　　　　**印　　次** 2008 年 5 月第 1 次印刷
字　　数 188 000　　　　　　　　　　　**定　　价** 39.80 元